U0501852

阳光文丛·第七辑

00后苏州十人选

主编　韩树俊

白山出版社

徐诗芸

王芊男

章钟元

赵子涵

朱运

徐雅如

张怿祺

王霄飓

吴薪琪

唐裕霖

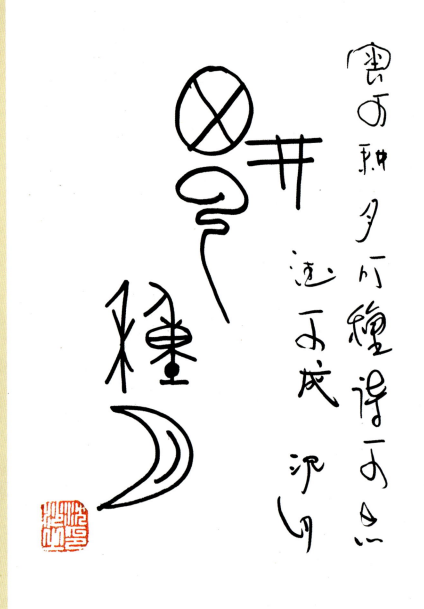

诗人沉沙题词　耕云种月

云可耕　月可种　诗可品　德可成

序

这是人杰地灵的美丽苏州十位00后小作家的一部诗文合集。小作者用自己的笔表现了00后少年多彩的生活和丰富的少年情怀。这些作品有的曾在全国少年文学创作评奖中获奖，有的曾发表在各级刊物，情感真挚细腻，文笔优美灵动，笔墨之间洋溢着00后敏锐的思维、蓬勃的朝气和热烈的情怀。

认识他们最好的方法就是读他们的文字，这些充满真情的文字，犹如万花筒一样为你展现出一个活生生的00后少年世界，捡拾起这些语言的碎片，你能感受到00后特有的阳光、朝气和睿智——

尖尖的帽顶，圆锥状的外形，没有丝毫的装饰，唯一的花纹是竹子上原生态的纹路。穿着长裙的姑娘戴上斗笠，妩媚中多了几分独特的端庄。爱美的姑娘在路边卖茉莉花的老太太手里接过两朵茉莉花，轻巧地别在斗笠上……（**唐裕霖**）

两山之间，江水浑浊。/淘金的船，日复一日，似乎不曾停歇。/河床，被翻了一遍又一遍。淘金的农民，枕着船板，夜夜，做着南柯一梦。（**王芊予**）

黑瓦覆盖灰白的土墙，/檐角亲吻深邃的天空。/阳光透过浓密的树林/斑驳了一条老街，/每一片墙都有着属于自己的故事。（**王霄飏**）

你的眼睛里倒映着整个世界的春天，整个春天的桃花。/还有一大片，望不穿的海洋。/那片春太过清晰。那片桃太过鲜艳。那片海太过浩瀚。/是不是因为太过完美，才会连拥有也变得小心翼翼。（**吴蔚琪**）

相聚是缘，相知是福，我们将在同一个班度过我们最美丽的时光。在这过程中的点点滴滴，将刻进年轮中。多少年后，共同的记忆让我们仍然亲如家人。（**徐诗芸**）

忘记当下的烦恼/回想运动会上矫健的身影/响彻云霄的呐喊，向前飞跑/预示我们未来/写出更多华丽的篇章（**徐雅如**）

地球上的动物以及中生代的恐龙，是地球旺盛生命的典范。在生命长河中，不计其数的生物诞生、繁衍、灭绝，它们只将化石留在地下，等待考古者们去发掘。生命，就是这样源源不断的。生命，竟是如此绚丽多姿！（**张怿祺**）

我喜欢看窗外变换的风景，经过平原、山地、河流，路过地图上标志的地名，在一个又一个车站停下又出发，伴着铁轨哐当哐当的歌声，摇晃着，慢慢地接近一片陌生的土地；我也喜欢遇见许多陌生人，猜想他们是为何而来，向哪里去，互相问候、道别，或者什么也不说。（章钟元）

后院有块巨石，青苔爬满了它的下身。巨石旁有着沙沙作响的小树林，与它们相隔一条鹅卵石小路，有棵桂花树，当桂花开满树时，我总会踏到水泥板上，摇桂花，一阵阵花落下，看，桂花雨。（赵子涵）

七月的乌兰布统草原是一幅多彩的油画/披着棕色毛发奔腾的野马/白云一般成群的羊群/定格在这块绿色的画板上/银白色的毡房是镶嵌在草原脖颈上的项链/红黄蓝紫星星点点的小野花把草原长裙点缀得更加妩媚/我的思绪随着悠扬浑厚的马头琴声飞向草原无边的天空……（朱珏）

校园、家庭、社会，草原、山地、河流，老屋、小路、野花，穿长裙戴斗笠的越南姑娘、淘金的农民、弹奏马头琴的草原牧民，地球上的动物、中生代的恐龙、生命的长河……小作者用自己的笔记录生活，透过一双00后的眼睛，"每一片墙都有着属于自己的故事"，"你的眼睛里倒映着整个世界的春天"。

著名儿童文学作家、北京大学教授曹文轩说："孩子们最宝贵的写作资源就是自己，要有一双凝视世界的目光，善于从自己的生活中找到通往写作大门的钥匙。"本书的作者，学会了用自己的眼睛关注自己的生活，关注这个世界，从而用自己的笔写出自己真实的生活、真实的感受。从这个角度来讲，学会观察，学会写作，这比写出几篇好文章，写出一部书更加值得肯定。他们年轻，还只是00后，日后的路更长，有写作作伴，有文学作伴，他们的路将更美好！让我们祝愿他们！

这十位学生都是我曾经的学生，有的现在依然在文飞文坊作文班学作文。我了解他们在习作中的艰辛和努力，也和他们一起分享每一次成功的喜悦。尽管在书中我已经写了若干篇主持人语，为每一位小作者作点评，在这里，我还是乐意为本书作序。

韩树俊

2016.1.26

（作者系中国校园文学会常务理事）

序

唐裕霖专辑

王芊予专辑

目录

目录

徐诗芸专辑

徐雅如专辑

目录

张怿祺专辑

章钟元专辑

赵子涵专辑

朱珏专辑

目录

孩子们最宝贵的写作资源就是自己，要有一双凝视世界的目光，善于从自己的生活中找到通往写作大门的钥匙。

——曹文轩

唐裕霖专辑

　　唐裕霖，祖籍越南，生在广西，长于苏州，现为苏州市十六中初三学生。中国散文诗作家协会会员，在《苏州日报》《姑苏晚报》发表习作，作品曾获"文心雕龙杯"全国中小学生作文大赛小学组一等奖，第二届玉龙艺术奖全国少年文学创作优秀作品奖。

主持人语　韩树俊

中学语文高级教师、江苏省苏州实验中学原教务处主任
中国散文诗作家协会副秘书长、中国校园文学会常务理事

　　唐裕霖，祖籍越南，生在广西，长于苏州。广西有他的根，湄公河下游也有他的根，寻根和童年时代挥之不去的回忆是许多作家走上作家之路的第一题材，甚至有作家曾经这样说：童年的生活是可以写一辈子的。回味两个根之所在的生活构成了唐裕霖专辑的鲜明特色。跟着作者去探寻他童年乡村生活的乐趣、去观光越南街市的风光，也正是读者的兴趣所在。

　　童年是一部读不完的书，带给我们一生的回忆；发小好伙伴就是童年这本书里精彩的篇章。一起看蚂蚁搬家、一起赤脚在田野狂奔、一起躺在地上数满天繁星……这样的日子不再有，却一直在记忆的屏幕上播放。在《童年的好伙伴》这首晓畅明快的诗中，作者把我们引进了他童年的乡村时光。

　　童年是留在心底一首美妙的歌。真的，耳朵贴在泥土上"可以听到蚯蚓在土里掘地的声音"，这就是美妙的歌。泥土上堆砌城堡，搭建高楼，赤脚踢球，挖野菜采水果……这一块无边无际的土地，给我们带来了欢乐、自由，带来了一个无忧无虑的童年。而面对现代化的"改造"日益蚕食这一块无边无际的土地泥土时，作者的思考蒙上了一层忧伤。这就是《童年的泥土》一文带来的回忆与思考。

　　在一个山脚下的一片芭蕉林中有废弃多年的老屋，老屋旁边有一条在丛林中的火车铁轨，在老房子背后还有一座山，在老屋与"我"做伴的还有一条猎犬……这样的背景下演绎的故事一定神奇莫测：那就让我们去读一读《老屋》吧。

　　我欣赏唐裕霖的寻根散文诗《斗笠·乡村·山歌——越南印象》。头戴斗笠穿长裙的姑娘是夏日里越南街头一道美丽的风景线，妩媚中不乏端庄，灵动中尽显优雅，看到头戴斗笠身着白色奥黛的自行车少女，联想到"如果我在越南上学，她们也许正是我的同学"，一种根在越南的情怀油然而生；乡村的宁静，一大家子在夏日的夜空下乘凉看星星，老人拉家常，小孩捉迷藏的情景是多么亲切；悠长的山歌无论是猎人、樵夫，还是在湄公河上划船卖水果的姑娘，亦或是

5

上山采药的大脚板姑娘，连歌唱者的形象都栩栩如生地呈现在读者面前，全诗生活气息浓厚，越南元素鲜明。

相比较而言，写眼下校园生活的篇章似乎薄弱了些，这是学生写作的通病。是不是一定要到日后去回忆的时候才会跳出许多鲜活动人的细节来呢？也许唐裕霖在小学写作文时也会为找不到题材而苦恼，为什么当时头脑里就跳不出如本专辑里写到的那么多童年的故事。还是让我们记住著名儿童文学作家曹文轩的话："孩子们最宝贵的写作资源就是自己，要有一双凝视世界的目光，善于从自己的生活中找到通往写作大门的钥匙。"教者的任务是让孩子们选择题材从"过去式"切换到"现在式"，学会发现平凡生活中值得记下的点点滴滴。这里不妨介绍一下著名教育家魏书生的一种训练方式。开学第一天，魏老师要求学生每天写一篇文章，第一天魏老师布置了题目"享受学习"；第二天魏老师依然要求写一篇文章，学生问什么题目，魏老师说"享受学习"；学生说"写过了"，魏老师说，昨天写的是"享受学习第一天"，今天写"享受学习第二天"；隔天放学前，魏老师又布置课后作文，学生异口同声："享受学习第三天"。是呀，让我们关注生活，发现生活，记录生活！

在"文心雕龙杯"全国中小学校园文学写作大赛颁奖大会上，唐裕霖有幸聆听张之路、庄之明等著名作家谈他们创作的经验和体会；在苏州广电报小记者活动中，唐裕霖有机会参与了采访实践锻炼；在第二届玉龙艺术奖全国少年创作优秀作品评比中，唐裕霖有机会与全国各地的高手一决高低……各类文学活动让他拓展了视野，提高了兴趣，得到了锻炼，也取得了可喜的成绩。

斗笠·乡村·山歌

——越南印象

大街上。骄阳似火。

苗条的越南姑娘们一个个戴上了斗笠。一簇簇，一群群，放眼望去，一片斗笠的世界。

尖尖的帽顶，圆锥状的外形，没有丝毫的装饰，唯一的花纹是竹子上原生态的纹路。穿着长裙的姑娘戴上斗笠，妩媚中多了几分独特的端庄。爱美的姑娘在路边卖茉莉花的老太太手里接过两朵茉莉花，轻巧地别在斗笠上，飘逸的步履中散发出一股茉莉花特有的淡淡清香。

头戴斗笠身着白色奥黛（越南对于旗袍的叫法）的自行车少女一阵风似地在我眼前掠过，如果我在越南上学，她们也许正是我的同学。

世代居住在越南的我奶奶便有一项斗笠。据说这斗笠还是奶奶的母亲亲手制作的！奶奶视它为珍宝。平时不用的时候，就挂在家中最显眼的地方——客厅电视机的上方，而出门的时候就戴在头上，走到哪儿都能享受一片清凉。

越南的乡村，最大的特点就是宁静。除了虫啸鸟鸣声，你几乎听不到其他的声音。唯一热闹的，便是夏夜晚饭过后，大家一起坐在院子里乘凉看星星。老太太们唠叨着今晚吃了什么菜，明天准备吃些什么，到哪个菜市场买更便宜……老爷爷们则不无自豪地列数着今天钓到了多大的鱼，哪个地方的鱼好钓一点……小孩子们呢，则跑东跑西，一下玩捉迷藏，一下又玩捉人游戏，玩累了，就躺在地上看满天繁星。

在山里面的乡村，就别有一番趣味。清晨，你可以随着你的爷爷出门上山去打猎，或者可以用木头给鸟儿搭一个窝，还可以上山采草药，这些都是城里孩子奢望的生活。

越南的山歌，有的曲调悠长，像一首安眠曲；有的则极为短促，就连听的人都要听得喘不过气。唱山歌的若为男性，要么就是出门打猎的猎人，要么就是上山砍柴的樵夫。若为女性，大有可能是在湄公河上划船卖水果的姑娘，也有可能是在家里烧水煮饭织补衣服的家庭妇女，还有可能是上山采药的大脚板姑娘。

山歌在越南的乡村里非常流行。

（原载《姑苏晚报》，入选《中国散文诗》2015年年选）

唐裕霖（中）与著名作家张之路合影

老 屋

我们家有一栋老屋，在一个山脚下的一片芭蕉林中。

从我5岁开始，我们就搬离了这栋老屋。搬得并不远，以至吃完晚饭，我们偶尔会去老屋的旧址那里走一走，重温以前的记忆。

老屋废弃很多年，瓦片屋顶已经塌了下来，四面的泥土墙也已经布满裂纹，有的也已经风化成沙子。阳光从屋顶的缝隙照入，照在布满灰尘泥土的水泥地上，墙缝处已经长满杂草，木门也被蛀得满是虫洞，木门上的大锁头早已生锈，窗户上的纱网也破得不像样子。若在晚上，这里俨然成了名副其实的"鬼屋"。

唯一没有变化的便是屋外的那片芭蕉林。成片成片的芭蕉树上长满了嫩黄嫩黄大片的叶。回想孩提时，我最爱做的事就是在慵懒的午后，用钩子把芭蕉从树上弄下来，然后躺在架在两棵树中间的吊床上，一边吃着芭蕉，一边吹着凉爽的风，那感觉真是惬意极了。困了，就香香甜甜地在吊床上睡一觉，睡到厨房里飘来饭菜的香味这才醒来。

在老屋旁边，有一条在丛林中的火车铁轨。这条火车铁轨正对着我的书桌的窗户。那时候，我最爱做的事就是一边做着幼儿园的作业，一边看着火车从我面前呼啸而过。妈妈总是抱怨火车太吵，而我则觉得这样不显得无聊。现在，这条火车路早已废弃，却并没有拆除轨道，上面长满了杂草，远远望去，别有一番寂静、幽深之感。直到现在，老太太们还是喜欢在饭后在这条铁路上散步，也许这是纪念这条铁路的一种方式吧。

在老房子背后还有一座山。以前爷爷经常带我去山中捉鸟。以前老屋院子里叽叽喳喳鸟鸣声不断。其中有一种鹩哥。这种鸟儿要等它刚刚出壳三四天的时候去捉它，然后去林子里捉一点虫子喂它，等它长大了，它便会认你了。我出去玩的时候，这只鹩哥就站在我的肩膀上，我说一句话，它学一句话。每当我从幼儿园回到家，这只鹩哥就会很大声地对我说："欢迎欢迎！"是不是很有趣啊！每当我帮鹩哥洗澡的时候，它总是很开心。我用小水杯轻轻地将水淋在它的羽毛上，它便会很开心地拍打着翅膀，蹦蹦跳跳，大声嚷嚷。可惜的是，在我们搬离老屋后没几天，它便去世了。后来我又养了很多鹩哥，它们带给我许多欢乐。

9

唐裕霖专辑

在老屋与我做伴的还有一条猎犬。它在我面前总是一副很乖的样子，伸着舌头，摇着尾巴，坐在地上，一副很可爱的模样。可是碰到陌生人，它总是面露凶光，嘴里"汪汪"地叫，好像人家欠他骨头一样。它从我出生便伴随着我。每当我出去玩，鹦哥站在我肩膀上，而这条猎犬则跟在我的身旁，像守护神一般。我去上幼儿园回来，它总能远远地听出我的脚步声，快到家了，它就迫不及待地从家里冲出来，纵身一跃，跳到我的怀里（虽然那个时候它站起来和我差不多高），伸出舌头舔我，以此来表达半天不见之后对我的思念。每次我和鹦哥玩得开心的时候，它摆出一副好像吃醋了的样子，咬着我的裤腿想把我拖走。而我有的时候不理他，他就坐在旁边，孤独地挖着坑，嘴里"呜呜"地叫着，仿佛在哭泣，怪我冷落了它。有时候我尝试着骑到它的背上，但每次我都被摔下来，他貌似很不配合，我刚骑上去它就甩着身子想把我甩下去。这时我就会装出一副很生气的样子，而它则坐在我旁边，轻轻地用头蹭我，一副很委屈的样子。然而，我搬离了老屋之后，它也随着老屋的生活离开了我们。

老屋，带给我太多太多的回忆。愿这些回忆，永远埋藏在心底，永不忘记。

（原载《苏州日报》）

窑红薯

窑红薯，你听说过吗？哈哈，其实我在没有亲身体验过之前我也不太了解。以前只是经常听妈妈提起过，我以为是"摇红薯"，就认为是把红薯"摇"一下就可以吃了。可是我又再想想，怎么可能呢？到底是什么呢？今天，妈妈就带我亲身体验了一回。

首先，我们必须先准备一堆红薯，当然是生的啦。然后我们选择了一块空旷的平地，用锄头挖出一块块干泥团，之所以用干泥团，一是因为干泥团容易被叠起来，二是因为干泥团容易被烧红。我们把干泥团一层一层地叠起来，叠成一个窑洞的模样。这个过程可是很辛苦的。大小不一，形状各异的泥团叠在一起，稍有不慎这个脆弱的建筑物就会轰然倒下。我们叠了又塌，塌了又叠，一个小时过去了，眼看这个建筑就要"封顶"了，伟大工程就要完成了，可是我那个爱捣乱的弟弟用一块大石头往我们的伟大工程上一砸，只听"轰隆"一声……完了，前功尽弃了。

但我们有坚持不懈的毅力，又过去了一个多小时，我们终于完成了这个建筑，我们取名为"一号窑"，我的小伙伴又准备建一个"二号窑"，二号窑比一号窑更大，我们用来明天做叫花鸡。这是后话，现在，就让我们的目光又回到已经完成的一号窑吧。一号窑的规模很小，呈圆锥形，还不到一米高，地面直径只有35厘米左右。

开始烧火了，我们先在一号窑里面点火后，放柴，用大火烧这个窑。要把组成这个窑的所有泥团都烧得通红。这个过程大约需要一个小时，我就和小伙伴去做未完成的二号窑了。

烧了大约半个小时，有些泥团已经开始发黑了，过了半个小时，所有的泥团都被烧得从黄色变成了黑色，有些泥团已经从黑色变成了红色，又过了半个小时，几乎所有的泥团都变成红色的了。这个时候，我们就把火熄灭，把红薯丢到窑内，再把窑打塌，因为我们烧窑就是为了把泥团烧得温度很高很高，然后用这个泥团的温度把红薯焖熟。我们把窑打塌之后，就把红薯和被烧得通红的泥团埋在一起。

唐裕霖专辑

又经过大约一个小时的焦急等待，红薯终于熟了，而且全部都是紫薯，香气四溢，又香又糯，不过就是烫了点，把我手都烫出水泡了。有个小伙伴家里有事，先回家去了，就叫我帮他带一个红薯，可是到半路，我不知不觉就把红薯吃完了，害得那个小伙伴白等了半天。

窑红薯，这种只有像妈妈这么大的年纪和农村孩子才知道的娱乐，真是令人回味。听了我的介绍，你了解窑红薯了吗？

唐裕霖（前排右1）与文飞文坊初中作文班的同学们
夏意涵（前排右3）出版了散文集《时光里漫步》
朱恩骅（前排左1）出版了散文集《我有一个万花筒》
张怿祺、赵子涵（后排右2、右3）与唐裕霖同是《00后苏州十人选》的作者

螺蛳粉

螺蛳粉，是我最喜爱的美食之一。

螺蛳粉是广西柳州一带的特产。广西人爱吃辣椒，所以螺蛳粉就成了广西人辣味的代表。一碗螺丝粉端上来，一眼望去，白的是粉，青的是菜，黄的是腐竹，剩下的火红火红的就是辣椒油啦。制作螺蛳粉最主要的就是螺蛳粉的那个螺蛳汤。螺蛳粉汤一般店主都是亲自熬的，不会叫员工去熬。因为这种熬汤的技术一般是祖传的，怕传出去，所以店主会亲自熬汤。

等你到店里坐下来的时候，一碗螺丝粉就会端到你的面前，螺蛳粉里面没有螺蛳，是因为螺蛳都在锅里面，你要加钱他才会给你。我吃螺蛳粉的时候喜欢先吃青菜，因为青菜是吸辣的，先把青菜吃掉也不会把辣味给吸走，没有辣味的螺蛳粉是不好吃的。夹起一筷子螺蛳粉送进嘴里，香、辣、酸、爽一同袭来，让人感觉超棒。不知不觉，一碗螺蛳粉就下肚了。还有一碗汤，这可是好东西，所以我会毫不犹豫地端起碗，把一整碗的汤都喝个精光。如果还有剩下的我会打包带走。

螺蛳粉的味道，家乡的味道，令人回味。

13

唐裕霖专辑

童年的好伙伴

在我的童年里
有一位发小好伙伴
他的名字很特别
叫阿牛

我和阿牛一起看过蚂蚁搬家
一起赤脚在田野狂奔
一起躺在地上数满天繁星
一起看天上飘飞的云朵

14

那个时候
总是感叹时光过得如此之慢
然而有一天，我们分开了
又觉得时光流逝那般无情

幻想能够再一次见面
再一次做游戏
再一次一起看动画片直到半夜
再一次一起在泥地里滚打

可是学业的繁忙
隔断了我们在一起的时光
只有寒暑假才能一起"逍遥"
我盼望寒暑假盼望小伙伴的相聚

最近我收到了他的来信

他说家乡的小伙伴都很想念我

我何尝不想念你们呢

我多么想回到和你们一起玩乐的少年时光

（原载《苏州日报》）

童年

唐裕霖专辑

童年的我

　　我是个从小在农村长大的孩子。农村里玩的东西不多，但我在那里的童年依然很快乐。

　　在农村，男生玩的最常见的游戏就是打游击。一大清早，沉静了一个晚上的村庄便洋溢着我们的欢声笑语。邻居的孩子们纷纷争先恐后地拿出"武器"——其实就是拿一段木头他们自己锯成的枪或者斧头之类的样子——大家一窝蜂地聚集在昨天约定的地方，用"石头剪子布"的方式决出两队，一队好人，一队坏人。坏人一般先躲起来，大约两分钟之后，好人便倾巢而出，看见坏人便用"枪"打。当然，坏人万般无奈，也不是吃素的，肯定要还击的。就这样，你打我，我打你，玩得不亦乐乎。这种游戏一般是没有结局的，几乎都是打到太阳西落，父母拿着鞭子出来寻找，拉着你的耳朵把你拉回家，这才恋恋不舍地与"战友"告别。

　　钓鱼在农村也是很常见的娱乐。从池塘边的竹林里用刀砍两根竹子，绕上老妈用来缝衣服的线（当然是偷的，被发现后果不堪设想）和针（也是偷的），把针放在火中烤，烤软了之后弯成钩子，一个简易的鱼杆便完成了。挖几条蚯蚓，拿个罐子装点水，用来盛鱼。一切准备就绪，来到池塘边，找个舒服点的石头坐下，便开始了垂钓。这个游戏一般连三四岁的小孩都会了，所有池塘边经常会有一大堆的人在钓。至今为止，我钓过最大的鱼有一个巴掌那么大，当然，我上钩过比这大的，不过我没拉上来。记得有一次，我钓到了一条超大的鱼，但我人太小，力气也小，竟被鱼拉入水中，幸好小伙伴们及时搭救，而且我也拉住了岸边的小草。你也许会看到我们农村小孩的家里，会有满满一大包的弹珠。对，在农村里，弹珠也是很受到欢迎的。每次天气干燥时（因为要趴在地上玩，所以刚下过雨后地上很脏，不适合玩，我们只有出太阳的时候才玩），我们便聚集在一起，在地上挖一个浅窝，每个人拿着自己的弹珠，向窝里面打。谁打近窝里，谁就可以把别人没打进窝里的弹珠全拿走。

　　每次到新年，大人们都会给30到50元左右的压岁钱。这对我们农村小孩来说，已经很满足了。不出半小时，这些就变成了在口袋里"哗啦哗啦"响的各种摔炮、火柴炮了。一到晚上，村里便成了我们的天下。躲在草丛里，瞧准某个走过的伙伴，把一个点燃的"雷公"（一种声音很大的爆竹）扔在他的脚下，准能把那个伙伴吓得魂飞魄散，愣在那儿半天不动。而我们这几个"罪魁祸首"便会欢笑着逃之夭夭。回家之后，拿上一颗"鱼雷"（一种有拳头般大，点燃之后丢入水中，那威力足以把鱼炸翻的爆竹），扔入水中，只听"轰隆"一声足以把人的耳朵震掉下来的巨响，水腾起数米高。10分钟后，大大小小的数十条鱼便浮出水面。我们把鱼儿捉入袋中，满载而归。

到了放烟花的时候了。我们把一种火箭形的烟花（一元一个，放上天会爆炸的，很漂亮）挨个点燃，那感觉真爽。还有一种会射出小珠子，然后爆炸（但威力不大）的烟花，对准某个倒霉的伙伴，射得他抱头鼠窜。我乘胜追击，很得意。大约5秒后，飞来一个点燃的火柴炮，我还没来得及反应，便被炸得脸乌七八黑的，若是穿越回三国时代，别人准以为我是张飞。我发火了，扛起烟花狂射他，当然，也得提防他的"暗箭"。玩累了，大家便坐在长椅上，拿着一种会喷火的烟花，在地上写字。有一个小伙伴在地上写："×××是笨蛋"，接着，×××与那个小伙伴便会发生激烈的争吵，我们在一旁幸灾乐祸，笑得合不拢嘴。

农村里，每户小朋友都会有一大叠的圆卡。每次无聊之时，我们便会三五成群地聚在一起，开始打卡。打卡的规则很简单，就是用自己的卡把对方的卡打翻即可。我当时已经算是高手了，那10张卡赢了数百张，至今还保存着，留着寒暑假回去打。

我的童年，是打游击时的枪，打出了我的幸福；我的童年，是钓鱼的杆，钓出一串无忧无虑；我的童年，是一颗颗晶莹剔透的弹珠，碰出了欢乐的声响；我的童年，是藏在兜里的烟花，爆出了天真的火花；我的童年，是一大摞厚实的卡，拍出了我的自豪……啊，我爱我的童年！

17

唐裕霖专辑

童年的泥土

小时候，在老家，后门有一大块田地，我和小伙伴总是去那里玩。

黑乎乎的泥块，散发出泥土特有的淡淡的芬芳，把耳朵贴在泥土上仔细倾听，似乎可以听到蚯蚓在土里掘地的声音。

我的童年基本上就是在和这块土地上的泥土打交道。每次出门玩，这块土地是我和小伙伴必来的地方。我们在这块土地上嬉笑追逐，我们一起用泥土堆砌城堡，搭建高楼，赤着脚在泥土上踢球，踢累了就随便往泥土上一躺，饿了地里随便挖野菜采水果吃……

现在已经长大，但每次看见那一堆一堆的黑色的泥土，一股幼稚的童真又涌了上来，我忍不住脱掉鞋袜，和同学们一起在泥土上撒腿狂奔。汗水滴落在泥土上，笑声洒满整片田地，哪里还有一个初中生的样子呢？也许，我只有在自己从小长大的地方，真实的内心才会完全释放出来。累了，不顾衣服上沾满泥土，找个地方舒舒服服地躺一下，躺到满天繁星，躺到父母拿着鞭子出门寻找。

但是最近，老家要改造，原本望不到边的土地被一条条公路，一栋栋高楼所覆盖，而留存下来的只有不到原本的三分之一。尽管依旧可以玩耍，但却多了许多限制，玩耍的时候也不再是童年的那般无忧无虑，而是多了一些珍惜。因为我们知道，改造不会停止，甚至连那已经造好几十年的老房子也会一砖不剩地拆掉。也许，再过很多年之后，这块土地，这些泥土，都会成为记忆，而我们能和这些泥土一起玩乐的时光，所剩无几了。

不知在多少年之后，当我走回这一条条覆盖在土地上的公路，住进搭建在泥土上的高楼中时，我依然会想起，曾经在多年之前，我曾流连于这边的泥土，曾经在这泥土上肆意奔跑，曾经在这泥土上挥洒汗水，曾经在这泥土上躺着看白云飘荡……童年的泥土虽然即将离我们而去，但在我们的记忆中，始终有这么一块无边无际的土地，它给予我们欢乐，给予我们自由，给予我们一个无忧无虑的童年。

哦，这童年的泥土，散发着淡淡的香味。

18

外婆家的鸡

外婆家养了6只鸡，5只母鸡，1只公鸡。

公鸡的羽毛很漂亮，乌黑得发亮，像抹了层油。它很勤劳，每天清晨，天刚蒙蒙亮，公鸡便会站到一块大石头上面，扯开喉咙，"喔喔喔"地叫个不停，全村都能听到，仿佛只要它醒了，所有人都要醒来似的。不过我对它的叫声是有一定的免疫功能的（也许是听多了），基本可以无视它的叫声，顶多翻一个身，继续睡觉去了。

母鸡的身材比起公鸡来就略显较小，白白胖胖的，一看就知道食量很大。没错，事实的确如此。每天早上我起床，都会抓整整一大碗的米，撒给它们吃。可不出十分钟，就会被它们一扫而光，没有半分残留。

不过母鸡吃那么多，可不是白吃的。它也有贡献，那就是下蛋。基本上每天一只蛋。听说母鸡下蛋很有趣，我要亲眼看看。

这个过程需要很大的耐心。因为谁知道哪只母鸡什么时候下蛋呢？也许你等了一整天都没有鸡来下蛋，也许你刚到那边准备观察，正好有一只刚刚下完蛋，走了。不过我的运气极好，刚到那里，正好有一只母鸡要生蛋，我躲在一旁偷偷地看着。只见它围着鸡窝转了几圈，然后跳到鸡窝里，坐在上面，一动也不动，很认真，眼睛眨也不眨嘴里轻轻地"咯咯"叫着，突然，它的屁股往上一抬，脸都憋红了，它一边翘着屁股，一边不停地抖动着，接着，一个圆溜溜的蛋就下来了，我以为它要走开，正准备去拾，这时，见它却又坐到蛋上，大约过了几分钟，才恋恋不舍地跳下了草窝。它兴奋得"咯咯哒"地叫个不停，向伙伴们汇报着喜讯。

鸡蛋过了大约20天的母鸡的精心培育，便会孵成小鸡了。小鸡刚出生的时候，毛还没有长齐，只有一些细小的黑色的毛。不过过了一个星期之后，便会变成一只只淡黄色的可爱的小鸡了。这个时候，母鸡便会变得很凶，我刚一走到小鸡附近，母鸡便会跳起来，叫个不停，还想要啄我，一副凶巴巴的样子，好像连我都不认识了。小鸡很调皮，经常跑来跑去地玩耍，弄得母鸡经常焦急地找小鸡。找来找去，小鸡被找到了，便会调皮地跳到母鸡背上，去啄母鸡背上的毛。

母鸡被啄痛了，便会抖一抖身子。这时候，背上的小鸡便会重心不稳，从母鸡背上摔下来，摔个大跟头。

外婆家的鸡们真是可爱极了，我十分喜欢它们。

故乡的回忆

乡间过大寿

婆太今年81岁大寿，全家一起回昭平老家去祝寿。

婆太住的村子很偏僻，四面环山，风景很美。我们是刚刚下午时分赶到的，只见村里人正忙得不亦乐乎。厨师们正"挥舞"着锅铲热火朝天地炒着菜，其余的人端菜的端菜，摆桌子的摆桌子，一副喜庆热闹的场面。

祝寿的时刻终于到了。全村人家家户户和远房亲戚，有我认识的，不认识的，全都来了。一楼的院子，二楼的餐厅，三楼的阳台……甚至连楼顶都坐满了人。没有坐到凳子的人干脆垫张报纸席地而坐。大家举杯共庆这特别的日子。

农村里过大寿，少不了红烧肉。八十来桌，每桌都摆放着脸盆那么大锅的红烧肉。那一锅锅肥肥腻腻的红烧肉，足够把乡亲们的胃口吊起，红烧肉总是最先光盘的。还有一样菜是不可缺少的，那就是自家养的鸡。炸鸡、白切鸡、炒鸡、鸡汤……摆满了80多桌，想想看，那得需要多少只鸡呢？

天下没有不散的宴席。酒足饭饱之后，人们陆续离开。只有一些意犹未尽的人还在举杯。清理工作就此开始了。上千只碗碟，上千双筷子，整整洗了一个多小时，收桌子、擦桌子、扫地拖地……一直持续到深夜11点多，才勉强清理完毕。

农村里的大寿的确和城里不一样，没有厨师帮你做饭，没有服务员帮你清理，全都是靠自己。但一样的是人们的热情和场面的热闹。

我只是挤过人群到婆太面前扯着嗓门喊上了一句，便赶快回坐。想想80来桌千百个人，婆太肯定是受不了的，于是村民们都只能以自顾着喝酒吃菜来表达对老寿星的祝贺了。

21

唐裕霖专辑

德天瀑布

德天瀑布，乃亚洲第一大跨国瀑布，也被誉为中国最美的瀑布。

德天瀑布坐落在广西壮族自治区崇左市大新县硕龙乡德天村，源起广西靖西县归春河，终年有水，流入越南又回流广西，经大新县德天村处遇断崖跌落而成瀑布。德天瀑布横跨中国和越南两个国家，排在巴西——阿根廷之间的伊瓜苏大瀑布、赞比亚——津巴布韦之间的维多利亚瀑布以及美国——加拿大的尼亚加拉瀑布之后，是世界第四大、亚洲第一大跨国瀑布。早就听说德天瀑布十分壮观，究竟如何？今天，我有幸来到实地一睹它的尊容。

在去景区的路上，你会看到在路边有一条河，这条河名叫明仕河，是中越分界线之一。河的这一边是中国，是我母亲的家乡，而河的另一边是越南，是我父亲的家乡。所以，置身在河边的我，更是感慨万分。我想，我的爸爸和妈妈从小是喝着同一条河的水长大的。

德天瀑布在一座山上。弯弯曲曲的山路，从大新县出发要走一个多小时。终于到达德天瀑布了。德天瀑布隐秘在一片郁郁葱葱的深山老林之中，背景是高耸葱绿的山和白云飘飞的天空。从远处眺望，你便可以看到分成两半的瀑布从天而降，左边那一半窄小一点的，是属于越南的板约瀑布，右边那一半明显大一点的，横面足有板约瀑布两倍那么宽，那便是德天瀑布了。景区门口距离瀑布还有大约1000米的样子，这么远的距离，就已经可以听到瀑布哗哗的声响了。为了能近距离欣赏德天瀑布，我们还要再往前走。

大约又走了10多分钟，就来到瀑布脚下了，瀑布水碰撞在石头上激起的水雾腾起十几米高，随风飞散。洒在脸上，清清凉凉，在这么热的天气里，真是让人舒服极了。

伴着水声一路向上，就来到瀑布顶了。只见那水如同发了疯一般，争先恐后"飞奔"而下，层层跌落，水势激荡，气势磅礴，一波三折。一种力量震撼着你，感化了你，让你觉得天地之间都在激荡，你的心也在情不自禁地激荡，你似乎一下子找到了生命的泉源，也在自己的心中注入了无比的活力。站在那里，你根本无法听到旁人在说些什么，耳畔全是那雷鸣般的水声。是啊，现在正值夏季水旺的时候，据说若是在冬天，你还可以从瀑布顶上走过而不被冲刷下去。

　　走过瀑布，你便会来到一片深山老林之中。这里绿树成阴，没有太阳，走道旁边有山泉急流，四处可以听到鸟鸣虫叫，叽叽喳喳，却不显得吵闹，反而给人一种寂静之感，真是令人心旷神怡啊！

　　德天瀑布，你奔泻的是激情，跳跃的是生命无比的活力，真不愧为亚洲第一大跨国瀑布，全世界最美丽的瀑布之一！

文飞文坊指导老师与出书的学生合影

在返乡的列车上

又是坐卧铺车回老家，比起坐10个小时的火车，那些只要2个小时即可到达的飞机更有魅惑力。可惜啊！

车厢里一派喧闹。有的男人坐在靠窗的位置上，一边吸烟，一边诉说着自己闯荡江湖的传奇，女人们有的躺在卧铺上，玩着手机，或是电脑，有的则一边嗑着瓜子，一边说东道西，喋喋不休，好不热闹。

午餐时分，旅客们陆续走向餐车。有的人不知是不饿，还是没听见广播，把脚丫子放在卧铺旁的栏杆上，睡着了。我们的车厢是18号，离8号餐车有一段距离，这个时候在人群中插肩穿行的，多半是为了去餐车进餐的。

从餐车回到自己的卧铺上，已经7点了。我的卧铺是中铺，要爬一点点梯子。卧铺还算柔软，我躺在床上，一边玩着ipad，一边欣赏着电视里的节目，不知不觉就打起了呼噜。我醒来时，天边略微有些发红，凌晨4点了。我睡不着了，因为我已经睡了8个小时了。我拿出手提电脑，玩起了游戏。

不知不觉，太阳出来了，阳光照进了车厢。我去洗手间洗漱。洗手间稍微有些脏，大概是昨晚没洗的缘故吧。洗漱完毕，列车正好到了一个小站，停10分钟。我下了车，一股新鲜的空气吸入我的肺腑，顿时觉得神清气爽。顺便买了些点心便赶紧上了车，父母还没有醒来，毕竟现在才7点多。我没有叫醒他们，自己爬上卧铺，看窗外飞逝而去的树木、野草，远处隐隐约约可以看到几间小平房，偶尔会看见几座工厂。

火车进山洞了。黑漆漆的，仿佛到了另一个世界，只有列车里灯光在亮着。火车在这种寂静、昏暗的环境中飞驰着，转眼间，便出了山洞，不过多久也就到了终点站。

我在十六中

蔚蓝的天空撒下耀眼的金光，抚摸着一栋栋雪白的大楼。空气中散发着一股淡淡的花的香味。穿着白色校服的同学们欢快地穿行在校园里，朗朗读书声回荡在耳边。这是哪儿？这是十六中。

在十六中，每一堵墙都会说话，一草一木皆为课本。一丛竹子，一座假山，一潭池水，一道长廊，一株紫藤……无不给予学生最人文的关怀；益智健身的弈趣园，幽雅静谧的阅览室，鱼戏泉水间的音乐广场……这些散落于学校各处的星星点点，像诗一般发挥着"春风化雨"的作用。

比如走进正门，映入眼帘的"圆融"雕塑。它的外形像一个石榴一样。它有一个绝妙之处。它的本体为白色铝合金锻铸而成，但在阳光的照耀下，从不同的角度来看，它会呈现出赤橙黄绿青蓝紫七种颜色，非常神奇与美妙。

"钟灵毓秀"园也是本校一绝。学校觅得吴中大地大山深处一花岗岩，从中劈成四个四分之一圆，这四个四分之一圆分别立于园的东南西北四角，书"钟灵毓秀"四个大字。"钟灵毓秀"园里一口双甲纪念钟，见证了学校新世纪办学的辉煌。

咦？什么香味？目光沿着香味往角落里看，原来是一棵象征崇高、贞洁的桂花。我走到桂花树下面，仔细品味它那淡雅的幽香，这香味比起气味浓烈的丁香花，别有一番情趣。一阵阵微风吹来，香味随风飘散，把整个校园的空气渲染得令人心旷神怡。再看看那花瓣，一朵朵嫩黄色的，还稍稍带点淡绿的桂花，很茂盛很多，一簇一簇，把枝头都压低了；桂花很小，只有米粒般大，看上去有些弱不禁风。怪不得风一吹，桂花就大片大片地往下飘落，仿佛天女散花一般。远远望去，这株桂花的花瓣就好像绿叶丛中点缀着的碎金，在阳光的照耀下，显得格外耀眼。

在桂花的旁边，还有一棵生机勃勃的枣树。虽然现在不是它成熟的季节，但上面还有一些青红色的果实，在阳光的呵护下，呈红色。这大概就是在寓意着"雕琢成器"吧。这棵枣树的年龄应该也不小了，但依旧挺拔，那片片黄中带绿的叶子仿佛在宣示着它那蓬勃的生机。

唐裕霖专辑

石榴树是我们的校树，石榴花是我们的校花，石榴娃是我们的吉祥物。八九月份，大大小小的石榴果实挂满枝头，仿佛小娃娃肥嘟嘟胖乎乎可爱的脸蛋。摘下一个，打开之后，一颗颗珍珠玛瑙般的石榴籽晶莹剔透令人垂涎三尺。并且"石榴"与"十六"谐音，所以它会成为我们学校的代表。

同学们，让我们共同书写十六中百年的骄傲吧！

文飞文坊采风活动，在伍子胥像前，前排右1为小学时的唐裕霖

胖 子

　　要说班上谁最胖，他当之无愧。1米75的身高却长着160斤的肥肉，走起路来就像一个圆滚滚的肉团。

　　胖子在班上是一个挺受欢迎的角色——不仅因为他看起来很好欺负，还因为他有"欢乐细胞"。他是班里面的"小丑"、"喜剧大王"，有他的地方就少不了欢乐。他时而摆出一副十分欠扁的表情；时而冷不丁冒出一句笑话；时而一边翘着"兰花指"，做出一个风骚的动作，一边说："你是不是被我的美貌与才智吸引住了？"真是让人忍不住一拳打在他那张肥脸上。

　　胖子虽然胖，但也喜爱运动，打篮球的时候自然少不了他。他虽然在外表总是摆出一副行动迟缓的样子，但在篮球场上毫不含糊。他的三步上篮技术在我们班上也只有体委能与之一决高下。所以，球友们又送给这位球场上像个肉球一样滚上滚下的仁兄另外一个外号："灵活死胖子"。

　　胖子也算是半个学霸。为什么是半个呢？因为他偏科。他英语特别好，在年级里面也经常是第一的角色，但他的理科非常差，正好和他的英语成绩反过来——在年级里经常在倒数几名。这时，我们班的同学们就会发扬互帮互助的良好品格，帮助他在理科方面的提高，而他也经常与我们分享在英语方面的成功秘诀。这使得他的理科成绩逐渐好转，而我，以及我们的英语成绩，也同样更上一层楼。

　　胖子也是个乐于助人的人。遇到什么问题，同学们总是想到他。"喂，那个谁，借块橡皮。""我没有呀，不过你可以问胖子借，他肯定有。"这样的对话很是常见。胖子的书包也像百宝箱一样，要什么有什么，说不定你问他借一箱炸药，他都能迅速地从包里面摸出来，郑重地放在你的手上。

　　胖子是我们二班不可或缺的一部分，少了他，便少了诸多乐趣。

27

盲 行

游戏开始了。

我的眼睛被红领巾蒙上了。寂静、黑暗、恐惧瞬间充斥着我的大脑。我挥舞着双臂，试图找到些什么，但只是徒劳。碰到了什么，却不知道它是什么。

幸好，伙伴的"支援"到了。他拉着我，将我从座位上拉起来，缓缓地往前行走。我什么也看不见，我们之间没有语言交流，我们只能用肢体语言进行交流。这就要看我和伙伴的默契程度了。

出教室门，左转，行一段路，再左转，就来到了楼梯。伙伴拉着我，缓慢地，一步一步往下走着。就在这静谧、黑暗的世界中，我的心一直忐忑不安，生怕一脚踩空，摔个跟头。但最后，我在朋友的指引下，有惊无险地来到了一楼的地面上。当我踏到地面上时，我的心终于有一丝丝的安定。

我不知道我身处何方，我不知道我身边都有些什么，我不知道我的伙伴会把我带到哪里去，但我知道，信任是完成这次任务的唯一的钥匙。

我就在伙伴的带领下继续前行。一路上困难重重，有钻洞，有匍匐，这些看似简单，普通人轻而易举就能完成的事，对于蒙上眼睛的我们是多么困难。但我们没有退缩，因为我身边有我信赖的伙伴。我在伙伴的指引下，终于完成了各种各样的任务。

回到教室，我想做的第一件事就是把红领巾摘下来。当老师说可以把红领巾摘下来时，当我迫不及待地将它摘下来时，我仿佛看到了另外一个世界，这个世界充满光明。看着教室外刺眼的阳光，我心中的恐惧、不安顿时一扫而光，取而代之的是无尽的轻松与愉悦。

我深深地吸了一口气：真是有惊无险的挑战啊！

王芊予专辑

　　江苏省苏州中学伟长实验部初一学生，中国散文诗作家协会会员，在《姑苏晚报》发表作文。散文诗《喘息的嘉陵江》入选《中国散文诗》2015年年选。

主持人语　韩树俊

　　王芊予专辑给人留下深刻印象的是，她用散文诗再现了她家乡当今的生活情景以及她的思考。

　　被中国散文诗作家协会选进《中国散文诗》2014年年选的《喘息的嘉陵江》，作者在感受嘉陵江广阔浩大的同时，也感到一丝隐忧，因为这里正在遭受人为的破坏。淘金人将大江的原始面貌改变，原来的平静不再，作者的心绪也不再平静。诗意的情景再现中不无思考，对于山河的如此关切，如此倾情，对于一个11岁孩子来说真是难能可贵。

　　可以与《喘息的嘉陵江》堪称姐妹篇的散文诗《村妇》，是那一年作者跟随父母回乡过年同时创作的。该散文诗镜头取自于四川盆地北部山区的一个山高坡陡、土地贫瘠的小镇。"峻岭绝壁险，山高跌死鸡。家户谷边住，坡陡小路峻。滩大难养鱼，养马无人骑，东呼西岸应，晨走日落西"。正是对于这个小镇偏僻险峻的描绘。作者用白描手法，写出了一个大山女儿的憨厚淳朴，"沉甸甸的年货""慌慌张张"的神色、"急急忙忙"的动作、"不知所措"的尴尬……虽然只是寥寥几笔，山村妇女的形象逼真地呈现出来了。

　　小作者有两个故乡，一个是四川盆地北部山区的一个贫困小镇，一个是被誉为东方威尼斯的江南水城苏州。作者笔下的《山塘印象》如一幅丹青小品，勾勒出山塘生色；似一曲抒情短笛，传递出山塘神韵。粉墙，黛瓦，碧波，细雨，长篙，小船，吴侬，软语，古桥，垂柳，青苔，商铺，店招，古亭，宅院……现实的情景与传说的故事交织在一起，再现了山塘街的前世今生。小作者用散文诗和诗性散文，表达了对自己两个家乡深厚的情感。

　　同样，作者善于用诗的眼光关注校园生活。熟悉的地方也有风景，不经意间的一次观察也能在字里行间留下诗意。她的校园小诗《夜晚的视角》运用素描手法的勾勒，有情景，有人物，既写出了景中人的行迹，也写出了观景人的心情，"喧闹声入侵了黑夜，中学部下晚课了，我也该睡了"，原来写"一瞥"也可以写得这样温馨而有情趣。

　　作者笔下的校园生活总是那样富有生机。《体育课上》：强身健体，奋发拼搏，高强度的训练，你追我赶的竞争，写实手法再加上心理活动的描述，真实地再现了体育课上的情景。《这里有我的幸福时光》中已逝的过往，都成了珍贵的回忆。国歌班女孩子领巾飞扬，窗明几净的教室里却也有着成长的烦恼，艺术的舞台上我们施展才艺……小作者满怀着幸福感，回忆着校园生活中美好的点点滴滴……

　　一个个家庭的家史，一个个家族的家族史，汇聚在一起，就是一部我们这个民族的民族史。了解自己的家史、家族史，就是了解自己的根，了解这个家族赖以生存的命脉。《两代人》正是对于自己家族史承继、延展的一种尝试。《重阳之乐》中，小作者在重阳之日自觉的敬老行为，慰藉了老人的心，也温暖了我们读者的心。敬老，是我们民族值得光扬的一种美德，为小作者传递的孝道叫好！感人心者莫先乎情。17行小诗《待葬》句句写实，字字情真。太爷爷走了，棺木横陈，人们的沉默，阴阳先生的高吟，最富深情的是写人群散后独自默坐小板凳上的奶奶"眼神里不知是哀怨，亦或是悲伤"：此时无声胜有声，情感宣泄得以升华。

　　以上推介的三方面内容，正概括了学生写作所涉及的三个方面的题材：社会生活题材、校园生活题材、家庭生活题材。关注生活，倾注情感，讲究章法，锤炼语言，坚持历练，定然会有新的起色。

喘息的嘉陵江

两山之间，江水浑浊。

淘金的船，日复一日，似乎不曾停歇。

河床，被翻了一遍又一遍。淘金的农民，枕着船板，夜夜，做着南柯一梦。

这就是嘉陵江，贯穿四川的心脏。

江底的沙石，翻成了沙山，卧在江面，隐隐约约地露出。偶尔也有的超过了水面，绕成了一个个圈，环抱着那一潭唯一是青绿色的江水。

爸爸皱了皱眉，轻叹了一口气："欲望啊！"

日夜轮回。摇金的江，分分秒秒，不曾停歇，如淘金的船与淘金的农民，不舍昼夜。

江面，摇摇晃晃的索桥横跨。

偶尔，有几个农民走过，背着一个筐子，筐子里满满地装着自家种的苹果、梨、木耳、香菇，颤颤巍巍地沿着一边走，一边用手扶着摇摇晃晃的铁索扶手。

突然，筐中掉下一只苹果，他没有弯腰去捡，似乎深知若是捡了，就会有更多的落下。

远处，几个穿着破旧棉袄的老妇人稳稳地走在火车铁道左边的小路上。感觉就这么与火车紧紧挨着，似乎就这样擦肩而过了……

火车还在呼啸向前，淘金人还在忙碌着，嘉陵江还在喘息着流淌……

（原载《姑苏晚报》，入选《中国散文诗》2015年年选）

村 妇

火车呼啸而过，窗外的田野滑过。猛然间，它停了下来，停在了那只竖着一个木牌的破旧的房屋前——大滩火车站。

"偏僻的地方能有一个这样小小的火车站，也是一件很幸福很幸福的事情。"爸爸很动情地说。我不能理解。

一个穿得大红大绿的农村妇女，肩上背着一大筐子沉甸甸的年货，手里举着一张粉色的火车票，慌慌张张地挤进了人群中。这也许是她第一次坐火车吧。上了火车，又不知所措地站在那儿。列车乘务员走来了，不耐烦地挥了挥手："查票，查票，车票拿出来！"那妇女急急忙忙在翻口袋找车票，可是找了半天也没找到，急红了脸。乘务员指着地上，吼道："掉地上了，捡起来！"她脸更红了，一边捡一边一个劲儿地说着对不起。

一会儿，整个车厢又喧哗起来。原来是几个村妇用四川方言在大声交谈着，声音大得整个车厢都能听到，边上的人烦躁得皱了皱眉，白他们几眼。

煎熬许久，终于下车了……

夜晚的视角

宿舍，一片寂静
"谁还醒着？"我轻唤
一切仍平静
都睡了
我轻轻下床，推门，走向阳台
天，黑中泛着深蓝
对面的教学楼缺还亮着灯
远处的高楼在迷茫中更加耀眼
变幻的大屏幕滚动着
到处，灯火阑珊
喧闹声入侵了黑夜
中学部下晚课了
我也该睡了

王芊予专辑

在我们这个年龄

当我们还带着一份未脱的稚气，加大的红领巾依旧在我们胸前飘扬，书包在肩，校服于身，我们，与你迎面相遇——青春。

哦，青春。或许，你就是品德书中的"花季"吧！

在我们这个年龄，这个自由的年龄。我们并没有因为进入了初中而磨去了我们的棱角，我们仍保持着自己独有的风格。在大批量的作业还没有如潮水般袭来时，我们仍然偷闲玩耍。手机不离身，欢笑不离口，这就是我们这个年龄最基本的定律吧！在我们这个无忧无虑的年龄，哪怕只有两三分钟不到，男生们也要冲向操场，来一场球赛；女生们哪怕迟到一会儿，也要尽情多看一会儿小说……在我们这个年龄，我们集合了孩童一般的顽皮，还有几份略显稳重的头脑。

在我们这个年龄，多少有些年少轻狂。我们，有着年轻人初生牛犊不怕虎，认为自己能撑起一切的情怀。我们，意气风发，敢闯敢做敢言敢当的精神是我们完美的体现。我们，面对一切，斗志昂扬，成功了放肆大笑，失败了也毫不气馁，我们认为拼搏就是生活，失败是成功之母，爱拼才会赢是我们无法泯灭的信念。在这个年龄，我们设计了十年后自己的名片，我们作为莘莘学子时远大的理想跃然纸上，世界著名高校是我们的目标，高大尚的CEO、律师、设计师等职业是我们的梦想。在这个追梦的年龄，我们共同许下了美好的愿望，期待光明的未来。

在我们这个年龄，我们有着独特的执着。我们喜欢刨根问底，我们的字典里没有"放弃"二字。我们不曾停下我们的脚步，有的只是1000米长跑时永恒的信念、难灭的信念和那一份独有的固执，这种固执是一种有着孩子气的坚持。因为我们的骨子里还透着一股自信，我们相信自己是最棒的、最优秀的，这种精神是激励我们不断前行的坚实的后盾。

在我们这个年龄，我们并不"简单"。每个课间，我们女生们总会围在一起，叽叽喳喳地讨论着那些有名无实的"班级八卦"，有时，一些男生也会挤进来，延伸一些无休止的话题。而一些内涵较深的、我似懂非懂的段子也广为流传。"蓝颜""红颜"等一些并不纯洁的词语在班级里也是极其普遍。我们这个年龄，真是一个不再单纯的年龄。

在我们这个年龄，我们或许还会快乐、或许也有烦恼，或许还有一些霸道的骄横。但这就是我们这个年龄，这个未经打磨、修饰、纯天然的年龄。

芭蕉（国画） 徐博文（8岁）画

漫步校园

记得我是怀着一种十分激动又极为自豪的心情走进这所如大学一般的校园的。一切都是那么惬意。道山青，泮池清，小路旁古树成阴，五代柏见证了沧桑百年。

老师说，伟长实验部是为了纪念苏州中学的学长——科学家钱伟长而设立的。我想，或许在几十年前，钱伟长"学哥"也像我一样，怀着兴奋的心情，踏入这神圣的殿堂。

校园里的尊经阁古色古香，红砖黄瓦，大气古朴。阁内藏有曾经苏州中学学子的用过的课本、期终考试试卷。古时苏州中学（苏州府学）的旧址立体模型也吸引了我的眼球。

上世纪20年代，苏州中学第一任校长汪懋祖在苏中校园建造了"智德之门"，后来被毁。现在，苏州中学在红楼前按照原来的样子重建了。高三的学长们每日都会从"智德之门"穿过。我想，这应该是想要让每一位学生都知道自己的责任，也应该是学校对每一位学生的期待吧！

道山应该是苏州中学的一个标志吧，相传是吴越王钱氏掘池垒土堆成的。沿着一级级石阶，我们登上了并不高的道山的山顶。山上花草满坡，也有很多树，小路旁都是梅树、桃树、枫树、梧桐。其中，应该还是松柏最多。春夏之时，树木欣荣，百花竞秀；秋冬清寂，松柏葱郁，苍翠欲滴。其中，有一棵柏树，人称"五代柏"。五代柏苍老遒劲，郁郁苍苍，相传生于五代十国时期，将近拥有千年历史，它见证了"府学千年，新学百年"的历史。沧桑千年，时光的风沙正在腐蚀着这位活了10个世纪的千岁老人。它的主干已死，干枯了，但树的顶端，却是青绿满枝，生机勃勃。

春雨池静静地。我曾认为，活水比死水更澄净，更灵动。但春雨池却颠覆了我这一思想。她似乎平静地不被世俗干扰，依然干净得如刚出生，暮暮懂懂的婴儿。在这块碧玉上，还镶着一颗明珠——春雨亭。连接春雨亭和道路的是一段曲曲折折、架在水上的石板路。若在清晨，沿着小路走上春雨亭，坐在石栏上读一会儿书，定是十分惬意。

38

苏州中学还有两个池塘：泮池和碧霞池。泮池上横跨了一座独有苏州风情的水乡式小桥，更是为它增添了几分韵味。

泮池旁有一座建筑，上面标着采芹园，还有几行我有点儿读不懂的句子——"思乐泮水，薄采其芹"。后来查了才知道，原来它选自《泮水》，是《诗经·鲁颂》的一篇，是一首先秦时代的汉族诗歌。这首诗表达了对鲁僖公的歌颂，赞美他能继承祖先事业，平服淮夷，成其武功。这就是高中学生的宿舍所在，学校处处都充满了文化的氛围。

碧霞春雨泮池水，炽热丹丹学子情。苏州中学是个美丽的校园，在这样一片沃土上学习，又有谁会做不到心无旁骛呢？

可爱的小精灵

心路小语

人在走，心在走，岔路口，你与我选择了哪一条路？

——题记

一

或许，从我决定考伟长，就与她走上了两条不一样的路。

她是我在苏外最好的朋友，可是因为成绩的差距，不可能一起考进伟长。当我接到伟长录取通知书时，我很欣慰，大家似乎也都在为我高兴；但同时我也有几分难过，因为我最好的朋友很失落，很伤心。担心她更伤心，我只有把伤感埋藏在心里，相反笑着对她说："为了再次相遇，努力，努力，三年后苏州中学见！"

路是自己选的，可是，我也不能永远地活在过去。过去的辉煌已经过去，将来的却在等着我去创造。在暑假里，我十分担心，害怕太多的学霸，使本来优越的我不再优越，而成为班级的倒数；我畏惧孤独，我害怕自己交不到好朋友。妈妈似乎明白了我的这份隐隐的担忧，便安慰我说："不用担心，你肯定还是最优秀的，但是你现在应该趁着假期多看看书，多学习学习。"听了妈妈的话，我开始了自觉的学习以及广泛地阅读，为自己步入初中做准备。

八月在字里行间飞逝。当我背着书包到伟长报到的第一天，我惊喜地发现，我和原班级的刘同学竟然在一个班；而遗憾的是，吕同学跟我不在一个班。想想也不错，总算有熟悉的同学一起也该知足了。更幸运的是，在第一天，我便交到了我在伟长的第一个好朋友——周同学，不得不说，她的背影和声音都像我在苏外的一个朋友——宋同学。看到她，我就想起了我曾经的朋友，这样我们俩的关系更好了。

老师说，第二天竞选班委。在伟长这个学霸云集的地方，基本上每个人小学时都是班委、大队委，所以当过多年班长的我应该不算什么吧。我犹豫着到底要不要参加竞选，一直到第二天也没有想好。到最后关头，我还是决定去试试。于

40

是我走上讲台，微微颔首，凭着我多年的当班长经验，随口说了起来。真的是随口说的，我一点也没有准备，但是我有六年的经验。不可思议的是，我鬼使神差地竞选上了班长，这个成功打消了我的顾虑，我开始安心准备做好班主任的助手。

从开学到现在，短短的20多天，一路走来，我已经交了不少的朋友，除了周同学，还有大、小两朱同学以及胡同学、王同学等等。我想班长这一职务应该也算帮了我不少忙吧，让更多的同学更快地记住了我，我也有机会接触了更多的同学。

现在每天午饭过后，我和我的几位好朋友便一起漫步美丽的苏中校园，感受苏中风光，或者静坐于图书馆，体会苏中文化。

我想，我现在应该很庆幸我当初的决定——读苏中，因为，在苏中的这一路，比我料想的要开心得多得多。

二

星期五中午，胡老师神秘兮兮地把我叫到教室外面，布置了我一个庄严而重大的任务。我一听，顿时感到千斤重担压身，似乎腿都软了，心中更是一惊。

原来，胡老师让我主持当天下午的班级家长会。其实，我一开始是很想拒绝的。我害怕我无法胜任，我担心我自己会令老师、同学或者连我自己都不满意。我也害怕自己没有胆量面对讲台下坐满了的全体家长和同学。我更担心的是，当时午自习时间已所剩无几，下午又没有自习课，我没有时间写主持稿。即使有节班会课，也是要到操场上练习运动会的入场仪式，接下来又是主课——英语课，生物课还要到实验室去做实验，这哪有时间写稿子呀？我发愁啊！但是既然老师已经安排了，自然有他的道理，我也只有答应。但是我真的有点儿忐忑不安呀！

既然已经答应了，我就要努力把事情做到最好，这是我做事的原则。于是，我便开始抓紧一分一秒的时间 ，认真地写主持串连词，我想努力地展示我所喜欢的伟长老师最完美、最可爱的地方。一个又一个的课间10分钟在我的笔尖滑过。终于，功夫不负苦心人，在最后一节机器人课程上课之前，我完成了我的家长会的主持稿。

上完机器人课回到教室，我看家长们还没有到教室，又把我的主持词串了一次，心里稍踏实了一些。这时，胡老师再次向我提起家长会主持的事，我便欣喜地认为胡老师改变主意了，不用我主持家长会了。我便不住地祈祷上帝保佑我。

就在这时，家长们从阶梯教室里出来了，走进教室。我接上爸爸、妈妈到座位上，正在等待家长会开始的时间。胡老师又冷不丁地对我说："你准备一下吧，家长会马上要开始了。"我愣了几秒，老师的话如幽灵一般缠绕在我的脑海中。我忽然觉得上帝没有保佑我，还得靠我自己，于是我怀着一种战士上前线时赴死的决心走上了讲台，但是我那时心一定跳得很快，背上也出了一层薄薄的汗，腿也在打颤，但当我看到我的好友向我露出鼓励的微笑时，我重新调整了一下心态，微微一笑，自信地开始了我的主持。

这是我有生以来第一次主持这么大的会议，我感觉还算成功，尽管还有许多不尽完美的地方。在回家的路上，爸爸妈妈不停地表扬我，我也从心里感到欣慰，因为我开心地发现，我的努力没有白费。我想我也从此爱上了这种富有挑战性的任务，在接下来的班级各种活动中我会更加信心满满。

热烈祝贺文飞文坊学员朱恩骅、夏意涵、汪皓天新书出版

体育课上

迈着两条酸痛、不听使唤的腿。扶着墙壁，一瘸一拐地走下楼梯……

周一的体育课上，老师让我们做了好多组仰卧起坐，跳了好几组蛙跳。这可不是个好差事。当天傍晚，我的腿就开始不听使唤了，酸痛不已。

还没等它们完全恢复，便又到星期四，又是一节体育课！更糟糕的是这节课还要测400米跑步呢！

我的好伙伴叶姿的腿也很疼，她不想跑步，便想拉着我向郭老师请假。我摇了摇头，心想，郭老师可号称"铁石心"，他怎么可能同意呢！意料之中，郭老师严厉地批评了叶同学。我可爱的叶同学灰溜溜地回到了自己的位置上。我算幸运，没有自投罗网，否则也得吃闭门羹。

开始上课了，大部队先沿着操场慢跑一圈，热身运动结束后，开始测试了。按学号，我在最后面，所以我可以暂时休息一下。

可是没过多久，就该我了，我和我的同伴一起站在起跑线上。随着老师一声令下，我们都冲了出去。

刚开始身后还跟着两个人。半圈以后，我的体力逐渐不支了。再加上我那条酸痛不已的腿，脚也仿佛灌了铅一样，沉重极了，我只好放慢了速度。

身后的金予韬像地缝里突然窜出来一样超过了我，跑道上，只剩下我和姚乐扫尾了。这下我可急了，想要加快速度，可腿似乎成了累赘，怎么也迈不开大步。偏偏就在这时，姚乐在离终点不远处加速了，超过了我。我差点要放弃了，但是又害怕老师骂，还有听到在终点的好朋友们的加油声，我心头涌起一阵感动，尽力加快步伐，向终点冲去，终于到了终点。

我大口大口地喘着气，口腔中似乎有一点点血腥味儿，心脏发疯般地乱跳。汗，一滴，一滴，一串串，滚落在地上……

这里有我的幸福时光

青春，雪一样的年华，花一样的岁月。时光似水，注定一去不复返。唯独，仍可以回忆的是那过去的光景。花开的时候，是春日，是只属于苏外（苏州外国语学校简称）这片沃土人间三月的绝代芳华……

苏外，我们国歌班的女孩子们红领巾飞扬。国歌雄浑，校歌悠扬，都在礼仪广场上空回荡。我是人们常说的"幕后领导者"，默默无闻地管理着这一群女孩子。看到她们精神饱满地右手举过额头时，我就会想到：曾经，我也站在这至高无上的酒红色大理石升旗台上，在这庄严的五星红旗与飘扬的校旗下，歌唱，致礼。这里有我的幸福时光。

苏外窗明几净的教室里，到处是我的记忆，点点滴滴记录了我的成长。曾经的我，在老师眼里是最好的学生。但我知道，我成长的道路上有成功也有失败，是苏外的老师教会了我学会成长。记得上学期考试我考砸了，一向乐观的我在那一次考试后竟然一蹶不振。究其原因，现在想起来真可笑。只是因为我的成绩好，有些人忌妒我，就不喜欢我了，而我呢，却是一个特别喜欢朋友多的人。我很伤心，所以当有人告诉我，只要我成绩差些，她们就不会嫉妒我，就会继续跟我做好朋友时，我便故意考砸了。但是我发现我错了，事与愿违，成绩不好更没有喜欢我了，我一度迷茫，不知道该怎么办？在这当时我觉得似乎被世界遗弃的时间，我的老师如一个暖宝宝，温暖我心。她拿来纸巾抹去我眼角的泪水，轻轻把我揽入怀中，温柔地对我说："芊芊，你是个优秀的好孩子，也非常善良。但是人人都有自己的朋友，朋友可以有很多，但知心朋友只需几个。别人就是因为你优秀而嫉妒你，你也应该自豪呀！你强大起来，追随者自然会增多……"我记住了老师的话，成绩一路直上，遥遥领先。苏外，让我重拾信心，重拾幸福。

苏外的舞台，似乎别样的广阔、精彩，容得下苏外的四大节日：艺术节、科技体育节、读书节、外语节，更容得下苏外的莘莘学子。苏外的舞台，更属于多才多艺的我，我在这个大舞台上收获了经验，也收获了幸福。曾经的我、潘同学、陆同学以一首《叶儿船》合唱获得了第十一名的好成绩，虽然与"十佳歌手"失之交臂，但我们没有气馁，我们三个紧接着跟随合唱团一起更加努力地为苏外的迎新晚会排练。在迎新晚会上，我们大合唱团以《When a child was born》和《拉德斯基进行曲》两首歌曲震撼全场，聚光灯照在了我们粉红色的格子裙上和雪白的纱裙上，我们把幸福定格在了苏外的舞台上。

　　这里有我的幸福时光，这是只属于我和苏外的幸福时光。幸福在凝聚，旋转，舞动，升华……

小学时代的王芊予

待 葬

太爷爷走了。

黑漆漆的棺材斜靠在低低矮矮的院落里。

请的阴阳先生来了，坐在小板凳上。

远望，太奶奶说着什么，

阴阳先生低着头，算着什么。

沉默。

良久，他抬起头，用粗大的嗓门说：

"初三入馆，

初八入土。"

太奶奶塞了些钱。

人群散了，

该回房的回房了，

该干活的干活去了，

该买纸钱的下山买纸钱去了，

只有太奶奶还坐在小板凳上，

眼神里不知是哀怨

亦或是悲伤。

两代人

古人云："以铜为镜，可以正衣冠。以史为镜，可以知兴替。以人为镜，可以明得失。"知国史，方可知天下。从古至今，学习千古名人的满腔热血，感知中华上下五千年的璀璨辉煌。若知家史，岂能不为代代真情而感动而赞叹。

爸爸讲，在他上学的时候，家里很穷，整个家中就爸爸一个儿子。爷爷重男轻女，只舍得供爸爸一个人上学，而且，就那样，都付不起一块五毛钱的学费，还要打个申请，交到镇上，等着被批准，希望能免学费。

上小学时，每天都要翻过几座大山才能到学校，放学了，还要翻过大山，天黑了才能到家。好多次，爸爸都迟到。一迟到就要被老师罚站一节课。于是他就吸取教训，每天早晨三四点钟就起床，带上几支用得都要握不住了的短铅笔上学去了。借着月光，儿时的爸爸灵巧地在陡峭的山路上行走。上坡，下坡，在他眼里，满是兴奋与喜悦，因为，他只要想到能读书，便激动不已。

靠着乡里的救济，爸爸考上了乡里的重点中学了，离家更远了，只得住宿。可是他们学校的男生宿舍还没盖好，只有四堵墙，没有屋顶没有床也没有瓷砖。于是，他们同宿舍的就拿了打捆的干草铺在地上，再在上面铺上从家里带的破破烂烂的床单。那时是寒风凛冽的深冬，雪花漫天飞舞，飞进他们那没有屋顶的宿舍里，两个人躺在一个被子里取暖。可到天亮的时候，他们总是发现自己早已滚到了泥土上，雪，也早在被子上铺了厚厚的一层。而吃饭呢，还是因为没钱，爸爸买不起学校食堂的菜，只能每周一从家里带一些咸菜和馒头到学校吃。

……

在我心中，我的爷爷也很伟大。他虽然没有文化，但却是一个很好的村支书，大家都心服口服地听他的话。他虽然是干部，但却不贪财。虽然穷，但有志气。

只可惜，他英年早逝，连我与我的表哥表姐都不曾见过.爸爸常说："你爷爷可是相貌堂堂，个子足有一米八几，年轻时身子板儿可硬朗着呢，可健壮了……"

因为工作劳累，常常身先士卒地带领村民们一起劳作，所以爷爷患病了。那时，爸爸还在外面工作。爷爷知道自己身体已经不好了，但就是不愿意告诉爸爸，他说："我儿子以后肯定能成大事，我不想耽误他的工作……"那时家里依然很穷，爷爷也不愿意花钱治病，不久，就去世了。直到爸爸回家过年时，他才知道这个噩耗。从那以后，他更加努力打拼。

外婆曾经是家中最年长的，年少读书时成绩也十分优异，年年都考第一。但是，因为她爸爸是银行的职员，工作很忙，而且她妈妈身体不好，所以她只能辍学，在家带弟弟妹妹。

有一天，我的曾外婆让她去放牛，结果她把牛丢在了一边，自己偷偷地溜到学校，坐在窗户下面听老师讲课。结果回家时，把放牛的事情早已抛在了九霄云外，结果丢了一头牛。曾外婆为此十分生气，把她揍了一顿。

……

从爸爸的爸爸，到妈妈的妈妈，多少代人，多少故事，多少精神，岂能不数代相传。

小作家朱恩骅在黔西南贞丰县布依族必克村向布依族小学生赠送他的散文集，后排左起：中国散文诗作协执行主席夏寒、朱恩骅、贞丰县政协副主席窦万文

重阳之乐

又是一年重阳到……

重阳节，乃孝老、敬老之节日。

就在今天，我到我的好朋友张欣楠家去，我要为楠楠家的二老——楠楠的外公外婆做点儿事。

"楠楠，你知道今天是什么节呀？"我跑到她身边，一脸鬼笑地看着她。可她呢，永远是那么漫不经心地说："不知道呀！"我一听，急了，叫道："今天是重阳节呀！你看老人们平常对我们多好呀，烧饭、做菜、洗衣、洗碗、打扫卫生……""打住，打住！"楠楠眼看我又要发表长篇演讲了，赶紧制止了我。她说："哎呀，不要说了，不就是要孝敬老人吗，那听你的，你让我干什么就干什么。"

楠楠的外公退休前是一位教师，特别爱读报纸，只可惜现在眼睛老花了，看报纸不太方便。我和楠楠想起外公的爱好，就一起围在外公身边，对外公说："外公，我们陪着您一起读报纸吧！"外公眯缝着眼睛笑了，露出了几颗被烟熏黄了的牙齿。"好啊！"他说。于是，我打开报纸，和楠楠一起给外公读起报纸来。碰到外公不明白的地方，我们又一起比画着讲给他听。遇到我们不认识的字词，我们又一起请教"百度"，再讲给外公听，这样也增加了我们的知识。真是快乐！

"现在，像你们这样有孝心的孩子已经没有多少了！"外婆感叹道。我们都不好意思地挠了挠头。外婆忍不住哈哈大笑起来："看看你们俩！"

厨房里，不时洋溢着阵阵爽朗的笑声。

"老吾老，以及人之老；幼吾幼，以及人之幼"。孝老、敬老，不是一天的事儿，而是将它融入生活中，天天、月月、年年……

49

山塘印象

七里山塘，带着蒙蒙雾气，裹着历史的厚重感，席卷而来……

七里山塘，粉墙黛瓦。山塘河水，青绿耀人。微风吹拂，碧波荡漾。细雨落入河中，一个一个的小圆晕一圈一圈地慢慢泛开、消失。一条船从桥下驶出，古色古香。船夫站在船沿上，双手撑着长篙，划着小船，哼着吴侬软语的民谣，朗朗上口。船上的船娘随着旋律舞动起来。轻歌曼舞顺着河水，消失在尽头，只留下一片芳香的音韵在耳边回响，只留下一道道扑向岸边的波浪。

七里山塘，春色永留渡僧桥。相传在三国时期，一位僧人在岸边叫船工过桥，船工未应，僧人大怒，便募化缘建造此桥因而得名。桥两端，春色涌动，柳树依旧青春，风韵依旧存在，斑驳的树干似乎印证了这个传说。

七里山塘，经历了一千一百余年的沧桑变迁。青石板路，苍劲逼人。偶尔有几株小草展示着惊人的生命力。青苔掩映，历史的敦重在这片土地升华。路两旁的建筑粉墙黛瓦，稀朗有致。店铺上依旧挂着一块木牌和锦牌，上面写着"七里山塘"。流苏随风飘扬，如风儿微微吹起的姑娘的裙摆，不奢华但张扬依旧。大概，也只有这里的白天没有被高科技全覆盖。只有夜晚，才灯火阑珊。无论是古亭里斑驳的扶手，还是宅院边门上隐隐脱落的油漆，无不诉说着千百年前的盛世繁华。

漫步山塘，散步时光。耳边回响着苏州评弹的吴侬软语。青石桥唱出了多少不为人知的故事。

爱上山塘，恋上悠久的历史，迷上这繁华王朝的千古传奇。

瑞士的小城

比起像苏黎世、日内瓦那样的瑞士大城市，或是像琉森那样的购物城市，我更喜欢的还是瑞士的小城风光。

瓦莱州的卢克巴德是个温泉小镇。旅客并不多，几乎都是当地人。在这个小镇，我们没有选择去泡温泉，而是漫步街头。

瑞士如他们制造的手表一般精致。当地人似乎很注意橱窗的摆设和店里店外的布置。卖冰激凌的店就是粉色系的：墙是淡粉色的，地板是桃色的，冰柜是粉白色的，连盛冰激凌的小盒子和甜筒都是粉色的，门口还摆了一个头顶插了一颗樱桃的草莓味的冰激凌。感觉连空气中似乎都弥漫了一股像粉色一样甜甜的味道。还有一家店装饰得十分漂亮。店主把枕头，牙刷，小柜子都摆在了橱窗里，还有几个自制的小娃娃，或是靠在枕头上，站在牙刷上，或是躺在半开的抽屉里，每一个都不像是装饰，更像是一个个小故事。橱窗玻璃的顶部粘着缠着的干枯的树枝，上面插着各式各样，各种颜色的蝴蝶、花朵。木门的旁边，干草杆被缠在了一起，上面挂着破旧的皮包和一双紫色旧皮鞋，里面都装着泥土，种着一些绿油油的多肉植物，十分新奇。

瑞士人总是很喜欢用花来装饰各种各样的建筑。无论是医院、宾馆、古老的小木屋，或是自家的宅院，窗台上总是摆满了五颜六色的鲜花。

卢克巴德有不少木屋，有的新，有的旧。新的木屋是深咖啡色，不用装饰都很好看；旧的呢，摇摇欲坠，但它就从来没有倒过，木板也有些褪色了，有的木板也会残缺一点，这就需要一些点缀。他们给破旧的窗户上安上一圈红色或绿色的边框，再在木质花架上摆上几盆花，再老再旧的房子也会变得十分漂亮。

傍晚的时候，白天很少见到的当地居民都出来活动了。大家坐在酒店外的露天餐桌上，每个人点一瓶饮料，与朋友聊天。一天就这样走过。

51

瑞士少女峰

如果说瑞士的马特洪峰如一个壮汉，那么瑞士少女峰，真的如少女一般，圣洁，婉约，美好。

乘着古老的金色山口列车，我们登上了瑞士少女峰。一阵寒意袭来，冷得我们直打哆嗦。

瑞士少女峰，真的如洁白的天堂。

山峰常年被冰雪覆盖，洁白，遮不住优美的弧度，倒是平添了几分柔软。山峰的顶端栖息着一朵如蘑菇一般的云，纯净得如牛奶一般，好像给少女峰戴了一顶漂亮的帽子。

几个世纪以前，有一队登山队员梦想攀上这座瑞士屋脊，可却付出生命的代价。阳光照在山顶的雪上，闪闪耀人眼，似乎从上个世纪传来。又像是当年登山队员永不破灭的梦想与坚守，守在雪峰顶端。远处，天空蓝得清丽，蓝得耀眼，衬着山峰如一幅画般。

我伸出手去，发现这雪竟然不冰冷，竟有一股太阳的丝丝暖意，沁人心脾。

少女峰的观景平台里还有一座冰宫。冰宫里到处都是冰，手摸上去，很冰很冰，似乎手都可以冰在上面，取不下来了呢。走在冰上，滑溜溜的，似乎走几步都会摔一个跟头。冰宫里有很多冰雕，有的雕刻成一只带着围巾，在玩雪的小熊；有的雕刻成了一队正在登山的队员；有的雕成了圆滚滚的企鹅……每个都晶莹剔透，栩栩如生。

夕阳把自己的余晖长长地拖在了少女峰的雪地里，雪被染成了红色。"咔嚓"，这美丽的瞬间，被永远地定格了。

《一千零一夜》读后感

流浪，冒险，勇者，强盗，魔鬼，智者，神，魔法师，传奇的经历，神秘的旅程，这本《一千零一夜》紧紧吸引了我的目光。

桑鲁卓的智慧感动了我。她面对凶残、每日娶一少女次日早晨便杀掉的国王的种种恶迹，勇敢进宫，凭借那一千零一个故事，感动了冷酷的国王，拯救了整个国家。所以，这本书就叫作《一千零一夜》。

我最喜欢的是辛巴达七次航海的传奇故事。航海途中，他遇上了海啸，绝处逢生，来到了一个大岛国，参加了赛马比赛，一举夺冠，因祸得福并获得了丰厚的奖励，于是他一夜暴富；他又一次遇险，但又幸运地来到了一个岛屿，在岛上他又凭借自己的智慧杀了一只巨蟒，喝了蛇血，吃了蛇肉，抽了蛇筋和蛇皮，一下子得到了神力，爬上了高台，神雕也帮助他，并把他带回了家，留下了一包珍珠钻石；在猿人岛上，他打败了巨人卓宾拉的尖头五步蛇，得到了两条大船和半船金子；在吃人岛国，他遇上了吃人五怪，打败了残暴的吃人统治者哭不死，救了身处水深火热之中的平民百姓；在百兽岛，辛巴达打败了岛主阿里巴巴；他遇见了曾经伤害过阿里巴巴的老友阿拉伯，阿拉伯十分后悔，不该听取小人之言，于是与辛巴达合作，打败了当年害阿里巴巴的欧阳思闻等人。通过几次航海，他越战越勇。第七次航海，他又与大海老人一起打败了九头蛟，救了老人的女儿海儿。他一次次历险，一次次满载而归，又勇敢地再次出发。

辛巴达航海的传奇故事总能引起我们的共鸣，激起不少人的航海历险梦。当辛巴达的船遇险时，我的心好像被提了起来，生怕他遭遇不测；当看到他登上岛屿时，我又松了一口气，被他丰富的航海经验所折服；当他遇上像大蟒蛇一样强大的敌人时，我又紧张了起来，为他的安全担心；当他打败敌人，平安回家时，我又感到欣慰，为他又一次挑战凯旋归来而喝彩。我也想像辛巴达一样，去探索未知的世界，到神秘的大海中去历险。

我喜欢辛巴达。他不像其他人，安于现状，他喜欢未知、处处有惊喜的航海旅程。他不像平常人，碰到困难就一味地退缩，而是一次次勇敢地接受挑战，都会用尽全力去拼一把，无论结果如何，都不会轻易低头。他不像其他的富人那样爱慕虚荣，骄傲自大，贪婪无比，欺压穷人，而是平易近人，爱护穷人。面对同名的挑夫辛巴达，他也把他当作一生的挚友。他们俩互相理解，互相支持；他也不像其他人那样最爱钱财，十分吝啬。他不爱虚荣，讨厌虚情假意的人，讨厌那些来巴结他的身份显赫的富人、王宫大臣。

读了《一千零一夜》，我懂得了好多做人的道理。我们应该像辛巴达一样，敢于探索，不畏困难，勇敢面对一切，不能爱慕虚荣，不能骄傲自大，目中无人。也不能像阿拉丁一样，因为钱的诱惑而盲目行事，不能轻易相信陌生人的话，但应该像阿拉丁一样重情重义。我们也应该像希马斯和小希马斯一样正义，不能像王妃那样心狠手辣，挑拨离间，还应像瓦尔德国王一样知错就改。

《一千零一夜》，装下了整个世界的人，有的人心险恶，有的人善良勇敢，有的人贪图享乐……

读书，感悟世界。

〇〇后苏州十人选

文飞文坊教室在苏州市文物保护单位、大石头巷风景如画的南半园。

王霄飚专辑

　　王霄飚，一个画油画的00后女孩，苏州市立达中学初一学生，在《苏州日报》发表作文。

主持人语　韩树俊

　　校园，总有写不尽的题材。挥洒七彩画笔，涂鸦心中梦幻，双休日的美术班是她最爱去的地方，那里她可以描画心中的美景，展现梦幻的美妙，也有小伙伴们一起涂鸦的情趣。这不，一起学画画的汪"雷人"栩栩如生地出现在了霄飚的笔下。（《江"雷人"轶事》）有古灵精怪的闺蜜，必有活泼机灵的"我"。邵邵、阿黄、我，调皮可爱的我们仨碰在一起，保准有戏看啰……（《古灵精怪小女生》）雨中情，同学情，一切尽在霄飚絮絮道来的文字之中。

　　"我越来越像我的女儿。"究竟谁像谁？妈妈像女儿？女儿像妈妈？哈！中年的妈妈像12岁含苞待放的女儿一般青春，年少稚嫩的女儿要像妈妈一样好强坚强。哈，让人羡煞了这对可爱的母女。《妈妈最近的唠叨》传递出这对母女之间的默契与祥和。而放养式的教育，特别严厉，不轻易表扬，能让孩子自理的决不替代，这是老爸教育的特色。妈妈去北京出差后爸爸一反常态"老太婆"似的唠叨，特意给女儿做的"紧酵馒头"已经烤焦却全然不知，留下了两本旧得发黄的《红楼梦》让女儿读还不放心地封住了书中的有些部分，写上留言："这些部分还不适合你看"……凡此种种，都活现了一个 "不善言辞的爸爸"粗矿而又细腻的爱。《在爸爸的阳光下》又一次宣示了父爱如山的道理，父亲的爱，是无声的爱，此时无声胜有声！"时间都去哪儿了"。作者在感慨时间之快的同时，打内心深处回顾了祖父对孙辈的亲情，用情感色彩十分浓郁的抒情式的陈述，去感受，珍惜和亲爱的爷爷在一起有他陪伴的美好时光。浓浓的亲情渗透在字里行间，感人肺腑。（《时间都去哪儿了》）

　　关注民风民俗，霄飚的笔下苏州元素尽显。背起画夹，迎着清风，油画女孩要去运河边画幅速写；霄飚笔下的运河悠扬、涤荡，白练一般飘然流淌……（《运河的见证》）苏州小吃，名扬天下。炒肉馅团子、枫镇大面是霄飚的最爱。《苏州人夏季美食》集视觉、嗅觉、味觉、触觉于一体的舌尖上的美，苏州元素在食文化的又一体现。虽然只是街头一瞥，却也写得有声有色，有滋有味。《卖长沙臭豆腐的老汉》让卖长沙臭豆腐的老汉当上了街头舞台的主角，刚放学闻"味"而来的孩子们则可视作舞台下的观众，台上台下的互动正是演绎了最真实的生活。简朴的陈设、熟练的操作、热情的招揽、臭豆腐的臭香……小作者将卖臭豆腐的老爷爷写活了。

还有一些小诗，也写得很有味道。希腊诗人西摩尼得斯说：画是无声的诗，诗是赋以语言的画。霄飓的小诗《小镇》和《乡村》正是对她绘制的油画的诗意诠释。三月桃花芬芳，八月桂花飘香。观四季景色，描眼前风光，春雨秋叶皆入景。《春雨·秋叶》正是描摹了这样的景致。而《夜》中，路灯、飞虫、变换着颜色的彩灯、车灯、信号灯、长长的宝石项链……浓浓的夜幕有着灯的街道的背景……《记忆中的蒲公英》翻阅一页页回忆，品味成长的痕迹，就像蒲公英一样，在我的生命里，从未停息，飞来飞去……一曲蒲公英的歌，一曲童年的歌……

00后油画女孩王霄飓，用一双艺术的慧眼寻觅着生活中的美，她用画笔饱蘸色彩绘制美图，她用文字饱蘸情感挥洒华章，她很刻苦，也很努力，祝愿她在踏入中学大门后，会有更大的进步！

小画家王霄飓

运河的见证

潺潺的运河水和着悠悠的昆曲、评弹流经古城苏州，它见证了苏城的古往今来，大运河水倒影出古城千百年来的风云涤荡、繁荣兴旺……

古城苏州是一座运河城市，千年古运河穿城而过，全长1794公里的京杭大运河，有80多公里的河段，从苏州境内穿行而过，它流经了"吴中第一名胜"的虎丘山，绕过了千年古刹寒山寺，经由胥门、盘门，过澹台湖，奔吴江，直向杭州流淌而去。

乘坐装饰精美的龙舟走运河苏州段，一路驶来，历史的风云在眼前回放。虎丘山前，山塘河畔，大运河像一条白练飘然流淌，静静的水面倒映着两岸粉墙黛瓦的古宅民居，一派祥和安宁的景象。你可曾想到，明末苏州五义士与朝廷斗争的故事，就发生在山塘河畔。公元1626年，宦党魏忠贤抓捕东林党，并派兵士到苏州来捉拿他的反对派。东厂到苏州抓人的消息一传开，苏州市民轰动。抓人的官船一到，在五义士的带领下苏州市民齐聚码头把官船上的宦官打得落花流水，逃离苏州。大运河水见证了苏州人自古以来的硬骨头精神！

寒山寺前，江枫桥畔，依然是大运河水见证了1949年4月27日人民解放军从铁岭关最早进入苏州解放苏州。而今，站在狮山桥头、何山桥畔，俯瞰大运河里南来北往繁忙的船队，眺望苏州新区林立的大厦，你的心情无比舒畅。大运河水同样见证了高新技术开发区的无比生机和活力。

经胥门，过盘门，大运河苏州段向东南方向一路流去。澹台湖口，宝带桥宛如一条白色的巨龙，随时都可以飞起。当夜幕悄悄降临时，一轮明月上中天，月光似水，水波荡漾，53个桥洞映明月，微风过处，水中的明月化成了点点波光，令人陶醉。大运河是连接苏杭两座城市的水上通道，站在河边望着来来往往的货船，忆大运河千年的发展——春秋时期的开凿，隋炀帝大幅度的扩修并贯通，唐朝的繁荣，元代的取直，明朝的疏通……京杭大运河这千年的历史承载了多少修河工人的汗水，也见证了苏州古往今来的风云变幻和繁荣昌盛。

流经苏州的大运河，你见证了苏州的历史，苏州的崛起，苏州的今天的辉煌！

王霄飓专辑

江"雷人"轶事

江"雷人"可是我们美术班上的"大明星",让我们敬佩又爆笑。

一次,老师让大家创意手绘包,江雷人托着腮帮子,紧锁眉头,一副沉思状,正构思着一幅有创意的图案。调皮的刘畅趁他不注意的时候,往他正绘的包上画了些"插画",江"雷人"怎么擦也擦不掉,反而越来越黑。"雷人"一番思考后,拿出一把大刷子,沾上一大块金色颜料,一下一下地刷了起来,最后还手抓一把金粉潇洒地往上一洒,竟然做成一只美观大气的土豪金包。远远望去,金粉在阳光下一闪一闪,煞是耀眼。江"雷人"的应变能力真让我佩服!

最近,"雷人"不知怎的,整天大喊"男女有别"。我们女生刻意走到他身边和他比了比身高,江"雷人"明显比我们女生矮了一大截。他瞪大了眼睛,胸口一股一股地有气却发不出来。过了一阵,他见我们坐在了椅子上,就急冲冲地跑过来和我们比身高,没想到我们坐着都比他站着高。这小子气坏了,连呼"男女有别",看着他那垂头丧气的样子,我们忍不住大笑起来。

江"雷人"画的纯属半成品,我们美术班流传着这样一句话:"狗不理雷人之画"。江"雷人"几乎将大半节课的时间都用在讲废话上了。

屋外下起了雨,雨滴落在窗户上,又顺着窗户"滴答,滴答"流了下来。

屋里"雷人"正专心地设计着一把蓝色的雨伞。他手握调色板,拿起笔左调调,右调调。一会儿抠一大块红色,一会儿抠一大块蓝色。"不错!""雷人"一会退后几步仔细端详,一会又上去补了一些颜色,6个"暗器"就被他活灵活现地画了出来。黑色的手把,深蓝色的箭头,还泛着一些光泽。

"雷人"又有了新主意:画世界各国标志伞。真是一个不错的创意,我心中暗想。可雄伟的长城被他画成了一团泥潭;奇巍、峻拔的富士山被他画成了一个盖着白色奶油的巧克力布丁;粉嫩粉嫩的樱花被他画成了好几个粉色梅花形狗爪印;金字塔被他画成了一个个平面的三角形。

哎,好端端的创意又毁了!"雷人"似乎也发现了问题,开始了"大手笔"。一把刷子上裹着厚厚一大层金色的颜料,好像一堆还没绕过的麦芽糖。只见"雷人"天女撒花般地将金色颜料滴在伞上，渐渐地富士山只剩下了一丁点儿少得可怜的奶油了，金字塔也早就无影无踪了。直到最后整个伞上全部都是金色的了。

　　将别人的伞和他比一比。别人有的画得细腻，有的狂野，唯独他虽有创意却最终古怪无比。我们见状大笑，他还理直气壮地说这是艺术。

　　我还是欣赏他的创意，还有他的搞笑作品。

画画中的霄飚

古灵精怪小女生

用古灵精怪来形容我亲爱的闺蜜们是再恰当不过的了。

一下课，邵邵赶忙跑过来，"阿王，你同步借我一下吧。"我赏了她一个白眼，顺手将"同步"塞给了她。

"嘻嘻，阿王最好了。"诡秘的笑中藏着一丝猫腻。

邵邵平时很记仇的，今天我赏了她个白眼怎么没有报仇？正当我不解时，邵邵乐呵呵地捧着我的本子展示给我班的几位自恋狂看。他们则一脸惊讶地望着我。

"哎呀，见过自恋的，可没见过像你这么自恋的！"班长走到我身边拍着我肩膀说。我抢过本子一看，本子上用铅笔龙飞凤舞地写着几个醒目的大字："我乃人见人爱，花见花开的霄飏是也。"

"嗨！就你搞的鬼！摊上你这个闺蜜真是受不了！"

"哼，现在才知道晚了。"邵邵一脸诡秘地笑着。

别看阿黄平时说话细声细气，好似一个乖巧的淑女，但在关键时刻，她的动作可是雷倒了好多人呢！一次放心班，我、邵邵和阿黄三人比赛跑步。"嘻嘻，今天谁跑得最慢，谁就帮其他两人代做值日。"阿黄自信满满地说。跑步时，眼看我和邵邵就要超越她时，她突然转过身来，双手握拳对着我们喊道："电击波！"话音未落，一个华丽的转身向终点飞奔，留下我和呆愣愣的邵邵在风中凌乱。

整人可是阿黄的拿手好戏，作为她的闺蜜我可没少挨过她的蛊惑。"快，李老师叫你去办公室一趟！"我飞快地奔进办公室问李老师有什么事，"我没有找你啊。"李老师一脸莫名地望着我，我恍然大悟。"阿黄你又耍我！"我气冲冲地跑进教室。"是班长说的。"我看着一脸淡定的阿黄，便气势汹汹地跑向班长："班长你竟敢耍我。""有吗？"班长奇怪地看着我。我看看一脸惊奇的班长又望望捂着嘴偷笑的阿黄，终于明白了——我又被她耍了。

"鲁卓雅，借我一下鞋套。""OK！""鲁卓雅，帮我发一下本子。""OK！""OK"这是鲁卓雅的口头禅，不管同学们提什么要求她都会说：

"OK！"

身为数学课代表的我问："谁能帮我发本子？"话没说完鲁卓雅就迫不及待地抢过本子："OK！我来发。"这时语文课代表捧着一叠考卷走进办公室："谁能帮我理卷子？""OK，我来。"鲁卓雅一手端着本子，一手抢过卷子急不可待地跑了。她急匆匆地穿梭在教室的走道上，直至上课才完成了任务。同学曰："鲁卓雅你真是个热心肠！""OK，OK。"李老师曰："同学们要好好向鲁卓雅学习。""OK，OK。"这时数学课代表问："鲁卓雅怎么有10本本子在我这儿？""咦，试卷里怎么有数学本子呢？"语文课代表说。见情况不妙罪魁祸首鲁卓雅赶紧逃之夭夭。

"王霄飏你东西掉了。""鲁卓雅，我在做值日你帮我放一下吧。""OK！OK！"鲁卓雅不假思索地说。当我做完值日时才发现，鲁卓雅不但没有替我拉好书包的拉链，反而将书包敞开，书散落得满地都是，瓷砖上居然还留有几滴墨渍。

唉，这些古灵精怪的女生怎么就是我的闺蜜呢？

草原的回忆

我与雨的不解之缘

一年级时我最讨厌下雨，下雨了体育课就不能在室外上，下雨了走在路上鞋子会湿……但在小学六年中，雨见证了爸爸对我浓浓的亲情，见证了同学之间的友情……现在，每当下雨我都会和同学一起大喊："下雨了！"

雨中等待

听着耳畔"沙沙"的雨声，我皱起了眉头，"陆怿昀，你帮我告诉我爸，我要做明天演出的道具，让他别等我了。""好嘞。"

同学都走光了，教室里静得出奇，只听得"咔嚓咔嚓"的剪纸，我和邵邵两人正费力地剪着演出道具——螃蟹的脚。"王霄飏，好无聊，道具我们先别做了反正有的是时间，我和你玩一个游戏吧。""可是做完了道具我要早点回家。""你爸不是知道你在做道具的吗？""那好吧。"

我和邵邵一玩就忘了时间，直至5点的提醒铃响了，我才意识到时间不早了。我冒着小雨去向李老师借双面胶，路过校门时，在空荡荡的街上我发现了一个熟悉的身影——爸爸，他躲在校门口的小亭子里，胸口湿漉漉的，看到我跑了过来，他笑着朝我挥了挥手。"爸，你怎么没回家？在这么冷啊。""不冷，我等你。""你先回去吧！我还没做完，我会自己回去的，我先上楼去喝水去了。"

我回到教室就和邵邵马不停蹄地做道具，当我们做完时，已经6点多了，我向窗外看去，天空依然飘着小雨。

我急匆匆地向校外跑去，"王霄飏！"循声望去，爸爸依旧躲在校门口的小亭子里，胸口还是湿漉漉的，他似乎从未离开过，只是手上多了一个保温杯。"不是渴吗？喝点水吧。"我打开保温杯，里面的水温温的，喝完一股暖流涌遍全身。"爸，你等了我很久了吧？""不久，就一会儿。"

后来我才知道，爸爸怕我等他，所以提早了半小时来接我，当他知道我渴了时，又马不停蹄地赶回家，帮我准备好温水，再急匆匆地回到学校来等我。这样算来爸爸在雨中等了我3个多小时，顿时一股暖流流过全身。

64

雨中伞

听着雨打在玻璃上的"滴答"声，"又是下雨！"我不禁感叹道。

平常我最喜欢撑着伞在雨中踩起一个又一个水花，可今天我却没有带伞，望着窗外淅淅沥沥的雨我的心情糟透了。

随着一声"放学，下楼。"我很不情愿地下了楼，在门厅同学们撑起了伞，可有一部分同学没有伞，这时不知是谁将一位无伞的同学拉入了他的伞下，其他同学纷纷模仿，男生们甚至三五个一起合撑一把伞，有伞的有帽子的同学带上了帽将伞让给了其他同学，我被邵邵拉入了她的伞下："我送你到地铁站吧。""地铁站在北面，你家在南面。""没事，走吧！"

走在路上，耳边不时传来同学们的话语："你躲进来点，快淋到了。""哼，才没有呢。""伞你用吧我有帽子。""雨这么大光有帽子怎么能行？"…… "邵邵看你伞都斜了，过去点。"说着我将伞往邵邵那移了移。"没斜，没斜，你别移了。"

"嘀嘀"一辆汽车开了过来"到这来。"邵邵一把将我拉离了"危险区域"，车轮飞溅出的水弄脏了她的裤子。"邵邵你没事吧？"她笑着对我说："没事只是回家又要挨批了，你可欠我一个大人情！"

65

邵邵送我到了地铁站，我望着湿了左肩的邵邵，邵邵望着湿了右肩的我，我们不禁笑了。"谢啦！""呵呵，不用谢。"

雨似乎小了。

我望着撑着小伞远去的黑色背影，一股暖流涌上心头。

说说我们班

"双面"五班

我们五班在老师眼里是学校的精英，名副其实的好孩子，而在别的班眼里，我们班个个都是会玩的高手。

我们班是年级里的尖子班，一到上课时间同学们都能快速地镇定下来，坐得端端正正。大伙儿都很聪明，老师一点就通，班级数学成绩也是遥遥领先于年级。平时大多数同学的成绩都是在90分以上，偶尔拿个100分也不足为奇的，不像别的班一学期都没有几个人考过100分。

语文课上更是我们大显身手的时刻，一次语文老师指着黑板上的"推"、"堆"、"谁"和"难"四个字问："这四个字怎么区分？"。班长立刻举手回答："有手才能推，有土是土堆，有言想问谁，'又'来一个——难啊！"班长机灵形象生动的回答，再加上他略显夸张的肢体语言，引得全班同学哈哈大笑起来，甚至有的笑得捂着肚子滚下了座位。

我班的同学会学习还很会玩，这是全年级公认的。一次，人高马大的六年级男生向我班挑战踢足球。六年级男生跑得快，开场就占了优势，我班男生不甘示弱，配合紧密，一个假球，关键时刻体育委员大力一踢，球在空中划出一道白色的弧线，直冲球门，对方守门员愣是没有回过神来，球进了！最终我们班以3∶1战胜了六（1）班。厉害吧！

整个学校最火的网络游戏是"造梦西游"和"穿越火线"，我班同学几乎都玩过，不但男生玩，而且我们女生也玩。我最喜欢玩"穿越火线"击杀时那酷酷的感觉真的很爽。玩"穿越火线"的人很多，光70级以上的就20多人，甚至有个同学居然上了排行榜。

你说我们班级是不是会学又会玩呢！

班长的对手

"班长，你跑步好慢！"

你瞧，我们班赫赫有名的闹事鬼又在挑战班长了。班长面不改色心不跳，慢悠悠地从书包里拿出写着闹事鬼名单的记录本，准备放学后去告状，闹事鬼看了看班长，偷偷溜走了。

中午吃饭时，班长习惯地把手伸进书包里，没想到手摸到了冷冰冰的东西，拉出来一看是条"蛇"。她的双手颤抖，呆在原地好一会，才说出一句话："原来是玩具蛇啊！我最喜欢玩了！"只见这时的班长脸色由青慢慢地变回红色，在一旁观看的闹事鬼三兄弟则垂下了头。

下午活动课的时候，班长主动给闹事三兄弟补课，他们三个个个耷拉着脑袋，只能眼睁睁地看着别人在楼下飞奔玩耍，自己只能在教室里听着班长的唠叨。这时数学老师找班长帮忙。闹事兄弟们小心地从笔袋里拿出一条毛毛虫放进了班长的书包里，这一幕正好被回班级的班长看到了，在班长的再三追问下，三兄弟终于招认了，因为班长记了他们的名字，他们趁中午的时候偷偷溜出学校买了一条"蛇"来报复班长，见班长不怕又才捉了条毛毛虫来吓唬她。班长听了哭了起来说我当时摸到"蛇"吓了一跳，但是想到我要做同学的榜样，才说出了那番话。三兄弟惊呆了。

事后，三兄弟解散了，成了班长的"顺民"。

班长就是这样又解决了一个又一个对手。

67

成绩公布了

随着施老师的一句"现在开始公布成绩了。"同学们的心像被一只无形的手狠狠地揪了起来。

"陆怿90.5，孙玥90，王霄飏90……"听了这句话，刚刚还在担心考不到优秀妈妈会请吃"竹笋烧肉"的我悻悻地摸了摸我的屁股，心里松了一口气。

施老师开始讲卷子时，我突然发现有道题明显错了，应该扣2分，如果扣2分，那我的90分就不保了。我摸了摸即将开花的屁股，想起了妈妈暴怒的样子，手不由得颤抖了一下。要是不说。我的良心一定不会放过我的。就在这时同桌无意中看了我的答案一眼，他也发现题目批错了。一下课，他就围着我，不停地劝我，还口口声声说是为了我好。我心想：哼，你就装吧，看你兴奋的样子就知道你是在幸灾乐祸。

我虽然怕妈妈的天打雷劈，但因为良心的不安与同桌的火上浇油，我缓慢地将卷子交给了老师，心中有担心，有害怕，还有一种解脱。最后，施老师并没有扣我的分，还夸我诚实，但她却不知我心中的挣扎。

从将错题告诉老师后，我没有后悔，反而心中的不安消失了，人也轻松了很多。

王霄飏专辑

立达的情趣

迎着八月的阳光，我，走进了立达，我的中学生活充满了好奇与情趣。

操场上的掌声

"第三套中学生广播体操，舞动青春现在开始。""抬手，踏步……"顿时，操场上齐刷刷做起了广播体操。

操毕，主席台上，老师正在评价我们做操时的表现呢。

"初三年级整齐，但动作不是很到位。""啪啪啪"，这时响起了一阵掌声，掌声越来越响，初一初二的同学都幸灾乐祸地使劲鼓起了掌，只有初三的同学绷着脸，一脸阴霾。

"初二年级大部分同学都很认真……"老师的话还没有说完，"啪啪啪"，台下便涌起了一浪又一浪的掌声。"但有少部分同学还不够用力。"呵呵，刚才还一脸阴霾的初三同学也跟着欢快地拍手了。

"初一年级女生做得不错，有些男生还要加油哦！""风水轮流转。"身旁的一位女生感叹，说着轻轻地为自己鼓起了掌。

"啪啪啪"，一节大课间就在掌声中结束了。

食堂里的长队

"说好的自助餐呢？"一位初一小朋友抗议。身边的学姐看了看说："菜是可以自由选择的，可是前提是你要能排得上队。"看着已经挤得水泄不通的食堂，想想更是人山人海、寸步难行的三楼，这位小朋友表示彻底放弃了，想吃自助餐，这真比西天取经还难啊！

有趣的是，有人排着长长的队终于挨到自己时，因为没有带胸卡，对不起，你只能去办公室买好票再重新排一次队吧。

入场式很霸气

在人流的簇拥下，终于挤到了观众席上。耀眼的阳光烘烤着我们，望着邻座打着伞悠闲地吃着零食的学姐们，我们幽怨无比。

随着熟悉的进行曲在耳边响起，操场的跑道上迎来了以"里约热内卢"为主题的班级队伍。女孩展开长裙，跳起热情的桑巴，火红的长裙，火红的发饰，宛如一束四射的火焰，全场的气温立刻升高了好几度。全场的男生兴奋得站了起来。

刚目睹了热情的桑巴又迎来了一场精彩的"斗牛"，人与"牛"配合默契。"牛"演绎得惟妙惟肖，当红布移开的一刹那，"牛"疑惑地转了转脑袋才后知后觉地转头重又冲向红布。

王霄飏油画

苏州人夏季美食

炒肉馅团子

一说到吃，苏州人夏日必吃的就是炒肉馅团子，胖胖呼呼的团子，披着一件白色的衣裳，开口处躲着一只只粉嫩嫩的虾仁，红中透粉，粉中透白，好不诱人。

这种团子只在黄梅天过后的几个月里才能看见，因此我更是喜欢。

早晨7点，苏州个个糕团店门前就会排起一条长龙，这必然是来购买炒肉馅团子的了。买一盒炒肉馅团子，拿起一只尝一尝，一口咬下去，露出嫩黄又有一些偏绿的扁尖、黑木耳、暗黄色的金针菜……木耳泛着金黄的油光，这金黄的卤汁也是炒肉馅团子的一大亮点，而肉馅头上也必然点缀着几粒小虾仁。

炎炎夏日，排上半个小时的队，买上一盒炒肉馅团子，买的时候，店主还会用小勺子浇上一点儿汁水，这汁水就是炒肉里的原汤，吃在嘴里，木耳的润滑、金针菜的嚼劲，带着一股微甜涌上舌尖，在口中回放。吃完后，伸出舌头，贪婪地舔一舔油光铮亮的手指，吮一吮，舌尖荡漾着淡淡的甘甜。

枫镇大面

《舌尖上的中国2》节目中介绍了枫镇大面，作为吃货的我经受不起诱惑就亲自去尝了尝。

同得兴坐落于十全街上的一幢两层小楼里，小楼古色古香，门口黑匾上有"中华餐饮名店"6个金色的大字，而《舌尖上的中国2》的枫镇大面也就是源自于这里吧。

坐定，点一碗枫镇大面，白色的面，浓郁的底汤有着淡淡的暗黄色，一把翠绿的葱花，好不诱人。吃一口白色的大肉，酥烂入味，入口即化，喝一口汤鲜美可口，吃一口面劲道润滑。

如此美味都源于它的选料和制作工艺。大肉采用优质的五花肉，历经拔毛、清洗等步骤，再炖上至少四小时。枫镇大面的面汤除了用煮肉的汤做底汤以外，还加入了面厨师用一双加长的"捞面筷"嗖地一声，捞起面条，面条犹如白瀑，将面盛入"观音斗"中，抖去汤水，盛入碗中整个动作一气呵成。

卖长沙臭豆腐的老汉

围着一条布满油污的围裙，带着一副半截的手套，狭窄的巷口，走来一位推着三轮小车的老汉，凛冽的寒风冻僵了他的手指。

这是一辆简陋的三轮小车，煤炉、油锅、火夹、竹签、盛放辣椒和各式调料的瓶瓶罐罐……沾满了小车狭窄的空间，挂在车前的一块铁皮上写着"长沙臭豆腐"几个字。

天色微明，他早早地等候着人们，迎接着清晨第一笔生意。七点半，随着上班的人流，摊位前挤满了人。开油锅、炸臭豆腐、捞起、撒调味料，竹签串起……一气呵成，动作的利索娴熟浑然不像是一位上了年纪的老人。

下午四点半光景，又准时出现在巷口。空气里飘飞的带着点辣味的长沙臭豆腐特有的"臭香"，引来了附近学校刚放学的馋嘴的孩子。孩子们嚼着油而不腻的臭豆腐，嘴角漾开了花，笑容也灿烂。老汉满是皱纹的脸，就像西边的天空爬上了一抹红红的晚霞。

他的臭豆腐比别的摊要薄一些，有人说他小气，有人说他偷工减料，但硬是他的摊前围的人多。其实他也曾经尝试用厚点的豆腐炸，可口感总是差那么一点点。嘘！这可是老汉的生意秘诀哦！

71

王霄飓专辑

妈妈最近的唠叨

我越来越像我的女儿。

我已经年过40了，而她的人生却刚刚开始。

我很像她，她生气时那一声响亮的关门声。一声不吭地将自己锁起来，没有人知道她在想什么。她很倔强。

我很像她，她的泪水早已溢满眼眶，但却笑着说"没关系"，她的样子却让人揪心。她学会了内心坚强。

我很像她，她的成绩不是特别好，却很要强，终于有了现在的成绩。在这好成绩的背后谁又看到了那个无数个夜深人静的台灯下的身影？

我越来越像我的女儿，我们一起逛街，一起看电影，一起听音乐……

穿同样的衣服，玩同样的游戏，看同样的书，我越来越像我的女儿。

王霄飏油画

在爸爸的阳光下

从小我的衣食住行都是由我妈妈打理的，爸爸对我实行放养式教育，所以我和我的爸爸并不是特别亲近。

一年级时，第一次考试满分，我哼着小曲，一蹦一跳地向家人展示，妈妈和爷爷看了直夸我聪明。那时的我高兴得像打了胜仗的战士，高举着考卷得意洋洋地给爸爸签字。"哦，100分啊。"爸爸放下报纸抬头看了看骄傲的我。"是啊，怎么样？我很厉害吧！"我仰起头自豪地说。"一次100又怎么样？想当年我可是次次100。"爸爸的话像一盆冷水"哗哗"地从我的头上泼下。于是，我有了一个念头：我心想要像爸爸一样厉害……

中年级了，我的爸爸越来越懒，竟开始了"罢工"，"你都这么大了，要学会独立，你自己回家吧。"他慵懒地说。

不但如此，更可恶的是爸爸拦住了不忍心让我自己回家的妈妈，还美其名曰："孩子都那么大了，你要让她自己锻炼一下。"于是我只好一个人无奈地望着同学们一个接着一个被家长接走，独自踏上回家的路……

又长大一些了，同学们也陆陆续续自己回家了，我也有了与自己结伴而行的伙伴了。放学了，我经常等着在校门口小店里买零食吃的同学。同学拍了拍胸，大气地问："今天我请客，你要不要吃些什么？"我不情愿地摇了摇头，因为老爸明文规定不许吃小摊上的食品。

有一次，我禁不住诱惑稍稍尝了一口辣条，一股麻辣袭上我的舌尖，嗯，果真好吃。可不知道怎么的，第二天放学，爸爸居然知道了，便正颜厉色地对我进行了一次深刻的洗脑……

最近管理我衣食住的妈妈去了北京，爸爸一反常态，开始啰唆起来。早上我本想趁妈妈不在多睡一会儿，可谁知，早上7：15不到，平时爱懒床的爸爸就把我硬生生地从被窝里拖了出来，他一边做着早饭一边对着我唠唠叨叨："上学衣服不要穿太花，不要佩戴首饰、手表……""好了，好了我知道了。"这些妈妈平日里常说的话如今都换成了爸爸来说。"早晨起来呢，要喝一杯白开水，有助于排毒。"爸爸边说边递给我一满杯白开水。"到了学校一天下来也不能忘记喝水，否则……"

爸爸像一个老太婆似的在我的耳边念叨着。

放学回家我一进门就闻到了一股焦味，爸爸端出一盆紧酵馒头，爸爸的技术不好，紧酵馒头的皮不知怎么都连在了一起，看着过于反常的爸爸，我有些不知所措，稍稍尝了一口。唉，可真不好吃。我在爸爸热情的注视下艰难地吃完了馒头勉强挤了一个微笑："挺好吃的，你尝尝。"我给爸爸夹了一个馒头。"是吗？"爸爸喜不自禁地尝了一口，脸色忽变，转身去了厨房……

课桌上，我正在看漫画，不知什么时候，爸爸来到了我的身后，我赶紧一把合上了漫画书，塞进了抽屉里。爸爸拉开抽屉，拿走了我的漫画书，留下了两本旧得发黄的《红楼梦》，"写完作业再看。"我翻开了《红楼梦》，书中有些部分被封住了，上面写有爸爸的留言：这些部分还不适合你看……

回忆着生活中的点点滴滴，我不禁感叹道："这就是我不善言辞的爸爸。"

王霄飏油画

时间都去哪儿了

刚刚爸爸打电话来，说爷爷又摔了一跤。

挂断电话，我有些迷茫，记忆中那个整天笑着，乐呵呵地说着自己身子骨硬朗的老顽童去哪儿了？

时光仿佛依然停留在儿时，那笑眯眯的老人抱着个同样笑眯眯的孩子……上学了，虽然我和爷爷同处一个屋檐下，但他却渐渐走出了我的世界。

我记忆中最早的事是爷爷握着我的手，手把手教我画画。爷爷用他宽大的手轻轻握住我的小手，慢慢地，缓缓地在纸上画了一只小熊，他抱着我，和蔼地说："囡囡，这是什么？""这是我。"说着我便拿起画笔在小熊身边画了一只大熊，那大熊红红的鼻子，黑黑的眼睛，活生生一个马戏团的小丑。"这是爷爷和我。"我笑了，爷爷也笑了。

我记忆中最深刻的是爷爷那宛如沐浴着阳光般的笑容。时光悄悄溜走，我即将小学毕业，升学的压力，使我心烦意乱，爷爷也经常绕着我问："囡囡，最近考试成绩怎样？"对于爷爷的问话，我一直置之不理，他却常常乐此不彼地问。"你烦死了！"我转头大声吼道。却见爷爷眼里一抹失落一闪而过，一抹微笑依旧挂在他的脸上，温柔地看着我……

这一次再见爷爷，我第一次发现爷爷是那么清瘦，胳膊上一道一道的青筋是那样的明显，我不禁感叹："时间都去哪儿了？"爷爷消瘦到完全不是记忆中的样子；他转过头，依旧用温柔的目光静静地看着我。时间定格，我仿佛重又回到了那个午后，一个老人嘴角挂着微笑，目光柔和地看着不远处的女孩，女孩满面羞愧地低下了头。

"时间都去哪儿了，还没好好感受年轻就老了……"我跟着音乐轻轻哼唱着。是啊，时光悄悄地与记忆一同流入我成长的长河。我非常庆幸还能见到我亲爱的爷爷，去感受，珍惜和他在一起有他陪伴的美好时光。

小 镇

黑瓦覆盖灰白的土墙，
檐角亲吻深邃的天空。
阳光透过浓密的树林
斑驳了一条老街，
每一片墙都有着属于自己的故事。
拾起童年的回忆，推开被时光渲染的门扉，
一切都融入淡淡的檀香之中，石板街一道道深浅的车轮演绎沧桑变迁。
狭窄的小巷留下千年的足迹，飘过小河的一艘艘小船，撑起一个个梦。狗吠，鸡鸣，静看穿着水乡服装唱着江南民歌的人。
静静流淌的溪水，
凝视着两边的新绿，
熟悉的风景总在心灵的最暖处诉说岁月的久远。

王霄飏油画

雾霾笼罩下的生活

早晨起来，拉开窗帘，灰蒙蒙的景色映入眼帘，对面的楼房、树木早已融入这片灰色的世界，看不分明。

街道两边，匆匆行走的人们戴着各式口罩，红的、白的、黑的，贴嘴的、蒙鼻的、遮脸的，三角的、四方的、圆弧的……甚至有人全副武装，把大半个脸都用口罩挡住。瞧，也有不要命的，不戴口罩，用手捂着胸口不停地咳嗽着。

街上，各种车打起了白色的车灯，照出一片茫茫的雾气，浓浓白雾中无数盏银灯闪烁。远处的高楼好似披上了一件灰色的外套，只能看见一个黑乎乎的模样了，信号灯也只能看见一点点微弱的光，就像瞌睡人的眼。

校园里，一个个教室大门紧闭，窗户也关得牢牢的，怎么拉也拉不开。同学们手拉窗栏向外张望，期待着雾霾早早散去，能否可以冲出教室好好玩一会，但这是不可能的。

校园外，小狗不停地打着喷嚏，拼命地咬着主人的裤腿管着急地想要回家，"铛铛铛"，而小狗主人的好心情却一点也不受天气的影响，正一边哼着小曲一边玩着铃铛呢。

一进医院，就可以听到一阵阵咳嗽声，有的源于大人，有的源于小孩。有的断断续续，有的连续不断。雾霾的日子里，呼吸道感染的病人特别多。

雾霾笼罩下的人们形态百怪。

王霄飏专辑

春雨·秋叶

雨是春天的使者，春之精灵。

雨静悄悄地滴落在梅花上，雨水使腊梅花的香气愈发浓郁，薄薄的花瓣像玉石般晶莹。花瓣黄里透着淡淡绿色，瞧的时间长了，有一种梦境般的感受。闻一闻，花香沁人心脾。

滴答，滴答。一滴，两滴……水珠儿顺着树叶跳落下来，从一片到另一片，雨唱起了欢快的歌谣，跳起了美丽的舞蹈。

雨跳落在小道上，小道上绽放出朵朵伞花，红的，绿的，花的……雨水顺着花花绿绿的伞往下淌落在地上，飞溅起一朵朵灵动的水花；落在脚上传递着丝丝凉意。

雨落在远处的房顶上，雨躺在屋顶的瓦片上，积水不断地往下流，流到屋檐，流到地上，流到路边的小河里，河面上泛起了一个又一个的涟漪。

雨像一个顽皮的精灵躲得无影无踪了，一缕阳光撒向大地，雨停了。

秋天，一个令人心旷神怡的季节，一个五彩缤纷的季节。

你看，满树的叶子有的已经变成了金黄的了，有的还是深绿色的。你闻，那一阵阵桂花的清香扑鼻而来。你听，"沙沙沙沙"那是树叶在风中快乐歌唱。你不由得就会沉浸在美景之中，银杏叶像一把小巧的宝扇，金黄色的银杏叶散发出一阵阵青草香。我喜欢摸一摸银杏树叶，感受一下树叶的柔软。我爱闻一闻小巧的桂花，一朵朵小花被我捧在手心里，小心翼翼地观赏着：有的是淡黄色的，有的是红黄色的，而我最喜欢的就是那橙色的金桂了。橙色的桂花在一丛桂花中最引人注目了。一阵秋风吹过，落叶在风中飞舞，落到泥土上为美丽的秋天增加了更多的情趣。我爱在树下看书，看着树叶是怎么飘落，看着秋天是多么动人。有时我会捡一片树叶夹在书里当书签，好好观赏一下。

我看着秋天的美景深深地感受到了大自然的力量。我爱秋天，更爱这神奇美丽的大自然。

78

夜

夜，静悄悄。

路灯、车灯、大厦的灯，编织了一张五色的画。

路灯有的形如宫灯，一盏又一盏；有的好似宝石，在夜色中闪闪发亮，又如璀璨的星星，一闪一闪。各种飞虫，好似小巧的精灵围绕着星星载歌载舞。它们泛着淡淡的黄光与一旁不停变换着颜色的彩灯交相辉映，一来一往形成了一道道亮丽的风景线。

好一条镶着红黄宝石的绸带啊！来来往往的车，打开了车灯，红黄交替，给夜的马路铺展条条色带。有的车，在眼前疾驰而过，那宝石般的绸带也像走马观花般一闪而过，消失在夜色中。有的道路上堵满了车，车子一辆接着一辆，那红黄色宝石一颗接着一颗，仿若是谁在夜的马路上遗忘了一条长长的宝石项链。

车灯、路灯、彩灯、信号灯……照亮了整条马路，在灯与灯之间则是那浓浓的夜幕。

夜色更深，热闹的街上增加了几分神秘，站在高处俯视，五彩的灯形成了一幅画，红的、黄的、绿的…… 而浓浓的夜幕有着灯的街道的背景……

79

记忆中的蒲公英

四月的风轻轻地、柔柔地拂过我的脸庞，吹起了我缕缕碎发。

我又来到那片空地，望着草地上还未开花的蒲公英陷入了回忆……

它是我家附近公园的一角落，鲜为人知，因此那就成了我和她玩耍的天地。

小时候，我经常和她在空地上疯疯癫癫地玩捉人游戏；有时采了花，在草地上铺上一块桌布坐着安安静静地编起了花环；有时带着一块桌布和零食，在空地上"野餐"……

一天，她兴奋地告诉我，她得到了蒲公英的种子，要和我一起种下。我欣然接受。第二年初夏，"小白球"开满了空地的草坪，看上去毛茸茸的，每当这时我们都会小心翼翼地采一朵，嘟着嘴轻轻一吹，抬头凝视着那种子飘飘悠悠地在空中飞舞。她最喜欢四五朵一起吹了。每当蒲公英漫天飞舞时，我们便拍着手，追着种子跑，还时不时对快要降落的种子吹上一口气，看着它们再次"起飞"。种子被风吹走了，只剩下绿色的"杆子"。那"杆子"的最底端是个"小球"，"球"上有着一个个"小洞"，好似绿色的话筒。于是，吹完种子，我们便举着"话筒"手舞足蹈地疯唱。

时间悄悄地从指缝中溜走，上了学后，去空地的时间越来越少了。

有时，我们俩捧着书静静地坐着，那时的空地静悄悄的，没有一点声音，只有蒲公英在空中缓缓飘飞。在这个属于我们的世界里，我们俩卸下了一星期的疲倦、不快……

一天，她突然告诉我，她要搬家了。临走的前一天，我和她亲手在空地上撒下了大片大片的蒲公英的种子，她紧紧地抱住我说："霄飚，你知道吗？有人说蒲公英的花语是'等待重逢'，我们一定会再见的！"那一年我8岁，她9岁。

弹指流年，浮歌尘散，虽然我们同处一市，却无缘再见。如今我已12岁了，昨天居然遇上了她。她比记忆中文静了许多，那个疯丫头仿佛只是回忆。与她谈起那片空地时，她略带感慨地说："不知道我们种的那片蒲公英还好吗……"

我静静地望着草地上未开花的蒲公英，时光改变了许多人，许多事，但唯一不会改变的是记忆深处的那片空地，那满地的蒲公英，那两个拍着手追着蒲公英跑的孩子。

吴蔚琪专辑

　　吴蔚琪 苏州高新区第二中学初三学生，中国散文诗作家协会会员，作品在《苏州日报》《姑苏晚报》发表，作品获第二届玉龙艺术奖全国少年文学创作突出成就奖（全国4名），入选《中国散文诗》2015年年选。

主持人语　韩树俊

吴蔚琪的散文诗具有浓郁的生活气息和蓬勃的青春气息，意境优美，情感细腻，用语隽永，诗意盎然。就题材而言，主要有以下三个方面的特色。

一是艺术的感受。

古筝名曲《梦断长乐宫》取材于《史记》，描述了著名军事家韩信波澜壮阔的一生，用音乐语言对韩信在长乐宫的悲壮殒命发出感叹和震撼人心的思考。《听古筝<梦断长乐宫>》诗作较好地把握住了乐曲的主旨、旋律、节奏、特色，用诗的语言再现了一代名将韩信梦断长乐宫的情景，"就像是一条漫长的河流，奔腾在时光的峡谷"，诗的语言抒情精到又不失情趣快感。震颤、悲怆、狼烟、低沉、悠远、凝固、悲歌、激昂、悲凉、不甘、飞扬、升腾……用词的凝重凸显了历史的厚重感，让全诗充满了张力。《百年之影》则艺术地再现了上海电影博物馆的生动情景：灯光、留声机、镜头、影像、时鸣钟、剧本、旗袍，纸扇、老式放映机……聚焦在上世纪的电影世界，时代的印记、电影的元素、历史长河中一朵艺术的浪花……

二是生活的再现。

鸡群、鸭子、黄狗，爆竹、锣鼓、龙灯，烟雾、细雨、小河，礁石、桥梁、树枝，红龙灯、红房子、红土地……一连串充满着乡土气息的意象汇聚在小镇的年初，一下子把小镇的年烘托得红红火火。这就是吴蔚琪笔下的《小镇的年初六》。《街头·巷尾——记一个匆匆的身影》则通过街头的一次"抓拍"，把镜头定格在一辆卖水果的手推车上。摊主的勤快、热情、诚信，赢得了顾客的信任和赞誉。"面色黝黑却洋溢着笑与阳光"，"唯独皱纹深深，不知蕴含了多少的故事"，简单的勾勒凸显了人物的特征；飘飞的果香串起全诗，字里行间充溢着温馨香甜的暖人情调。

三是心绪的抒发。

吴蔚琪的散文诗，处处渗透着浓郁的情感色彩，如《我会将你借我的笔还给你的》，"回首相视""刹那"间擦出的火花，借来笔后"理不清的笔画从纸的一端蔓延到另一端"，"摊开纸卷，却发现无从下笔"，以至"睁开眼是天，闭上眼是你"，"我曾听说过你喜欢长发的女生，也曾为此琢磨着是否要留起长发"，"却从未描画出心中的最完美的发梢"，最终还是决定"我会将你借我的一切都还给你的"，"即便是满满的盼望无法落下帷幕"……笔下尽是充满了诗意的生活情景，句句跃动着少女的心，无论是场景、情景、心境，从语言到情调，一切都显得美丽而缥缈，铺陈到高潮处，瞬间情感喷薄而出："我会将你借我的笔还给你的。/直到不再执着于描着少女零乱的发现。/直到不再强求于窗前开开落落的桃花。/直到不再依赖于那片即远即近的深蓝"。三个排比写出了作品中的"我"——憧憬美好的青春少女——在无奈中的清新、在困惑中的解脱、在追求中的觉醒。全诗情绪饱满、诗意生动、阳光明媚、夺人眼球。无怪乎作者在全国大赛中脱颖而出，在众多参赛选手中，凭藉此诗，一举赢得玉龙艺术奖全国少年文学创作突出成就奖。

吴蔚琪悟性好，艺术感染力强，又很刻苦，她广览散文诗名家的一些经典作品，她反复研读《耿林莽散文诗选》，品读夏寒、蔡旭、三色堇等众多贴近生活的优秀散文诗名家的作品，作为自己散文诗创作的一种借鉴。

吴蔚琪作为中国散文诗作家协会一名00后会员，她已经在散文诗的创作上崭露头角，取得了不菲的成绩，引起了一定程度的关注。尤其是在第二届玉龙艺术奖这个高规格高档次的全国散文诗评奖活动中，她的散文诗《我会将你借我的笔还给你的》获得了评委们的一致好评，被评为玉龙艺术奖少年文学创作突出成就奖。这个奖项是为鼓励特别优秀的少年文学创作者而首次设制的，全国仅有4位少年作者获此殊荣。《我会将你借我的笔还给你的》也收录进了《新视野诗：文精品选读（2）》一书。吴蔚琪的散文诗并连续被编选进《中国散文诗》2014年年选、2015年年选。

我们欣喜地看到，一颗少年散文诗创作新星正闪耀着夺目的光辉冉冉升起。

致敬 ——逆行的身影

当火光破开沉寂苍穹，刹那间的天崩地裂。

没有人能够预料到灾难的降临，只是在人们慌忙逃离的时刻，你们毫不犹豫地，选择了逆行——向火逆行！

义无反顾地用生命筑起围墙，只为保护市民们的安全。

一次又一次地冲进火场，只为能多救出一个又一个被困的人。

强烈的火焰在每一个人的瞳仁中燃烧，更为明亮而有力的，是你们坚毅的目光。

灾难永远是战胜不了无所畏惧的精神的。

我们相信，你们相信，所有人都相信。

厚重的装备下，是你们满腔沸腾的热血。

断裂的屋脊，灼热的火星，在人们无助呼救、濒临绝望的一刻，你们伸出手，在熊熊燃烧的火光中，挽救他们的生命。

灾难无情，吞噬了多少条鲜活的生命。

一次次的考验，你们用生命书写了英雄的含义，将刚毅的脸庞和目光铸造成永恒的赞歌。

昨日微笑着的，是充满朝气的年轻脸庞；而今日，肩膀上多了一份沉甸甸的责任，使得你们迈开步伐，毫不退缩地成为了火光下的"逆行者"。

无论是火海中，还是道路上，哪里有危险，哪里就有你们的背影，在拥挤的人流之中，你们逆行的身影显得格外瞩目——

在那一刻，你们永远是最高大、最值得尊敬的英雄！

（原载《姑苏晚报》）

吴蔚琪专辑

听古筝《梦断长乐宫》

琴弦的震颤，渲出多少年前的悲怆，历史的长卷就此沿着流淌的古筝琴音展开。

狼烟好像还在远方飘荡，不知是风声还是叹息。

是谁在呼唤。是谁在悲歌。

低沉。悠远。

就像是一条漫长的河流，奔腾在时光的峡谷。

忽地崩断。

时光蓦地停滞不前，一切都在琴声中凝固。

86

秋风瑟瑟。

长乐宫中空无一人。

谁曾呼唤。谁曾悲歌。

梦断于长乐宫，那段被岁月渐渐掩饰的记忆——

又再一次鲜活了起来。

在琴声流淌中鲜活起来。

它被赋予了生命，它被赋予了灵魂。

激昂。

悲凉。

不甘。

飞扬。

升腾。

直到，那琴声戛然而止。

（原载《苏州日报》，入选《中国散文诗》2014年年选）

百年之影

上海。

电影博物馆。

暖色灯光倏地在此刻照亮，

留声机缓缓转动起来，

戏曲声流淌在六十年代的上海街头。

黑白人影交织在镜头影像之中，

时鸣钟滴滴答答碰撞出片段。

泛黄的剧本微卷起百年际遇，

一席旗袍，一摇纸扇，

老式放映机的卷轴快速卷动

将影视长河沉淀在斑驳的屏幕上——

百年。

再现。

（原载《姑苏晚报》）

87

画画人偶

他的发丝是银色的——
在陈列馆的灯光之下。
红色的丝绒长袍拖在凳上，
细小的卷边缀在胸口。
他开始画画了——
他的睫毛一张一阖，
眼瞳如同宝石般透亮。
他的笔触细腻而沉稳，
在纸片上认真地涂画着简单的动物。
甚至都像是个真真切切的人，
如果不是他没有呼吸。

小镇的年初六

遍地的鸡群在主人的驱赶之下恋恋不舍地回到了院子，鸭子也无可奈何地离开了它们所喜欢的河畔。

守门的黄狗忽地跳跃起来，扑腾着在地上翻滚。

在爆竹炮仗的火光和锣鼓的敲打声中，几个人高举着龙灯，大红色的龙慢慢穿梭着。

大年初六的清晨，弥漫着烟雾缭绕和震天鸣锣。

尽管下着一丝丝细雨，却怎么也浇不尽乡里人过年的热情与喜悦。

龙尾渐渐消失不见，但锣鼓声，爆竹声，呼喊声却犹为清晰，从很远的地方传来。

家门前的小河突破了冬天冰冷的禁锢，变得欢畅起来，沿路拍打礁石，拍打着桥梁，拍打着河岸上垂下的树枝条。

红龙灯，红房子，红土地。

大年初六的小镇，红红的年。

（原载《苏州日报》）

89

吴蔚琪专辑

藤 萝

我走过院落中的紫藤萝架

轻轻地——不愿惊醒这个纯粹的梦境

枝丫上蜷屈着淡紫色的花蕾

静静地——绽放在四月浓浓的春意中

阳光顺着架端倾泻而下

是四处迸溅的金色光亮

又像是涓涓溪流

从我肩头随意可即的距离

一直蔓延到那一片望不尽的云里去

花蕾在微风中轻颤

我抑制不住地想要去触碰

那些可爱的花朵——可我不能

云块在天空的另一边

沉默着随风缓缓移动

我放缓了步伐

让整个院落中除了风的声音

再无他声

街头·巷尾
——记一个匆匆的身影

推一辆满载苹果的木制手推车，流动在熙熙攘攘的街头巷尾。

一车新鲜红润的苹果，淡淡的果香美化了一整条街的空气。

指哪个，拿哪个，袋子装满，秤杆上翘，麻利地将塑料袋打一个结，道一声"再来"。无需讨价还价，不用担心质量，买过一次，都成了常客。

我常常与他擦肩而过，从这茫茫的人群之中辨出那张沧桑的面颊。面色黝黑却洋溢着笑意与阳光，恍惚给人一种孩童的气息。唯独皱纹深深，不知蕴含了多少的故事。

风风雨雨，他一直都在街头巷尾穿梭。 我也不知，还能见到他多久。也许在未来的某天，这个身影会淹没在人群之中，淹没在这片车水马龙之中。

时光会模糊他的身影，却带不走，满街熟悉的果香……

91

吴蔚琪专辑

我会将你借我的笔还给你的

1

我会将你借我的笔还给你的。

唯一可惜的是就算问你借了笔，却还是没有勇气下笔，描出画卷上女子清细的发梢。

是不是因为太患得患失，才会一无所得。

一切的一切都归结于回首相视的刹那。

才有了理不清的笔画从纸的一端蔓延到另一端。

密密麻麻。

2

从来没有这样的一季春。

家门前的桃花正艳，粉了一树。阳光透过树枝花瓣在地上落下了稀稀拉拉的剪影，随着夹杂暖意的春风缓缓摇动。

我坐于窗台，握起那支不起眼的笔，摊开纸卷，却发现无从下笔。

是不是因为太过精细，才会连最原始的刻摩也不舍得。

笔的末端上的金色碎片在阳光的照耀下熠熠生辉。

刺伤了眼。

3

一切都归结于那一刻。

你轻伏下身，身边温润的金毛犬吐出舌，蹭了蹭你的衣角。

我回头望着你。你直起身。

你的眼睛里倒映着整个世界的春天，整个春天的桃花。

还有一大片，望不穿的海洋。

那片春太过清晰。那片桃太过鲜艳。那片海太过浩瀚。

是不是因为太过完美，才会连拥有也变得小心翼翼。

我轻轻戳了戳你的背部，放低声音说。

借我支笔吧。

4

"睁开眼是天，闭上眼是你。"

5

我曾做过一个梦。

梦见凌晨4点的时候，你发了条语音给我。

你的声音从屏幕那头传来，我屏住呼吸。

你说你想我。你想见我。

黑暗中发光的屏幕，耳边是你轻轻的音调。

是不是因为太过想念，才会连梦有你的身影。

我揉揉眼睛，伸手拿手机，不经意把搁在床头的笔打落。打开手机，仍是空
落落的一片。

果然还是梦。果然只是梦。

6

我曾听说过你喜欢长发的女生，也曾为此琢磨着是否要留起长发。

我也曾试着用那支笔勾起画卷上少女的长发，但总觉得不够完美。

窗前的花开开落落，我却从未描画出心中的最完美的发梢。

是不是因为太过细致，才会追求不到完美的完美。

或许完美只是一个定义，是无法表现出来的。

那你呢？

我又为什么会认定你是完美的呢？

7

昨夜一场大雨打落了满树的桃花，画却仍静静地躺在桌上，笔也未曾动过。

还没来得及动过。

雨后的空气湿漉漉的，让我想起了海边湿漉漉的风，和你湿漉漉的眼睛。

你的眼睛里的确有一片汪洋万顷。

我迟疑地拿起笔，在纸上勾起你的眉眼，忍不住放下黑色的笔，将它涂成了

纯净的，深深的蓝。

像海那样的蓝。

奇怪，明明是黑色的眼睛，我为什么会从中看到蓝色的海洋呢？

8

我会将你借我的笔还给你的。

直到不再执着于描着少女凌乱的发现。

直到不再强求于窗前开开落落的桃花。

直到不再依赖于那片即远即近的深蓝。

没有什么事情是没有结局的。

即便是满满的盼望无法落下帷幕。

9

我会将你借我的一切都还给你的。

会迟吗？

（本文获第二届玉龙艺术奖全国少年文学创作突出成就奖）

你的背影我比任何人都要熟悉

阳光从树叶缝隙间透出打在地面上，一个个小小的光圈随着风摇曳在春日暖暖的午后。

她站在明媚的阳光下，瞳中满是阳光和望不尽的天空。

还有树阴下白色衬衫的少年。

她喜欢他，六年。

初识他的那一刻，是在人流涌动的路口，他温暖的笑意像是阳光般照进了她的天空。他好像是最明亮的太阳，却也只能是那高高在上的太阳。无论她怎么拼命怎么奔跑也无法拥抱那个远远的背影。

可无论如何，能在很远的地方默默看着他的背影，对于她，便已是足够。

她还能奢求什么。

阳光下他和一个眉目清秀的女孩相扣的十指深深刺痛了她的双眼。

她看着他紧紧拉着女孩像是最珍贵的宝物，单手推着那辆熟悉的单车，消失在街头，消融在这泛着暖意的春光中。

一如曾经，默默看着那背影不见在匆匆忙忙的街道。

世界无言。

阳光无言。

那个烂熟于心的背影终是消散在一片水汽中。

她笑得悲怀。

有什么不好的呢，终于不用再牵挂那个背影。

才没哭啊。只是风太过锋利，只是阳光太过刺眼。

——若是有一日你执意离开，我也不会阻拦，毕竟你也不曾属于我的世界。

我的你

我站在高高的山野
风从我的衣角走过
牵牛用我听不懂的语言吹诉思念
连叶片也忍不住屏住呼吸
你静静地走在冻结的雨里
岛上的空气湿漉漉地悬在你的发梢
我远远地从雾中看到你的背影
你却只透过雨雾看到明亮的云

96

作者近影

和我一起坐一次火车吧

和我一起坐一次火车吧。

面对面，或是并排。

我们可以听着车与轨道轰隆隆的摩擦声。

夕阳透过没过车顶的树木洒在我们的面前。

沿途的湖泊波光粼粼泛着浪花。

不知你是否能看清那支在风中轻摇的芦苇。

外面是笼罩城市的鸟鸣。是望不尽的楼房桥洞。

还有田地。还有丛林。还有远山和江流。

我们可以趴在窗台上呆呆地看着天和白云。

看着千篇一律的铁轨向后远去。

我会拿出多年不曾用过的素描本，慢慢地描着路过的树影。

也许我会画你的侧脸，画你的眼睛。

97

吴蔚琪专辑

告 别

她挽起发丝，别在脑后。

初秋的风点染上轻微的凉意，雨后的空气蒸腾着湿意，附着在我的脸颊与眼眶。

她默默无言地向后望了一眼，直直地望进我的视线。她的视线也好像蒙上了水汽。

那双眼睛太清澈了。我恍惚了一阵。

她站在十字路口的另一端，穿过拥挤的车流和人群，看着我。一言不发。

我慌忙地撇开视线，低下头整理那明明是平整的衣角——然后不经意又把它弄得褶皱。

98

过度潮湿的空气刺激得我的鼻子发酸。发疼。是那种轻轻呼吸也会疼痛每一根神经的糟糕的感觉。

我用力地吸了吸鼻子，小心翼翼地抬起头，她仍是站在那里，安静地看向我。

她的头发再次被风吹卷起来。

她没有再去将头发别住。

她垂下了视线。

她转过身。

我像是猛然想起什么似的想要朝她大喊，却发现喉咙像堵住了，干涩得就连一个最为简洁的单音节也说不出。

绿灯刹那间转变为黄灯。

三秒后转变为红灯。

我的脚步被定死在那里。动也动不了。

她离开了。没有再回头。

当红灯再次变为绿灯的时候，我再也没有看见她的身影。

（原载《苏州日报》，入选《中国散文诗》2015年年选）

异 乡

夜市喧闹而繁华。
而我更像是一个孤独的安静的灵魂。
悄悄地走在人群和那些陌生的语言和文字里，
异乡的秋天是格外冷漠的。

我将苍白的执念写在树影上，固执地不肯在风中发出一丝声响。
那些闪烁的霓虹灯不该出现在这里。
低声叹气，我写下一封无言的信。
不知该寄到哪里。

缓慢而沉重的步伐，像是被故意拖长的呢喃，像是肃穆的宣告陈词。
古旧的钟声被敲响，很快淹没在嘈杂的乐曲声中。
十月的城却冷得像是冬。
我带上眼镜，却发现眼前还是一片模糊。

我无法说些什么。
只是伫立在此，烟火照亮一半的脸颊。
我在远方的古巷沉默。
那里是一个无法被倾诉的归宿。

（入选《中国散文诗》2015年年选）

吴蔚琪专辑

曾经的教室

一天的放学时分，
和朋友回到了曾经的教室。
那里的黑板已找不到我们涂鸦的痕迹，
那里的课桌已找不到我们或深或浅的笔痕；
那里的窗台上已不见了我们放置的盆栽，
那里的过道上已不见了我们打闹的身影。
在感叹时光不再的时候，
我却突然发现——
讲台上依然凌乱地堆着粉笔纸张一如过去，
窗外的树林却还是不曾改变，
郁郁葱葱又是一年。
阳光将明净洒满整个校园，
给曾经的教室披上了一身金色。
朋友侧着脸望着我，
用极为柔和的语调对我说——
我记得，那时你坐在靠窗的那个座位。

望

那些触碰不到的美丽，就像是那碧蓝的天际，看似触手可得，却又这般的遥远。

——题记

路边，一个中年人坐在台阶上，呆呆的，望着天空。嘴角不禁上扬。

一张黝黑的脸，岁月在他脸上一笔一划地绘出不深也不淡的皱纹。眼睛不大，却散发着有神的光。他的手中紧紧地捏着一瓶矿泉水，身上的衣物也显得有些脏乱。或许，他是在附近的某一个建筑工地上干活，趁着中午歇息一会儿的一个并不起眼的人吧。

我隔着车站的玻璃，远远地看着他。

他，望着那一尘不染的蓝天。

我忽然注意到，他的脚边有一只很小的麻雀。大概是翅膀受了伤，扑棱了一会儿也没能飞起来，正焦急地在地面上跳着。那个人回过神，目光转移到他脚边这个可爱的小生灵上，打开了矿泉水瓶，倒了些水在手中，伸手放在麻雀的前方。它也不逃不躲，没有丝毫顾虑，乖乖地轻啄着他手中的水。他的眉头舒展开来，也越发笑的开心，仿佛像个孩子。

他又望向了天空。蓝色染遍了他的双眸，我好像在那片蓝色中，看到了光亮。

飞吧，自由地飞吧。

只因喜欢，只因渴望，便去追逐吧。

在那片广阔的天际间，展开所有可能的，抑或是不可能的飞翔，圆满那些可能，抑或是不可能的梦想吧。

吴蔚琪专辑

忘

有一点我很不愿承认但不得不承认，就是我最近越来越健忘了。

会忘记好友的生日，忘记老师周五放学布置的作业，忘记母亲嘱托的家务，甚至是一向擅长的默写，在背过之后也忘得一干二净。

我一边翻找着钥匙，一边想。

母亲的嗔怪声絮絮叨叨地在我耳边回响，父亲也顺带着插几句嘴，又顺带着说自己是怎般怎般细心。

每次都是逃不掉的责怪。

而我也不知道为何，越发地健忘了。

莫非是脑细胞消耗得太快？我偏着头透过镜子纠结着要不要拔掉这根碍眼的白发。果然最近思考得太多。

大概因为忘得快，所以也自然而然地多加思考了几番，也自然而然消耗了本就不多的脑细胞，又自然而然地填了几根白发——

心烦。

我也尝试着将繁琐的小事一一写在便签上，结果还是因为健忘而忘了继续写下去。

"怎么又忘了帮我买油？"

母亲的吼叫声又从厨房里传了过来，我细细思索也记不起半点零星，直到撇到桌上的便签条"买油"才有一点印象。唉，居然记忆力连一个四十出头的妇女都敌不过了。

再看看日益惨烈的默写成绩，也不知道前一天的背诵都被丢到哪里去了，又或是世界上恰好存在着一种怪物，专门以人的记忆力为食，所以使我越来越健忘了？

会不会有一天，我所有的记忆都被这个望不尽的怪物吃掉了，我会忘记所有的事情包括自己？

我咬着笔盖想着老师上课时反反复复唠叨的重点难点，却感觉印象模糊。烦躁得把笔扔到一旁却在无意间目光投在那张相片上——

几张熟悉的面孔，几乎是看不出将近三年时光留下的痕迹。

或许是时光也不舍得留下痕迹。

即便见面的日子越发的可贵，也不会忘记每一个人清晰的眉眼。相片上无所顾虑的笑容绽放得肆无忌惮——那些过去的岁月，我们会永远记得，不会遗忘吗？

我希望会的，我想会的。

或许这些零零散散的记忆碎片被放在心脏某个极深的角落，被拼成一幅幅完整的画卷，那些画卷上都是偷偷流过的美好时间，美好到连蚕食记忆的怪物都不舍得吞下。

我怎么会舍得忘记你们——

我的朋友。

富有个性的小作家吴蔚琪

目 标

中午，阴阴的天气让人发闷。

语文课代表写的一手漂亮的粉笔字，但其内容却让人不免感到紧张："昨晚语文卷子没做的人到教室后面补。"然后就是长长的一串白色的名字好像是宣告书那样。班里的所有人都倒吸了一口凉气，"光荣上榜"的人一副沮丧害怕的神情，没点到名的人在轻松的同时为他们捏一把汗——

中自习就是语文课，老师要是发火了，他们肯定没好果子吃。

果不其然。老师踏入班级，瞥了一眼黑板上的内容，也不知道有没有细看，然后将书本在讲台上整理了一下，摆放了一下粉笔盒，就是不说话。

很尴尬的气氛。

对于老师这种话很多的人来说，沉默，便是最可怕的警告。

也不知多久，声音响起了："后面去吧。"

无人应答，也没有人离开座位，倒是有几个人慢慢吞吞地开始拿本子，像是想在争取点时间，东望望，西望望，就是不动。

"快点。"

有人开始转过身，但看看四周还是没有人走，望了望老师又不好意思走出去。

"快点！"

老师不耐烦地抬起头，在老师的震慑下，几个被点到名的同学犹犹豫豫地走向了教室后面，本来教室最后面就很挤，再蹲上几个人，就更挤了。

其他同学更不敢出声，都像是一个旁观者那样，低着头也不知道在想些什么。

老师摇了摇头，拿起讲台上一张泛着金光的纸，看了看，然后折了一下，毫不犹豫地撕掉了。

撕拉——

撕拉——

那是普通的纸吗？那是吗？不是啊，那是一张一等奖的奖状啊。

那是在，周三应知应会竞赛中，我们班拿到的团体一等奖的奖状啊。

所有人都惊住了。

其他班级视一等奖为目标，为光荣和自豪，为什么要把它撕掉？

但由于这怪异的气氛，没有一个人敢问，但心里却是满满的疑问。

老师将它揉成一团，丢进了教室门后的废纸篓里。像是一张废纸般，面无表情地丢弃了。

然后他翻开语文书，"把语文书翻到第七课……"

那声音，在寂静的教室里显得同滚雷般沉重。

事后，老师用略有不屑的语气说，撕了那张奖状是因为我们不配拥有。

我们的成绩根本没有达到那么优秀的地位，何谈一等奖？

即使是脱离了这次竞赛，在平日的学习生活中，我们也并非是最好的。或许在这所中学里，我们算是优秀的班级，但到了新区呢？实验，一中，那么多学生都比我们厉害，到了全市呢？到了省里呢？

我们的目标不应该只是这所中学600人中的佼佼者，而是应该面向更开阔的天空寻求发展。

山外有山，天外有天。这句话我们都背得滚瓜烂熟，但在生活中，只要有一点点足以让我们骄傲的事，我们就会忘记了自己的身份，忘记了自己的实力，甚至因此而停止前行，懈怠放松。

所以，留这么一个我们不配拥有、也对于我们来说没有任何意义的东西，又何必呢？

坐在座位上的我深深地感受到了老师独特的智慧。

最开始，还以为老师只是因为生气才撕了这张奖状。

现在，仔细想想，老师说的也对。这段时间，我们都太过放松，而忘了继续追求和奋斗。

所以啊，这大概就是成人思维，与儿童思维的不同之处吧。

那抹纯粹的蓝色

早上五点，天还蒙蒙亮。东边的天空中，还漂浮着一些乌云，太阳的光辉透过乌云照亮了整个天际。

漫步金沙滩，柔软的沙子和湿漉漉的海风让人心情舒畅。昨晚下了场雨，清晨的空气显得格外清新。海浪像调皮的孩子般一波一波地扑打在礁石上，溅起雪白的水花。阳光洒在海面上，透出耀眼的金色。

朝霞揉碎在海中，细碎的霞光点亮了幽蓝的海水，斑斓无比。海水接二连三地涌来，翻滚的浪花扑上了沙滩，又害羞似地退了回去，在沙滩上划出一道道银边，像是给大海镶上了淡银色的边框。天与海似乎连在一起，望眼看去，海是那般的开阔，海托着天，天映着海，两抹蓝色交相辉映。我想，这应该是世上最动人的颜色了吧，远离了城市的喧闹与拥挤，仿佛这天地间只有一声声海浪的细语。

若是可以，我愿化作那海边的礁石，在大海的潮汐中，聆听来自天际的遥远呼唤，用千百年，去体味海独特的气息，海广阔的心怀，海纯净的灵魂。

我赤脚踩在金色的沙滩上，沙子细细的，软软的，甚是舒服。海水轻轻吻着沙滩，冰凉凉的触感让人神清气爽。海风柔柔地拂着每个人的面颊，细细的微语像是在吟诵优美的诗篇。

不知不觉中，天空渐渐暗了下来，大海忽然变得有些暴躁，海风卷起海水拍击在礁石上，溅起数丈高的浪。低声细语已成咆哮，撞击在天地之间。

面对这无边的海，面对这浩瀚的海，我忽然感受到自身的渺小，人类在大海面前显得如此卑微，但即使这样，我们却仍然陪伴在海的身边，不离不弃。

因为——

海，那是值得我们骄傲自豪的梦，那是我们不论多久都不会褪色的梦！

大海，早已融入了我们的生命，那抹纯粹的蓝色，便是我们梦的天际。

黑暗中的曲调

大街上，日日夜夜涌动的人流仿佛失了魂，面无表情地穿梭于每一个路口。喧闹而又繁华的街市，唯独只有一个小小的角落没有充斥着高声的叫卖，只有柔婉的二胡声轻轻缠绕。

拉二胡的是一位盲人大伯，很不起眼。

老人双目失明，看上去至少有七十多了。他的额头显得比较宽大，脸颊上布满了皱纹，戴着一顶破旧的蓝色棉帽，一副宽大的墨镜遮住了一半的脸，银白的络腮胡微微向前翘起，一身暗色的衣服缝缝补补破旧不堪。他盘腿坐于地上，手中一把暗红色的二胡荡漾出美妙的旋律。

很动人的曲调。只可惜，在这喧闹的路上，人们都匆匆忙忙无暇停留，几乎没有什么行人为他驻足。老人孤单地静坐在那儿，静静地拉着他的二胡。

就连二胡声，也在鼎沸的人声中显得有些寂静而孤独。

时高时低，时急时缓。有时候，像是山间的涓涓细流，缓缓的，幽幽的，流入你的心田，滋润你的灵魂；有时候，像奔涌不息的江水，向你滚滚而来，它的磅礴让你深深折服。

跌宕起伏的曲调好像在诉说苍茫人世的疾苦，又好像在抗击命运的不公。失明的老人像一尊雕像般直坐于此，拉着同一首激昂的曲调。

从早晨，一直拉到黄昏。无人问津，无人丢银。但老人一直都坐在这个角落。二胡的弦累得快要崩断，可他一直都没停下——

就像他从未停止对黑暗中一丝希望的向往。

无边的黑暗里，拉二胡的盲人大伯似乎看到了属于他的点点星光。

他仍静坐着。无限重复地拉着这首二胡曲。

老人忽然嘴角上扬。

明媚的阳光夹杂着悠扬的旋律，把这个世界照得透亮。

吴蔚琪专辑

一路粽香

我寻着一路粽叶香走在雨后的街巷。

刚下过雨的空气湿漉漉的，雨滴从房檐落下，清香充盈着巷口，夹杂着阵阵粽香。

轻轻地嗅着，接着愈加贪婪地呼吸。

粽香让我忆起了幼时家边的池塘，丛生的纤长芦苇，细细密密，泛着丝丝清新的香，小小的池子竟因这香气而在江南迷蒙的雾气中变得充实，变得丰美。雨后，摘取沾有雨水的芦苇叶，与糯米相包裹，便成了一只只玲珑的粽子。

悬一枝菖蒲，系一个香囊，斟一杯雄黄，品一缕粽香，便是端午。

家院中的木槿抖落一树的雨水，依旧在茂盛地生长着。

当轩知槿茂，向水觉芦香。

叶落叶生又是一年端午，槿树的枝头叶换新了，但粽叶的香气却是始终没有改变过。

我放慢了行走的脚步。

街巷中平静得只剩下流动的粽香，像是一条涓涓细流从巷口那头一直流到巷尾。

我停下了行走的脚步。

（原载《姑苏晚报》）

阿婆的莲

雨后的小弄里泛着丝丝淡淡的清香，安安静静的巷子里只剩雨水从屋檐上滴落的声音。故乡盛产莲子，童年的夏便是充满了莲子的清甜。

记忆中，阿婆面前摆放着几筐莲蓬，她一边熟练地剥着莲子，一边抬头招呼来往的人。

"小妹妹，要不要来点莲子？"她用不是很标准的普通话招呼我，"尝一个吧，很好吃的。"

我想也没想就接过。"好苦！"我皱着眉，捂着嘴叫道。

阿婆笑了，皱纹都舒展开来。她又剥了一个莲子给我，说："这次就不会苦了，尝尝吧。"

我将信将疑地接过，放入口中咀嚼，果然，清甜的香气立刻溢满口中。

阿婆指着手中那个绿色的小芽对我说："这是莲子芯，去芯的莲子就不会苦了。"她又给我剥了一个莲子，小心地去掉芯，递给我，而自己却在一边嚼着那颗小小的莲子芯。

当我用疑惑的目光看着她的时候，她笑笑说："阿婆喜欢吃苦的，阿婆觉得莲子芯可好吃了。"

我一听，也真以为阿婆喜欢吃莲子芯，便不加推辞，接下阿婆手中的莲子。

后来，我几乎都要去阿婆那儿，缠着她给我剥莲子。她倒也不恼，像是对待亲孙女一样对待我，带着宠溺的目光给我剥莲子，去莲芯。我也就习惯了我吃莲子，阿婆吃莲芯。

再后来，阿婆消失了，听说是患了癌，去大城市化疗了。

从那以后，我再也没有见过那个曾经目光含笑为我剥莲子的阿婆，再也没有见过那个曾经说自己喜欢吃莲子芯的阿婆。她的离开带走了我童年的一丝清香，余下的好像只是莲子内芯，那颗小小的绿芽泛出的苦涩。

"卖莲子，卖莲子……"我接袋子，剥开一个小小的莲子，习惯地去掉中间的莲芯，细细品味口中熟悉的清甜。我看着手中静卧的小绿芽，突然想到了些什么，将莲芯放入口中。真的很苦。我不禁皱眉，口腔中的每一处都被苦涩侵占，

吴蔚琪专辑

强烈的苦味充斥着我的味蕾。

我忽然想起，曾经有一个阿婆。

她说她爱吃苦涩的莲子芯。

那大概，只是为了让莲子清甜，所以默默吃了苦，编造了一个善意的谎吧。

作者近影

徐诗芸专辑

　　徐诗芸 江苏省苏州中学园区校高一学生，苏州中学首届伟长实验部毕业生，在《作文通讯》《姑苏晚报》《消费者周刊》等报刊发表习作。

主持人语 吴 怡

中学语文高级教师、苏州市立达中学教务处副主任
苏州市初中语文教学研究组成员
天津新蕾出版社《作文通讯》初中版编委
时任江苏省苏州中学伟长实验部副主任、徐诗芸所在班级语文老师

窗外天明水净，轻轻念出"诗芸"这个名字，脑海里浮现的是那一手方正大气的字和干干净净的卷面，作为语文老师，能够经常批阅到这样卷面的文字，是可遇而不可求的。诗芸于我，是缘分亦是幸运。

我个人的教学传统里，历来布置有"动动笔"的作业。愿意动笔的孩子不少，愿意在写作上精心雕琢的孩子却也不多。诗芸也许并非那种才华喷薄而出的女孩子，但她感情细腻，善思爱写，并且愿意为一篇佳作苦心孤诣地斟酌到深夜，具备了写作者的基本素养。她在初一还参加了韩树俊老师在伟长实验部开设的"玩作文"选修课程，而且坚持了一学年。她对写作如此专一，跟着老师认认真真地学着、写着——一双苏州女孩子娟秀的眸，仿佛是浅浅打量着身边的世界，而兰心蕙质的巧思，却总是于常人不注意处密密编织着细小微妙的情感。她的文字，绵密细致，涓涓细流于无声处流淌。

本辑收录的若干篇文章，可以看到诗芸文字在这三年里的逐渐丰盈和风格凸显的过程。初一时候的《爱在细微处》《我身边的一个小人物》《崇敬》还看得出一痕稚嫩，基本上是写事加感慨的模式，而语言上并无突出之处，但是她对周围人事的观察体悟能力已经初见端倪了。随着年岁渐长，诗芸的文字也逐渐精致起来，比如这段：日历在漫不经心间就翻过去一张又一张，可一天天的日子，偏偏却出奇地相似。旧年里，这时候，只怕是漫天大雪，纷纷扬扬，早已遮盖马路，遮盖大楼，遮盖世界，遮盖了心灵吧？《一季幸福》文字的节奏和韵律都非常到位，从长句到短句的变化、四字短语的圆熟应用，都显示出诗芸的进步。

这个女孩儿，平静的面容下其实掩藏着一颗青春悸动的心灵，她一直在感受、在思考、甚至在挣扎、在不断地追问。记得初一结束时进行课程展示，语文

课程展示的是《花开的声音》，那是同学们自创的一组诗作，用心的诗芸自然也在其中，她写了一首题为《成长一去不复返》的诗——

曾经，/总喜欢放学后爸妈在校门口一起等我放学，/尽管，从未有过，在九年间。/现在，/总喜欢独自一人骑车在那宽阔的马路上，/虽然，有点寂寞，在未来路上。/曾经，/爱紧紧牵着爸妈的手走在斑马线，/现在，/后悔曾经没有好好珍惜那段时光。/曾经，/渴望像大哥哥大姐姐那样背着大书，/现在，/才发现背上了那沉重便再也挣脱不了。/曾经，/有属于自己光辉灿烂的梦想，/现在，/才发现一切还是现实点好。……/曾经，/哦，已经过去了，一去不复返；/现在，/唉，一切在眼前，等我们把握。/成长，/我们在这旅途中，一去不复返！

这首小诗尽管简单直白，却透露出一个少年对生活的严肃思考和不甘。挣扎之后，她又坦然面对，而直面的背后未免又是一丝怅然。当诗芸在舞台上用她略带沙哑的嗓音念起自己的作品，我仿佛也被她带回到我的少年时代……

诗芸的作品被选入《00后苏州十人选》，真的很为她高兴。作为苏州中学伟长实验部首届学生，诗芸周围藏龙卧虎，但她却是第一个将作品结集出版的。翻读诗芸的作品集，读到她的一些新作，我从诗芸在她写给《未来的我》的文字里，惊喜地发现，她正逐渐成长、成熟，从少年走向青年。

我想，我在这里等你，等你慢慢地走过来。我在这里，看着你跌倒，又看着你擦干眼泪自己爬起来；我在这里，看着你摔得头破血流，仍朝着梦想去努力；我在这里，静静地看着你，看着你伤心落寂，看着你失意而哭泣，看着对未来而流露出的无奈……我就这样看着，我是多想走到你身旁陪着你呀，可是，我知道，我不能。未来的路很长，没有谁能够真正帮助你，有的路，只能一个人去走，去拼，去闯。那些所谓的痛苦，必定是使你成长的。未来，你好。我知道奔向你的路并不会一帆风顺，可哪怕是荆棘坎坷，我也不在乎。有梦，就要大胆去追，对吧，摔倒了，那就拍拍腿上的灰，自己爬起来，再往前走。

我无所畏惧，未来，你好。

哦，诗芸，希望，在你的文字里，世界一切安好——这是一位老师、一位朋友的全部祝福！

阳光刚刚好
——漫步在苏中校园

天冷了，毛衣，也渐渐穿上了。在苏高中与朋友漫步校园，太阳出来了，淡淡的，并不强烈，温暖极了。

于是，漫无边际地在校园里走着，开眼望去篮球场上热情洋溢，个子高高的男孩在争夺着篮球，不时有喊叫声飞扬在球场上空。金色的阳光铺满了操场，经不住偌大的操场中央那块大草坪的诱惑，忍不住一头扑向了她的怀抱。苏中的草，也好幸福，被阳光温暖，被我们拥抱。

林木怀抱的道山，并不高，秀气却不失挺拔，十分悠闲便得登顶。看见几位学哥学姐正在背着英语课文。他们闭目诵读的模样十分陶醉，那书声，那轻柔而舒缓的声音，飘着，飘在了阳光里……

碧霞池，春雨池，水，清清澈澈的，树和亭子倒映在水里，还有那灿灿的阳光一同。山不在高，有声则灵；水不在深，有苏中学子则灵。真水无香，这不正是代代苏中学子的精神吗？

从智德门走过，一块石头上镌刻着"有转移环境中之能力，而不为不良环境所屈服，时刻表现苏中之精神"，汪懋祖先生语出，张昕校长敬录。不会因为外界的因素而干扰，一往无前坚持我们苏中的精神！前有山，后有水，植物环绕，蜂蝶相随，幸福地乐学于苏中的学子几多惬意几多自在！

如此之美，我们更应当懂得珍惜吧，又有什么理由不去努力呢？

静静地走，时光飞逝，苏中的校园，永远洒满阳光。她好美，一路走来，苏中，江苏省苏州中学，请接受您的学子，一个十四岁的阳光女孩向您新学百十周年生日的祝贺。祝您快乐。一个在您怀抱里十四岁看似柔弱的女孩却无比坚定地向您保证，她要让您因为我们的存在而感到更加光荣！

这一刻，阳光的温度刚刚好，够温暖，真美。这一刻，苏州中学，您好！

青春，梦一场

　　许许多多想要得到的东西就像那漂流的树枝，属于自己的时刻是那么短暂，而且往往是不易看到。

——题记

　　爱看山涧流水，就像爱远眺遥远的漂流物，尽管往往只是树枝。那树枝慢慢漂近，却在离自己最近的那一刻看不见，转身见时，它已流走、远去、消失。而最近的那一刻，是它在桥下通过，原来，只有那瞬间，才属于我。

　　生活中很多东西都不能如你愿，若一帆风顺、事事顺心那也不叫生活了。总是在拥有失去中辗转反侧，拥有时不懂得珍惜，失去时却早已懊悔莫及。正值青春的我们，或有些叛逆，或有些嚣张，可你是否知道，在我们的心底，都有属于自己的梦，悄悄地将它藏在心底的某个角落，然后为之努力、为之奋斗。或许，那个梦，现在还实现不了，又或者根本不可能实现，别懊恼，就像那盼望得到的东西根本不能属于自己哪怕一瞬间都没有，那又何妨？至少我们努力过了，奋斗过了，或许就是不能开花结果的种子呢，可这努力、奋斗、拼搏的过程，定是最美丽的花。不去在意结果，而享受这美丽的过程。那盼望得到的东西、那追寻的梦，既然知道属于自己的时刻那么短暂，那更要好好珍惜，珍惜那一瞬。然后记得，我也曾拥有过了，满足矣。因为为之拼尽全力过，所以不会遗憾。我知道，其实生活的路并不好走，必定坎坷，也知道，我们的青春路上，看似美好快乐，其实也是布满荆棘的草丛，这一路，很难走，一不小心就会鲜血直流。可我更知道，在我们的路上，谁都不曾停下脚步，都在拼命地向前走，来不及，更要奔跑，我们不在意结果，却享受为之努力的过程。我们，都是有梦的孩子，都在追梦的路上。

　　青春，梦一场。

（原载《姑苏晚报》）

爱在细微处

一杯普普通通的牛奶，一杯热气腾腾的牛奶，一杯散发醇香的牛奶，此时，正放在我的写字台上，放在我的手边。

抬眼望了望墙上的钟，时钟已指向十一点，唉，今天在学校做值日本来就晚了，回家路上偏偏又遇上了大堵车，作业就弄到这么晚还没做好，面前的这几道奥数题一点头绪都没有，想到还有语文摘记，还有英语背课文，一大堆的作业等着我"消灭"，我烦躁起来，一股无名之火涌了上来。

可偏偏这时，妈妈走了过来，手里端了一杯热牛奶，我忍不住朝妈妈发起火："谁让你进来的？打扰我做作业！"妈妈愣住了，将那杯牛奶放在我的桌子上，悄悄地走出了我的房间。

过了许久，大量的脑力消耗使我口渴起来，我顺手拿起桌上的杯子，呷了一口，甜甜的、香香的，我继续埋头鏖战，隐约间，在深夜中鏖战的我有股暖流充盈着我全身……使我获得无穷力量，使脑袋来了灵感，把难题解了出来。

我品味着这醇香的牛奶，猛然间，想起妈妈端着牛奶进来的情景，想起我刚才对妈妈恶劣的态度，想起妈妈出去时失望的背影……想到这儿，愧疚和自责涌上了我的心头……

桌上的牛奶袅袅冒着热气，淡淡的清香直钻入我的心脾。哦，妈妈，您的爱像春雨滋润着我，就像大海包容着我。您的爱在生活的点点滴滴之中，就像这杯牛奶无时无刻不温暖着我！

那是爱，是感动

昨天是"二月二"。俗话说得好，"二月二，剃龙头"。"二月二"，又有吃撑腰糕的说法。

吃晚饭时，开始很扫兴，因为本来说好爸爸去买撑腰糕的，因为他临时有事，可能要很晚回来。

吃完晚饭，妈妈从冰箱里拿出两条撑腰糕，说是外婆去年亲手做的，特地要留到今天吃。

咦，为什么呢？

糕真的很好吃，妈妈让我打个电话问问外婆此刻她在干什么，电话打过去，外婆在舅舅家带小弟弟。我对外婆说，我们正在吃她去年做的撑腰糕，本来爸爸要去买的，结果有事耽误了。

外婆跟我说，正宗的撑腰糕是隔年留下来的。她还笑我，现在倒喜欢吃撑腰糕了。那时候，他们是因为要下地种田干农活，据说，二月二这一天吃了撑腰糕，这糕就可以把腰撑住，这一年就会平平安安，干活时腰背不酸痛了。这不过是习俗罢了，现在田少了，种田也不再靠腰背了……

外婆很激动，说我难得打电话来，她平时又不敢给我打电话，白天我在上课，晚上呢，我又要做作业，生怕影响我，周末又经常不在家……

昨天那通电话，跟外婆聊了二十多分钟，大多时候，外婆是诉说者，而我是倾听者。我昨天打去的电话，是不经意的，可外婆真很开心。这是我万万没想到的。

晚上想了很久，知道了这才是爱，是真正的爱，是无言的爱。那一刻，知道世界上还有人爱着你、惦念着你，是一件何等幸福的事！

[我替外婆说几句]

外婆是一位朴实、厚道的农村人，几句朴实厚道的话，道出了长辈对晚辈的思念、牵挂。

外婆家虽说不算远，但由于平时工作忙，也只在节假日的时候回家看看。

能盼到我们回去团聚一下，吃个饭，是外公外婆的期盼，也是他们生活中的一道小风景。

如果外婆看了外孙女的这篇文章，看到她的成长、进步，我想老人家也是很开心的。

"两条撑腰糕"、一个电话，孩子能读懂生活、读懂长辈的爱。这对于老人家来说是无比高兴和欣慰的！

孩子，加油吧！

（徐诗芸妈妈代外婆)

（原载《作文通讯》初中版)

左雨辰国画

逝去岁月里那流淌着的爱

时光不曾停息。那一声问候，那一次陪伴，那一段美好的时光……我张开手想抓住，可它们仍从我指缝间溜走……

小时候，奶奶住在我家。印象里，她是世界上最好的人。她会每天在幼园门口接我放学，骑着电动车带我穿过一条条街巷公园玩。她会在新市桥下桥时用她矮小的身子撑着电动车，一踮一踮地大声吆喝："小心，让一让，我车上有囡囡哦！"那时候，我坐在后面啃着她削好的苹果，而一直叫她别大声喊，大概是我觉得丢人吧。一路上，每逢过超市、小店，奶奶总问我要不要买这买那。

后来，奶奶住到了在园区的哥哥家。那时读小学，一次，做完作业在看课外书，突然有人开门进来了，一个头发被风吹得乱糟糟的老人，手里捧着个蓝色布袋子，脸冻得通红，仔细一看，才发现是奶奶。她打开手里的袋子，里面是热腾腾的包子。她是刚刚做好的，瞒着哥哥伯伯他们，悄悄包在袋子里，从湖东乘公交车到市区再走到我家。刚放下，叮嘱了几句，又急匆匆地走了，说回去晚了哥哥他们会着急的。当时，我只记得，留着余温的包子很好吃。

年幼的我，不曾知道，那便是爱。

读初中了，开始酣畅于题海神游，我和哥哥都长大了，不用奶奶接送了，她便回吴江住了。奶奶是个闲不住的人，开始找各种各样的事做，什么帮人家工厂烧饭啦，弄块地种菜啦，晚上找一群老人一起用我送她的那个收音机放音乐跳舞啦……奶奶搬回去住了，我们回吴江的次数也多了，她总是把我和哥哥还当成小孩，以前是带我们去买吃的玩的，现在总是悄悄塞钱给我们让我们自己去买……

那个阳光很好的春日下午，我们跟着奶奶坐在院子里捡菜。奶奶一生坎坷，爷爷以前是当兵的，去世多年了，基本上就奶奶独自一人把爸爸和伯伯拉扯大，又亲手带大了哥哥和我。浓烈的亲情一直这样延续着，点亮了我们的生命。

未来，终究要学会独自一个人走，走那我们曾经一起走过的大街小巷，一个人吃着路边买的包子再也没有那时的味道，一个人回味着我们一起的时光……

奶奶，你的鬓角已爬满缕缕银丝，而我亦渐渐长大。

我们会一起继续走下去，创造并回忆着那逝去年华里流淌着的爱。

一切都不再是从前

——写给母校

曾经在附小成长了九年，还记得那时似乎并不懂得珍惜。

现在，来到了一个新的环境，快一年了，仍感觉不适应。

现在，才觉得附小是如此天真纯洁，附小的孩子是如此阳光、善良。

只是当初我发现这一切时，已经太晚了，已经离开了这个曾经我最爱且依赖的地方。

那时候的生活一切井然有序，规规矩矩，教室里常常传来天真无瑕的笑声，那时候的笑，是最真挚的，最纯真的。

现在，教室里也会有同学笑，只不过再也不是那时的了，是稀奇古怪、邪恶的笑。

当我来到这个新环境，才发现自己是如此幼稚、愚昧不知，这里的同学都懂得好多，不仅仅是在学习上。

一切，都不再是从前。

大家都知道，附小跟原立达（现伟长实验部）只隔一围墙，里面甚至有小门可以进出。

还依稀记得，那是五六年级时的我，常常站在四楼的安全楼梯旁，那个角度刚好可以把现在学校的操场看得一览无余，喜欢看哥哥姐姐升国旗的样子，也憧憬以后来到这儿学习。

现在，已实现了一个小目标。我知道，未来的路还很长，我必须去接受，去适应它。

清楚记得，毕业前，我们曾与老师有个小小交流会。清楚记得陶校长给我们讨论出的主题是"机遇与挑战"，清楚记得我加了邢校长的QQ，注明是2006届附小毕业生，邢校长的惊讶与感动。

清楚记得顾老师那天热泪盈眶的模样，清楚记得王老师为担心我们未来焦头烂额的神态……

一幕幕浮现在我的眼前，这将成为我永久的记忆，毕生的记忆。

我不喜欢说那些假大空的话，知道母校的老师对我们寄予厚望，不该辜负。

漫漫成长途中，有甜蜜，有酸涩。可以毫不避讳地说，懂得很多。

青春期的孩子，男女生之间免不了会有些"火花"，伟长班里也不例外，常常有很多背着老师在地下搞恋爱的男女生。如果是以前，这种敏感的话题，我从不会写，可这次不一样，我把附小看作了我的"老家"，我相信，我把生活中所看到、所遇见的告诉"老家"的亲人，他们一定会更了解我，了解我的生活，会为我排忧解难。

现在，附小又快要送出一批即将毕业的学生了，毕业班的老师又该忙碌了，再此，请允许我向他们表达崇高的敬意，老师你们辛苦了！

第二批伟长实验部的学生又该出炉了吧。

作为一名学生，学习是不可不谈的。能作为首届伟长班的学生，我感到非常的荣幸，在这里学习，压力确实不小，在这里，好像没有"差生"，以前在小学，考试是件十分轻松的事儿，考试前还有大量的复习时间，可现在不一样了，教完就考，考完就是名次表。

在这样快节奏的生活中，调整作息，合理安排学习十分重要。老师当天教的知识点必须巩固复习。否则第二天，又有新的内容，无暇回顾。

现在的我，每每站在操场上，望向附小，还清楚看见那百年雪松，想起昔日一同玩耍的伙伴，有时还能听见附小独特的上课铃声："上课时间到了，请回到教室，准备上课。"

那附小孩子满是稚气的脸庞。

现在，每一次重新踏进母校，我都格外珍惜！

我身边的一个小人物

他，一个我每天都看得见的人，一个勤勤恳恳的人，一个我身边的小人物。

他——我家小区里收旧货的中年男子。

每天早晨，当我进车库取自行车准备出门时，总能看见他推着破旧的三轮车在行走，看见了我，他总会与我打招呼，那时，他那黝黑的脸上露出了洁白的牙齿，那时他笑得很灿烂。于是，每天的这个时候，这个地点，我总是能遇见他，不知是凑巧还是上天的安排。

那个中年男子很好，总是笑嘻嘻的。他空闲的时候，总拿着扫帚在小区里打扫，秋天的时候，有很多落叶，一大早起床就能听见他"哗哗哗"的扫地声了；冬天，有时下雪，他会帮忙扫雪铲雪。春夏秋冬，严寒酷暑，总有他扫地的身影。这导致在我的印象中，他不是收旧货而是扫垃圾的。

曾经很好奇地问过他，为什么要帮忙在小区里扫地，何况一分报酬也没有。他笑了，却沉默不语。

有次傍晚，与妈妈在小区里散步，正巧碰到他，他笑着跟我们打招呼，家里去年的报纸杂志没处理，妈妈就让他到我们车库去拿。车库里堆得乱糟糟的，他一看，先把报纸放在一旁，然后帮我们打扫起车库来了，随后再秤一下报纸的重量准备要付钱，妈妈说不用了，还麻烦你打扫车库，可他却硬把钱留下。

这就是我身边的小人物，我们小区里的收旧货的中年男子，义务帮忙打扫小区的"清洁工"。

他不求回报，却无私地奉献，他从不图点什么，却乐于助人。

他默默无闻的存在与付出让身边的人倍感快乐。

他虽然是我身边的小人物，却是我心中的"大人物。"

123

徐诗芸专辑

崇 敬
——读陈国安博士QQ空间有感

那天听完陈国安博士的关于"秦时明月汉时关——古代诗歌赏读"的讲座，被陈老师幽默风趣的演讲深深吸引了。结束时看见有个QQ号，抱着无所谓的心态加了。

第二天上QQ，发现陈老师接受了我的好友申请，然后习惯性地进入空间，顿时"惊呆"。

"读《毛诗正义》"——10.29　01:20

"读《西湖梦忆》《琅嬛文集》"——10.28　01:56

"上午一早起来去苏州中学，来秀坊，为伟长班两个年级的学生和家长作演讲：秦时明月汉时关——古代诗歌赏读漫谈……"

——10.28　01:41

…………

基本上每天凌晨一二点钟都会发表日志，说说。要么是一天的行程，要么是又看了什么书或者针对什么事又有什么见解。所有的都是原创的。

再看看我的空间，要么是什么乱七八糟的东西，要么是转的什么东西。

在陈国安博士的QQ空间里，我的心灵被深深震撼到了。

陈国安博士，一个博学多才的勤奋的人，一个追赶时间的人！

温暖一小时

手边的那杯牛奶正袅袅地冒着热气，牛奶那股淡淡的香，悠悠地被吸入鼻中，那杯在冬日的温暖牛奶此刻正静静地呆在我的写字桌旁待在我的身边。

正值冬季，作为"学生党"的我们每天都"起早贪黑"，早上出门天还没亮，傍晚回家时天已黑了。

今天做值日生，出校门时就已经很晚了，回家路上又遇到大堵车，到家时已将近六点。呆在书房开始做作业，临近期末，作业量也不知不觉增大了。

眼看着眼前的一大堆作业。数学还有几道拓展延伸题一点思路都没有，英语要背课文，语文还要背古诗默写词语作积累……一大堆作业等着我去"消灭"。再抬头一看，时针已指向十一了，心烦意乱正当时。

正在这时，妈妈突然推门进来，手里拿着一杯热气腾腾的牛奶。顿时，一股无名之火涌上心头，向进来的妈妈发脾气："谁让你进来的？影响我做作业！"妈妈愣住了，放下手中的牛奶，悄悄地退了出去。

一切继续。面对着眼前的几道数学题，不觉口干舌燥起来，顺手拿起手边的这杯牛奶，轻轻地呷了一口。嗯，味道不错，还加了燕麦和蜂蜜，一股暖流涌遍全身，让在寒冷中鏖战的我有了无穷的力量。眼前的题目也似乎有了些思绪。

很快地，做完了作业，复习完了功课。将手中这杯牛奶一饮而尽。走出书房，准备去睡觉，却见客厅里的灯还开着，紧接着看见妈妈正在看杂志。我们的目光相撞，突然回想起走出书房时妈妈失望的背影、落寞的神情……

顿时感到惭愧，尽管这样，还坚持着等我做完作业才去休息。

洗漱完毕，进入温暖的被窝，十二点的钟声刚刚敲响，新的一天又已到来。

那杯牛奶的温度还在，那股暖流未曾改变，那一个小时将永远驻足在我心中，那还欠的一声道歉默默地让它留在心底吧。被温暖的或许不仅仅是这一小时，应该是一辈子吧！

一季幸福

什么时候，又不知不觉、悄无声息地送走了又一个冬天。

这样一个幸福的冬天啊！在美好的寒假里度过。

这样的日子，在匆匆地擦肩而过中，转眼就要融化成一滴记忆。

在这样的冬天，总有那么几个文静的孩子乖乖地呆在家里。呵着手心取暖，专心复习功课，读小说，无暇其他。

在这样的冬天，或许有那么几个气势嚣张调皮捣蛋的男孩子，不顾寒冷，冲向体育馆、或打篮球、或踢足球，其乐无穷。

在这样的冬天……

这是小说中的闲情雅致，梦里簌簌的花开花落。

日历在漫不经心间就翻过去一张又一张，可一天天的日子，偏偏却出奇地相似。旧年里，这时候，只怕是漫天大雪，纷纷扬扬，早已遮盖马路，遮盖大楼，遮盖世界，遮盖了心灵吧？

提起冬天，自然会想起春节来，过年甚是亲切，城市的过年，也不再张灯结彩，喜气洋洋了。"年味"也越来越淡了吧？现在想来，这些热闹的传统习俗，竟随着时间的流逝，渐渐隐藏在回忆的角落。

又是一个不经意，这千篇一律的生活又要有所改变了。离开学，又没有几天了，作为学生的我们是否该收收心了？应该是在疯狂地补寒假作业吧？22天的寒假已接近尾声，不知道整天在弄些什么。

离开学还有6天，静静地趴在桌上写作文，慵懒的下午时光，牛奶袅袅地冒着热气。写累了，轻轻地呷一口，香香的，甜甜的……抬头从窗户里望出去，阳光格外温暖，沐浴着大地……又不知过了多久，竟发现飘起大雪来。

可太阳依旧灿烂！这就是传说中的"太阳雪吧"！一个人的时光，有时有些寂寞。动动笔，写下，化作那永恒的幸福！

离 别

> 不知不觉，不痛不痒，多少时光……泪，在不确定的某个夜晚的一条深深小巷中消悄流淌。离别，就这样来了。淡淡月光下，独自一人，找寻我们一直无暇顾及的淡淡感伤。
>
> ——题记

"轻轻的我走了，正如我轻轻的来。"时光匆匆，六年转瞬即逝。我伸出手想要抓住这匆匆的记忆，可指缝太宽，记忆太窄，大部分的记忆像沙子般从指间流走，而手中抓住的，只有离别。

"其实不想走，其实我想留。"悠扬的声音从我身后响起，可那又怎样，现实就在我们眼前，年轻的脸庞更多的是哀伤和泪痕吧。

为什么要哀伤，又为何要流泪。或许我们要感谢离别吧。长亭送晚，终有一别。因为离别才知道"天下无不散的筵席"，因为离别才知道"人有悲欢离合，月有阴晴圆缺，此事古难全"。是离别让我们深刻体会人生的不同况味。

他，曾经情绪低落时一言不发。他高兴时就和你一起唱"我就像一个傻子一样，笑着过一天，想要看着你微笑，相信有明天"。他，曾经悄悄地对你说："白天有你就有梦，夜里有梦就有你。"……曾经，曾经，都已是曾经。

年少轻狂，是寻梦的季节。为了追梦，不得对亲爱的朋友说声"珍重"。既然目标是地平线，那留给世界的就是背影。天涯海角，有牵挂我的人，也有我牵挂的人。这才明白，离别的时刻来了。不变的，只有那份真诚与感动。天涯，咫尺，仅此而已。

人世间有太多难以预料的变故和身不由己的离合。岁月无痕，悄悄将明媚与忧伤一同埋葬。不再为失去而忧伤，为曾拥有而感激。

谢谢你，至少让我曾拥有，那不是华丽的离别，而是一转身就是一世的漫漫人生；便会明白，如今的我对生命诠释得如此幼稚，便会明白，满陌繁花，唯年少轻狂。

三山岛断想

夜之声，夜未央

在夜间听着《夜的钢琴曲》，整个心慢慢地沉静下来，繁华的世界突然间变成一粒粒漂浮的尘埃落定，更何况已远离了城市的喧嚣，来到了三山岛这么一个人间仙境般的地方。

或许因为与同学独自在外过夜吧，很晚了还不想睡。三个姐妹拉开窗帘在一张床上并肩坐着看窗外那宁静的月色，这才发现我们可以相互凝视彼此那么久，可以静静地看着外面，可以会心一笑，品味、欣赏如此美丽的夜色，我们思绪万千，所有的烦恼与不悦在这一刻随风而散。这才发现，当我们拿掉手机，扔去所有的电子设备，来到一个交通不便，与外界基本隔离的岛屿竟然可以如此快活。

我们自己的生活，我们的青春，何尝不能洒脱一些，就像现在这样。忘却城市的喧嚣与烦躁，沉下心，看明朗的夜空。

此刻的我们是幸福的，能够陶醉在如此夜深人静的时刻……

夜之声，夜未央？

泥 土

三山岛的实践活动有生物和地理方面的内容，我们不惜弄脏双手去挖掘泥土中的植物和石块。这，更让我们亲近了泥土。

紧紧攥起一把水淋淋的黝亮的泥土，凝视着，几乎是贪婪般地嗅着那久违了的气息，听到了泥土细腻而真实的呢喃声。再张开掌，泥土又顺手心落下，又漫开去。一阵令人心悸般的惬意透过手心浸入心脾。人，似乎无端地就舒坦起来。

泥土的气息，原来如此美。

人，狂躁不安时抑或怨忧难解时，去亲近泥土，聆听土地的声音吧。那声音像天籁之音，使人宁静，使心一尘不染。

美，真的是邂逅所得。

美得如那泥土纯净芬芳，沁人心脾。

拥抱泥土，回归自然。感受土地，感受美！

或许会变，但心不变
——徜徉初三心很静

人世沧桑，世事无常。

初三这一年，注定是忙碌的，但也必定是充实和快乐的。时间，它永不停止，一直在前进。很多人，很多事也会因为它的流动而改变，变得我们大家都不认识了。

从前都一心盼望快快长大的我们却越发珍惜现在的每一刻了，时间它溜走了，就不再回来了，再也不回来了。曾经的那些美好、痛苦都随时间流走了，变成了记忆，留存于脑海深处。人，或许就是这样吧，失去了才想到要珍惜，可一切错过了，就再也不回来了。珍惜自己所拥有的，不再去一味地羡慕，一味地追求自己所没有的，自己拥有的才是最好的。

大概是因为成长，很多言语都不再轻易脱口。"我恨你一辈子"，"我们要永远在一起"……那时的信誓旦旦，现在看起来却是如此苍白无力。曾经很幼稚，很天真，美好得像童话世界。现在看似长大，看似成熟，却看清看透了眼前这个如此残酷、现实的世界。不再有丰富的感情色彩，变得沉默，变得冷淡。不再轻易承诺亦不再轻易相信，更不再真诚地付出全部。大概是因为长大，大概是经历了形形色色，又重新认识了曾经那个单纯、美好的世界。

爱是人世间永恒的主题，它一直在的。爱的方式有很多种，不同的爱也会有不同的结果。有时爱的方式错了，反而会适得其反。长大了，有梦想了，学会了去爱与被爱，去体验生命中最美好、最质朴的情感。它会教会我们去感恩、去放手、去追逐。

成长的路上，难免会有挫折。梦想，成了我坚强的理由。怀揣着梦想尽全力去努力。在这最美好的青春年华里，我们一定要有属于自己的梦想，或小或大，至少这是我们的追求，我们前进的动力，我们可以为之奋斗。我们最终不一定能够成功，或许会偏离主航线，但我们走的是正轨，是充满朝气的正能量。我们不一定会成功，但至少仍在追求梦想的路上，至少我们会拼尽全力，尽自己最大的努力去追寻属于自己的梦想。心若没有栖息的地方，到哪里都是在流浪。

我依旧过好今天，期待明天。我不想把世界看得那么冷，那么淡，但有时现实太残酷而为之所迫。我想，我还是会用一颗灼热的心去看这个世界，去过好每一天，充满希望、无限向往。我知道一路上会经历坎坷，这条成长的路又怎么会一帆风顺？总会跌倒，会受伤。跌倒了，自己爬起来，才能走得更远、更好，每一步才能迈得更稳；受伤了，自己给自己疗伤，学会坚强、学会独立，未来的路才能更顺利。

　　我不害怕也不畏惧在荆棘丛中走，那些成长中的痛，必是使我成长。

　　最后的一年，我会努力，会是终点，亦是起点，不能逃避，那就尽情享受。暴风雨你来得更凶猛些好了！跌倒过，才能走得更好。

作者近影

未来，你好

心在荡漾，梦在前方。
路很长，慢慢走。
未来，你好。

　　　　　　　　　——致那个未来的我

未来的我，你好。

我想，我在这里等你，等你慢慢地走过来。我在这里，看着你跌倒，又看着你擦干眼泪自己爬起来；我在这里，看着你摔得头破血流，仍朝着梦想去努力；我在这里，静静地看着你，看着你伤心落寂，看着你失意而哭泣，看着对未来而流露出的无奈……我就这样看着，我是多想走到你身旁陪着你呀，可是，我知道，我不能。未来的路很长，没有谁能够真正帮助你，有的路，只能一个人去走，去拼，去闯。那些所谓的痛苦，必定是使你成长的。

未来，你好。我知道奔向你的路并不会一帆风顺，可哪怕是荆棘坎坷，我也不在乎。有梦，就要大胆去追，对吧，摔倒了，那就拍拍腿上的灰，自己爬起来，再往前走。

我无所畏惧，未来，你好。

我的初三这一年

蜗牛·痕迹·梦·拼搏

看着蜗牛在地上缓缓爬过,视线立即被它吸引。不是因为喜欢,而是因为它身后那条长长的"线"使我产生了兴趣。我不清楚小小的蜗牛要去哪里,但它分泌的黏液却告诉我它已经到达过这里。它留下了痕迹。我们在学习的道路上缓缓前进,知道前方困难随处可见,绊脚石会越来越多,拥有一份自信,一个打垮一切困难并努力达到终点的信念,把脚印留在探究的路上。蜗牛仍在前进,我很想帮它一把,可突然又想到,如果没有经历艰难的过程,胜利的终点又有何意义。沉浸在茫茫题海中,想空闲一下,手中的笔却迟迟不肯放下,休息之余,想到"两点一线"的生活,想到堆积如山的作业,心中一阵烦闷。小小的蜗牛仍在努力爬着,它身后那条长长的痕迹见证了它的努力。我才明白,路是一步一步走来,把曾经的艰辛化作动力,心中的信念让我们掌握丰富的知识。蜗牛如我,在不断努力;我似蜗牛,为小小的梦不断拼搏,它告诉我,只有在梦想途中脚踏实地,留下属于自己的痕迹,未来才能绽放光彩。

论学习·谈读书

人生是一个学习的过程。帕斯卡尔说过,人是一根能思想的芦苇。学习亦是如此,拥有灵魂的学习必然充满智慧。学会去学习,去读书,读书是在如画风景中拾捡朝花,寻找生命感悟的花絮。读书是跨越时空的邂逅,是自身的积累,是对文化的尊重,是提升个人涵养的必由之路。

尽全力

"你不需要很优秀,尽全力就足够。"很喜欢的一句话,对啊,尽全力就足够,好好读书的真正意义不在于变得有多优秀,而是更有权力、更有底气地去选择自己想要的生活。人生很长,长到后来我们都不知道变成了谁,所以现在的你别慌张,脚踏实地地走好眼前的路,就会成为将来想要的自己;人生很短,短到沧海一粟,我们的存在其实很渺小,对宇宙来说,来去无痕,那就不妨活个独一

132

无二。有时会迷茫，有时会悲伤，有时会纠结，有时会释然……但，不会放弃，我们不缺乏失败，但永远打不败，明天太阳仍从东方升起。花儿谢了，还会再次开放，我们会一直充满希望，一生经历，一次花季，不相信"流光容易把人抛，红了樱桃，绿了芭蕉"，仍在疾行，不颓唐，不抛弃。

我们有的，是手里那个注定动荡的青春；骄傲的，是现在可以为了梦想而奋不顾身的年纪。岁月不静好，心却很安宁，一步一个脚印，边看风景，边拼了命努力。

初三这一年，一起努力。

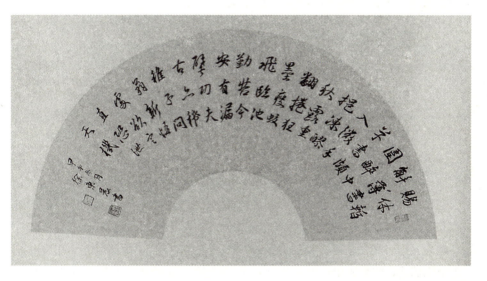

书法　徐东晨

成长进行时

拿着手中这本精致的日记本，满是感慨。一下子就被封面上面的几个英语单词所迷惑：I'm Sorry。这究竟是什么意思呢？好好的一本日记本为什么要用"对不起"来开篇呢？是我们把之前的班级日志弄丢了，是道歉？是告诉我们要礼貌待人？还是……这似乎没有绝对的答案的，每个人都会有不同的理解吧。

昨天的花儿落了，今天的还开着。时间飞逝，上一本班级日志，那记录着班级成长的点点滴滴，可还未写满，就已经不知去向。

今天仍在进行着，昨天却满是回忆。有我们入学时的新鲜与欢喜，七子山军训的艰苦，考试失利的挫败感，也有我们获得"先进班集体"称号、"文明班集体"称号的荣光，更有运动会上团体总分第四的风骚、迎面接力第二的霸气……我们共同缔造了各种各样的名誉，而这一切，又将激励着这个优秀的班集体。

班级日志记录了我们成长的轨迹，因为它的真实而值得珍藏。老师曾说："班级日志我将会永久保存，几十年后的同学聚会上再拿出来看看，会很有趣。"

岁月在流逝，没有人能够抗拒。我们每个人都会有属于自己的梦想，都会为梦想而追逐、奋斗。

我们在成长的途中，走过青涩，走向成熟；走过平凡，走向卓越……也许都还没有意识到自己是一颗随时会发光的太阳时，别人会因为你的存在而感到幸福。

相聚是缘，相知是福，我们将在同一个班度过我们最美丽的时光。在这过程中的点点滴滴，将刻进年轮中。多少年后，共同的记忆让我们仍然亲如家人。

伟长二班，一个普通到极致的代号，20个女孩，15个男孩，诠释了它的全部；

伟长二班，一个特别的班级，一个充满神秘色彩的班级；

伟长二班，一个温暖的集体，充满深深的同学情谊；

伟长二班，35个伙伴一起奔流不息，35个伙伴一起遮风挡雨，35个伙伴一起展翅翱翔！

……

我们的故事有很多，请翻开这本班级日志，用心灵去体味我们的快乐，我们的辛酸，我们的幸福，我们之间的那些事儿……

134

依稀记得
——为班级日志写卷首语有感

　　当那一本新的班级日志老师亲手交给我，并嘱咐我为这本新的班级日志写卷首语时，那一刻，我只想说："谢谢您，亲爱的吴老师！"

　　我知道，能够写班级日志的卷首语该有多么的荣幸，我也知道，以我的水平，并没有足够的资首书写。可是，那又怎么样呢？吴老师明明知道我的写作水平并不是很优秀，可她还是愿意把这次机会给我。

　　我知道，这是一次难得宝贵的机会，我不能辜负老师的希望，还依稀记得，昨天晚上，我打了一遍遍草稿，参考了很多材料及句式，尽管这样，文章还不令我满意，终于明白"书到用时方恨少"了。看来，平时还得多阅读，多积累，多练笔。草稿打完，准备誊写。那本干净整洁的班级日志，我都舍不得下手写字，每一个字写得都小心谨慎，生怕出错。

　　终于写完了！仔细读一遍，很不满意，文章写得不怎么样，字又因为紧张而写得僵硬，不舒展。

　　可抬头一看已经是午夜十二点半！上床时已将近一点。

　　今天上学，很多同学问我"熊猫眼"是怎么回事，我笑而不答。

　　虽然我完成了吴老师布置的任务，可一定令她失望吧！对不起，吴老师。

　　下一次，不，接下来，我会认真学习，多读书，多看报，多积累，写一手好字，写一手好文的……

135

徐诗芸专辑

孩子，我没有失望

吴　怡

亲爱的徐诗芸：

　　读到你今天的动动笔，非常感动。

　　前天当我把班级日记交给你写卷首语的时候，也有点小小的得意，我想你肯定会非常惊讶的。但我的确没有想到你会因此这样郑重地对待、这样珍惜这次写卷首语的机会。这让我感到，孩子们是多么需要老师的尊重和肯定啊！

　　我想对你说，你完全有资格写这篇卷首语。

　　你欣赏其他同学的佳作，说明你有眼光，有欣赏文字之美的慧眼；你复印、收藏的举动背后，说明你有主动吸纳别人优点的意识和心态，并能付诸于行动；当班级日记遗失后，你慷慨地把复印件给我，又是多么善解人意啊。

　　在我心目中，写作水平并不是决定写卷首语资格的唯一标准，其实每一位伟长2班的同学都有资格写。但是卷首语只能由一位同学写，我当然希望卷首语能漂亮些，成为一本班级日记的好开始，所以上学期我选择了写作水平比较高的语文课代表。但是我更相信，对于写作，用心是最重要的。而对于一份班级日记，热爱班级、珍视生活、珍惜写作的同学才最有资格写它的卷首语。而你恰恰用自己的行动赢得了这个资格，你要感谢自己。更何况，你又写得一手漂亮的字！

　　亲爱的孩子，在这个班级里，就写作而言，你目前的确还不是最优秀的。但这有什么关系呢？一个人的价值不是要争第一，而在于能不能比昨天的自己优秀，哪怕优秀一点点。你的第一篇动动笔向我展示了你的决心，只要加上你的行动、你的坚持，你迟早会成为优秀之一。

　　附上我的随笔《怀念一本本子》作为小小礼物！

　　我没有失望，亲爱的孩子！

吴　怡

2013年3月1日

（作者系苏州市立达中学教务处副主任，时任江苏省苏州中学伟长实验部负责人）

怀念一本本子

吴　怡

　　因为一本本子、一篇文章，这个学期的语文教学，有了一个非常美好的开始……

——题记

　　新学期开始了，在整理教学物品、准备开学第一课时，看到一本空白本子，简单的设计，淡雅的颜色，一个字也没写过，由此想起了上学期的另一本本子——"伟长实验（2）班班级日记"，想起了一件事，一件顶顶伤心的事！

　　上学期开学初，我为学生买了那本班级日记，记得封面是小清新风格的，似乎画了个小女孩。我让每天有一位同学写班级日记。第一天，请课代表叶心怡同学写个卷首语。

　　叶心怡细心地给本子贴上了塑料薄膜，用她清秀的字迹、清新的文笔写下充满诗意和期待的卷首语。有了这个好开头，我们就一天一个人地，写啊写啊，希望毕业时能有一个珍贵的纪念。我有时候也看看，圈出错别字，写点评语。这本子是完全属于孩子们的，他们非常认真地书写着他们初中生活的第一个学期。

　　可是本子不见了。本子由同学们自己传递，我察觉到本子不见时距离它的失踪已有几天了。我让课代表去班里问，自己又发短信问全体同学和家长，依然没有下落。原来，写完一轮后，第二轮开始大概七八位同学后，A同学说她写完后放在B同学桌上，B同学说她没收到。本子就这样失踪了。

　　我很伤心，真的。好端端的，本子怎么会在教室里消失得无影无踪呢？

　　我宁愿希望它躺在班级的某个角落里，虽然积满灰尘，但是有一天，我会惊喜地把它从积灰里找出来。也许，它睡在某同学的书房里，会不会有一天在理杂物的时候，突然被发现？甚至，也许，是这本子在使小性子，因为我们开始冷落它、怠慢它，故意躲起来了吧。

　　好在，过了几天，徐诗芸给了我一个大大的惊喜。她说，她复印了一部分，可以送我。我简直要跳起来拥抱她了。

137

徐诗芸专辑

懂得欣赏美、收藏美、分享美，真是可爱的女孩子！

后来，我又买了新本子，打算这学期继续写。

所以，今天看到这本本子，看到徐诗芸送给我部分复印日记，我决定这次卷首语让徐诗芸来写。她一定能写得很好！

138

徐东晨书法

徐雅如专辑

　　苏州工业园区金鸡湖学校七年级学生，中国散文诗作家协会会员，在《姑苏晚报》发表习作，散文诗入选《中国散文诗》年选2015年卷。

主持人语　韩树俊

　　徐雅如文字的出彩在于她细致的观察和富有情感的细腻描绘，在本专辑中，《道前街的秋天》和《青海湖，青藏高原耀眼的蓝宝石》尤为突出。

　　随手拾起一片银杏叶，就好像拾起了秋天；随意走过一条苏州的街巷，就好像进入了秋的花园。岁月静好，即便在飘飞着落叶的秋日里，苏城也是温暖的。凝滞在时光里的道前街的秋天，挥之不去地留在每一个秋日里到过苏州的人们的记忆里。这正是作者在《道前街的秋天》一文中演绎的苏州特有的秋意。

　　巍巍高山直矗云天，湖畔草原广袤无垠，瑰奇天湖碧澄浩渺，缭绕云雾半掩半露……青海湖的美景似羞涩少女，如翡翠玉盘，是夺目的蓝宝石，一泓玻璃琼浆，人间仙境，童话世界。这就是散文诗《青海湖，青藏高原耀眼的蓝宝石》中青海湖迷人的境界。

　　用同样的手法，在《冬天的水杉》中，不过是校园绿茵场旁的一排水杉，在善于观察的作者笔下，表现得如此逼真、鲜亮、温婉，这是一种艺术的感受，用心体验的收获。色彩的变幻呈现，比喻、拟人等多种修辞手法的交替运用，干、叶、果实的次第描写，真把这水杉写活了。《观霞》一文中，小作者在落日色彩变幻的细致描摹中，看出了落日的挣扎和顽强不屈，悟出了落日尽心尽力的付出与奉献，一下子，这篇美文就活起来了，也正是这一篇的与众不同之处。有了立意，文章才有了鲜活的灵魂。

　　所以，在作者笔下，无论是日日走过的家乡的一条街道，亦或是校园的一抹景色，还是一次次远行中读到的景色，都给作者带来了感官的刺激，激发了作者的写作热情，于是，落笔即景，满纸是情。

　　用细致观察的目光关注周边的生活，就能在平凡的生活中发现题材，看到故事。《女生的秘密》就是这样产生的。"相信吗？当你意识到自己是一个独立的人了的时候，秘密，便似一缕最柔顺的发丝，自你鬓边悄悄生长了……"好像有故事，其实也没啥故事；好像有秘密，其实也没啥秘密。女孩心中的懵懂，不过是曾经的天真烂漫，却也是一段美好的印迹。记住作家曹明华在《因为有了秘密》一文中所说："但愿！因为有了秘密，你的目光会变得更深沉一些。因为有了秘密，你的心地会变得更宽容一些。"同样，《我们一起走过》记录了夏日熏风吹拂的毕业季，即将离开母校的孩子们，沉浸在往事的回忆中，有欢乐也有烦恼，携手一路走过，毕业分手依依不舍……全文以抒情的笔调回忆往事，对于母校深深的眷恋感激之情溢于言表。这种平中见奇的表达同样离不开对生活的细致观察和深入思考。

行走，一种置身大自然，认识社会最好的课堂。徐雅如的游记散文给人留下了美好的印象——

彩云之南，一个神奇而又美丽的地方。令人眼花缭乱的恐龙谷遗址、小桥流水的大理古城、夕阳辉映的苍山洱海、雄伟壮丽的玉龙雪山、闻名遐迩的石林奇观……《神奇而又美丽的彩云之南》一文写出了彩云之南的特色美景。《甘肃游记》以敦煌、嘉峪关、张掖丹霞地质公园三个部分，将西北风光尽收眼底：鸣沙山连绵起伏，月牙泉清澈澄明，骆驼队负重缓行，莫高窟佛像端庄；嘉峪关气势雄浑、祁连山巅峰雪照，古长城连绵起伏，讨赖河滔滔东去，丹霞地貌绚丽多彩……大漠的苍茫神奇表现得淋漓尽致。

"一个太阳和一个月亮"，波光粼粼闪着银光，像是镶在一片崇山峻岭之间晶莹剔透的蓝宝石，风景如画，无怪乎大家都想鞠一捧清澈的潭水，把那些朦胧的群山搂入怀中。《日月潭》的景色描摹得明丽鲜亮。《冲绳之旅》极尽冲绳印象。太平洋上一颗璀璨夺目的明珠，亚热带气候，物种繁多，这是宏观的介绍；暗漆漆的玉泉洞池水中有许多"没有眼睛但触觉十分灵敏的小鱼"，钟乳石像把"悬空的利剑"……则是微观的描叙；冲绳大街上井然有序，市民彬彬有礼，工艺品小巧精致，则是人文环境的介绍。由此看来，小小短文，内容还挺丰富的呢！

徐雅如学写了一些诗作，牛刀小试，初见成效，诗歌《一张定格了六年的毕业照》和散文诗《青海湖，青藏高原耀眼的蓝宝石》先后发表在《姑苏晚报·小荷》，后者还入选《中国散文诗年选》2014年卷，徐雅如并加入了中国散文诗作家协会。作为一名作家协会的小作家，要在文学创作上倍加功夫，要有作家的担当，更为自觉地熟悉生活，发现生活，出更多的好作品。我们寄希望予00后小作家徐雅如。

小巷深处的樱花树

你在小巷深处露出了粉红的脸庞，
从百花争艳中吸引我的眼球。
远望，
像一抹灿烂的云霞。
近近端详，
一朵朵玉琢冰雕。
可花瓣质地却像丝绸般柔滑，
一阵风吹过，
毫不留情，
打落了一地樱花。
弯腰拾一朵，
就像拾起了以往的回忆。
炽热阳光下，
斑驳花影投在地上，
增添了几分意境。
过了几日，
还没让我欣赏够那令人沉醉的颜色，
仿佛一夜之间似的，
往日不留空隙的枝头，
如今空空如也，
地上却是厚厚的地毯，
却未变黄的花瓣，
还沾着晶莹的露水，
缓缓拾起一朵打落的樱花，
就像是拾起了美好的回忆。

143

徐雅如专辑

道前街的秋天

在秋天，漫步在道前街，踩在金黄的银杏叶上，留下一串浅浅长长的脚印。

抬起头仰望天空，天空似乎是一幅画，天，蓝得那么深邃。银杏树点缀着蓝天。一阵秋风吹过，银杏叶沙沙作响，像是一群黄蝴蝶，翩翩起舞。还不时慢悠悠地飘下几片，轻轻落在地上，为金黄的地毯再补一点色彩。

银杏叶落在地上，像给马路铺上了碎金。行人沉醉在秋天的景致中，慢悠悠地走着，孩子在叶子密集的地上欢喜地打着滚儿，一旁的家长赶紧蹲下，将满地的金黄与孩子欢乐的童趣一起珍藏在手机里。年轻的和满头白发的摄影发烧友都汇聚在这里，一个个架起了长枪短炮，选择各自心中最美的镜头，而他们自己也成了一道美丽的风景。汽车也沉醉在美景里，开得都比平时慢了些，像是陶醉在浓浓的秋意里，三三两两飘飞的银杏叶装点了秋日的道前街特有的风韵。

随手拾起一片银杏叶，就好像拾起了秋天。一片金黄的银杏叶，包含着整个秋天。银杏叶有的金黄，有的半黄半绿，上面布满着小小的黑点。

道前街旁，有一排排古色古香的房屋。那一扇扇乌黑发亮的窗子，就像老人沧桑的眼眸，目睹着道前街上人来车往、春去秋来。那条玻璃带子似的晶亮的小河里，流淌着时光，流淌着银杏叶，流淌着凝滞在时光里的道前街的秋天。

（原载《姑苏晚报》）

冬天的水杉

在校园的绿茵场旁，有那么一排高大而挺拔的水杉，像是一个个威武的士兵。

冬姑娘初到时，水杉叶呈深绿色，过不了几天，便由绿变黄，像是画技高超的画家用金色的颜料渲染上去的，有的猝不及防，还未来得及变黄就被时而吹过的寒风无情地从树枝上扯下。

那些半黄半绿的，在寒冷的空气中摇摇欲坠。过不了多久，又是一阵凛冽的寒风吹过，那半黄半绿的水杉叶就一片接着一片地相继落下，在空中绕过几个圈，像是一叶黄绿交织的小舟，载着冬日的寒冷，静静落在地上。

还有的，就是为数不多的绿叶了。它们一个个傲然立在枝头，不畏寒风。到了暖冬，它们一片片像是没了精神似的，默不作声地成了遍地水杉叶中的一片。树上没有一点儿绿意，只有一根根纵横交错的枝干立在寒风中。此时，水杉落叶已铺成了一条华贵的绒地毯，再吹一阵寒风，水杉叶铺天盖地卷到上空，像是下起了鹅毛似的大雪。

细看那些落叶，中间竟埋藏着许多水杉树的果实，它们在色彩单调的冬天中那么显眼，深绿色的果子，像空中繁星撒落在地上，仔细端详这些果子，它们的花纹图案各种各样，没有一粒是相同的。

每当下课时，望望窗外的水杉林，它们顽强，而且神奇，多姿多彩，它们的树干、叶、果实，给我许多启示。

观 霞

有人喜欢闪烁的繁星，皎洁的明月，绚丽的彩虹，而我更喜欢观赏日出日落。

冬天的早晨，推开窗户一看，东方露出鱼肚白；渐渐的，鱼肚白变成了淡红色；接着，橙色的太阳缓缓地上升了，它又从淡红变成深红；不一会儿，变成了金黄色，射出了一道道耀眼的金光。这时，天边的云也仿佛染上了水彩，在不断地变化着，一会儿像团燃烧的火，一会儿像紫色的葡萄，一会儿像光滑的珍珠，一会儿又变成了晶莹的蓝宝石……真是仪态万千，变化多端。太阳的颜色越来越红，树木花草，高楼大厦，行人车辆，都披上了红光，太阳把光辉带给了人类，给大地带来了无限生机。

傍晚的夕阳更加美丽。夕阳一开始是深蓝色，太阳慢慢向西坠，几片云被染成了淡红色。不一会儿，太阳收起光芒，露出红扑扑的脸蛋，周围还有一束灿烂的光，它旁边的云更红了，像胭脂似的。不一会儿，阳光更弱了，像个大火球，它旁边的云也变起了戏法，红的，黄的，紫的，金黄的……五光十色，令人百看不厌。接着，它又幻化成柔和的橙色，太阳又换了一身金色的礼服，就像一枚圆溜溜的金币，使人心旷神怡。金光洒在大地上，给万物涂上了一层金黄色，这时太阳像一个红通通的球挂在地平线上，把刚刚碧蓝色的天也烧红了，渐渐地，太阳离地平线更近了，东方的天空早已暗了下来，皎洁的月亮探出了头，黑暗渐渐地把太阳包围住了。不久，太阳终于消失在西边的地平线上。可残留的那几朵云仍旧是淡淡的粉红，太阳从不放弃，它要与黑暗拼搏到底，看到这样的场景，我不禁由衷地佩服起了太阳。

日出时，太阳把自己的光辉带给人类，使世界有了生机。傍晚日落，它顽强不屈，尽心尽力，把最后一丝霞光赠给万物，我们不会忘记太阳的付出与奉献。

即景二题

晨 雾

"嘀——"闹钟尖锐的叫声划破了清晨的静谧，我被惊醒了，一边打着哈欠，一边睡眼蒙眬地穿好衣服，"刷"地拉开窗帘，准备拥抱清晨的第一缕阳光。可是站了一会儿也没有看见丝丝的阳光，远处的独墅湖白茫茫的一片，我疑惑地睁大眼，眼前呈现出一层说浓不浓，说淡不淡的雾。"今天有雾！"我大声喊道。

我匆匆吃完早饭，背上书包飞快地下了楼，深吸了一大口气，啊，原来雾是有味道的！这雾真是美轮美奂：朦胧中又略微带着清新，似乎把整个小区都给笼罩起来了！当我正陶醉在这美丽的雾中时，雾又变脸了：原本的淡雾，现在却慢慢浓了起来。我眺望不远处的高楼大厦，只有模糊的轮廓了，突然我看到一个模糊的影子看上去似乎又有点熟悉，原来是我住在同一幢楼的同学林佳缘也笼罩在了浓雾中，我们有说有笑仿佛置身于云端里。

没多久云中漫步的公交车来接我们上学了。一路上，到处"云雾缭绕"，车子都被堵在路上，远远望去，像一条盘旋在云雾里的飞龙。我想，雾本来是没有形状的，可它却能把城市装点得如此朦胧和美丽……

踏进校园，天慢慢放晴了，阳光照得我身上暖融融的。衣服和头发上还是有点湿哒哒的，这是雾送给我的痕迹，我并不想擦干它，因为我喜欢看雾，更喜欢置身在雾中遐想联翩，我在期待着下一次，雾给我愉悦和遐想……

又是一年中秋到

寂静的夜晚，伴着蝉鸣，那一轮明月，在云层中，若隐若现。又是一年中秋到，品尝着美味的月饼，欣赏着玉盘似的明月，想象着那些动人的传说，充满了憧憬。

每逢农历初八初九，一枚新月像一只钓鱼的小船，又像是一把玉琢的镰刀，清澈如水的光辉普洒着大地。弯弯的月牙儿似乎是姑娘的笑眼，朦胧的光亮从蝉翼般透明的云里钻出来，活泼可爱。如果把黑夜看成静寂的湖泊，月牙儿似乎是一叶小舟，翘着尖尖的船头，在深夜的静湖中划行。小时候，总是看着弯月盼圆月，望着圆月想弯月，圆月弯月我都喜欢，最喜八月十五的大月亮。

　　记得小学有一年在外旅行时，看着又大又圆的月亮高高地挂在天上，想着远在千里之外的亲人，他们是否也在看这一轮明月呢?我不禁想到了那一句"千里共婵娟"。回想每年的中秋节赏月的情景，月亮边上还不时有几朵云彩，秋风瑟瑟，在这样悠闲的环境下，能和家人一起吃月饼，看月亮是多么令人愉快的事啊!

　　在我看来，那一轮明月，不仅是美轮美奂的景色，更是对未来寄托的无限美好愿望，静下心来，想一想美好的明天。

道前街赏秋

记忆中的橡皮糖

五颜六色的橡皮糖，是我童年的美好回忆。

橡皮糖把我美好而朦胧的回忆和酸酸甜甜、入口即化的滋味交织在一起。不用华丽的装饰，不用绚丽的颜色。美好童年回忆中有令人难忘的橡皮糖，橡皮糖中有缤纷的童年。竟然能编织成童年的一幅画。

每当我和童年时的朋友见面，她就会塞给我一颗被她体温温暖的橡皮糖。

而现在，橡皮糖已是我记忆中的味道。

她知道我喜欢，我也知道她爱吃。

嘴里含着甜滋滋的橡皮糖，橡皮糖中有我们童年共同美好的回忆。

149

徐雅如专辑

鸭血粉丝汤

鸭血粉丝汤，是南京的著名小吃，我久闻其大名，一听到它，就会馋得"口水直下三千尺"。那一天，我终于品尝到了梦寐以求的美味。

一天放学后，回家的路上，突然我眼前一亮，一个招牌出现在我的眼前：回味鸭血粉丝汤。我一阵狂喜，大步流星走进店内，找了一个座位，回头一看，一位师傅正好在做鸭血粉丝汤。只见师傅面前烧着两个碗口大的锅，大锅旁边，还有七八样瓶罐，里面有切碎煮熟的鸭肠、鸭肝以及香菜，还有大筐泡好的粉丝。师傅熟练地捏了一些鸭肠、鸭肝撒在碗里，然后星星点点地撒上香菜。

我正看得入迷，鸭血粉丝汤已端上来了，绿油油的香菜，金黄色的豆腐泡，土色的鸭肝，肉色的鸭肠，还有那透明的粉丝在佐料间来回穿梭……我再也忍不住了，夹起粉丝就往嘴里送，粉丝顺着嘴角"嘘"地滑了进口中，鸭肠有些咸，却有滋有味，令人齿颊留芳，鸭血更是鲜嫩可口。

不一会儿，一碗鲜美的鸭血粉丝汤就被我吃了个底朝天，可它的滋味却让我回味了许久，至今还在我的记忆中。

女生的秘密

　　每个人都有自己的小秘密，而我们女生中有许多鲜为人知却只要一个眼神就能心领神会的秘密。

　　那时，五年级的我们，似懂非懂，说说谁喜欢谁这些事都习以为常了。直到有一次，我们班的一女生喜欢上了上一届的大队长，从此，班级中，到处都是他们的新闻，就连谈论每一个话题，都会扯上他们。这位女生生日，给我们这些好闺蜜发了生日卡片，上面是她的住址。那天放学，我们几个女生不经意看见那个女生轻轻走过那个男生所在的教室，从窗边不易察觉地扔了那张生日卡片。她要请她过生日？这最新消息，又让这热点新闻掀起了小小的一股热潮。

　　转眼间，我们变成毕业班了。在对新学期充满期待的同时，我们都为他俩没能"在一起"感到遗憾。那位男生考到了伟长实验班，我们向往的地方。有一次，那女生对我说，她也要去考伟长，我明白了她得瑟的意思，微微一笑。

　　直到一个下着小雨的午后，我们去伟长听公开课。恰巧，他们又相遇了，女生脸色微红，手颤抖着，递过一张粉红色的信纸。我们都掩口而笑。那男生迟疑了几秒，接了过去，随后消失在人群中。那个女生把信的大概内容告诉了我："时光飞逝，光阴不再，你若安好，便是晴天。"我没有笑，我默默地想么，这种所谓的喜欢，只是对某个人有好感，这种感觉，谁没有呢？以后想起来，只会想起那不过是自己曾经的天真烂漫，所谓"凄美的爱情故事"不过是心中留下的一个美好的印迹罢了。

151

徐雅如专辑

最初的你

从黑暗到黎明
从开始到尽头
从希望到失望
你像一个初出的太阳
像山间清爽的风
像冬日里的骄阳
像夏日里的小雨
你是天使，是我的力量
就像诗人依赖月光
就像泪水依赖眼眶

就像我依赖你
你是阳光，给予我光芒
我们都是这样
遇见过许多人，喜欢的不喜欢的
看过许多风景，好看的不好看的
听过许多话语，中听的不中听的
但那都已经翻页
你还是最初的你
给予我光芒赐予我力量

陪伴我六年的音乐教室

我走进洒满阳光的音乐教室，

可是教室中空无一人，

整幢楼都空荡荡的，

早已不见了以前的喧闹，追逐打闹的身影，

只有金色阳光的教室里，

排列整齐的课桌。

好像是一排排牙齿，

只是已经不见了坐满了教室的同学，

还有在讲台上文思如泉的老师，

和飘在空中的淡淡的粉笔灰。

如果还有机会步入母校，

路过久违的音乐教室，

恐怕再也不能听见悠扬的竖笛声，

还有回荡在教室上空的朗朗歌声了，

说不定里面坐着的，是一张张稚嫩而陌生的面孔，

传出的，是一阵阵清脆的童声，

或许等到他们临近毕业时，

也会想起这个并不起眼的小教室。

想到了那些陪伴了六年的老师、同学，

我们第一次在音乐教室里，唱出自己对未来的向往，对以后的憧憬。

教室里什么也没有变，就好像是空气中缺少了某种物质，

是缺少了同学们的回忆，同学们的欢声笑语。

想起那时，五音不全的我坐在偌大的教室里，身旁是同样五音不全的同伴。

看着那时在老师手指下的白色和黑色的钢琴键，

满脑子的好奇，

老师灵动的手在钢琴上像是两只神奇的小精灵，不停地跳跃，

153

徐雅如专辑

弹奏出一曲曲行云流水般的乐曲，

同时也谱写下我们小学生活中动听的乐章，迈向以后未知的大门。

我会永远回忆那时的音乐教室。

作家顾小英签名赠书

一张定格了六年的毕业照

清脆的笑声　回荡在
曾经挥洒汗水的绿茵场上
老师们殷切的目光
同学们微笑的嘴角
"咔嚓"一声，定格六年的时光

一张永存记忆的毕业照
告别小学日子的象征
新的起点，扬帆启航
遐想以后翻出微微泛黄的毕业照
看着张张无忧无虑的脸庞

忘记当下的烦恼
回想运动会上矫健的身影
响彻云霄的呐喊，向前飞跑
预示我们未来
写出更多华丽的篇章

所有美好的回忆
都凝聚在看似普通的毕业照
那一天，我们永远不会忘记
小学生活画上了
圆满而华丽的记号

155

徐雅如专辑

（原载《姑苏晚报》）

我们一起走过

六年前，我们相聚在这个充满希望的母校，一同玩耍，一同成长。

在这儿，有辛酸与汗水。运动会上，同学们为了班级的荣誉，抛洒汗水，在广阔的绿茵场上，留下了携手拼搏的脚印。

在这儿，有甜蜜与喜悦。紫藤花下，畅谈各自的理想。微风吹过，花瓣落地，六年匆匆走过紫藤花记录下了我们的每一天，见证我们的成功与失败，安慰着失败的创伤，赞美着成功的喜悦。光阴似箭，蓦然回首，长廊前一抹云霞似的紫藤花，在风中摇摆，像是在向为拥抱明天的我们挥手告别，眼前依稀闪过以前对未来的憧憬，我们一路走过，今天终将毕业。操场旁成排挺立的水杉树好似一位长者，鼓励我们要迎难而上永不退缩。

在这儿，有痛苦与艰辛，一次又一次摔倒，却再次奋力爬起，所有的困难和挫折，都打不垮我们坚定不移的信心。丹桂飘香勉励我们共同进步，绸缎似的樱花花瓣带给我们新希望。如火的红枫带给我们激昂的热情，香樟树下斑驳的树影听我们倾诉成长过程中的烦恼，考试没有考好时，同学们的安慰，老师的悉心指导，成为我们前进的动力。

我爱你，母校，我爱你，共同走过六年的伙伴，你们是我美好的回忆，我是你们未来的希望。

156

家乡的名人

我的故乡有这样一位让我们苏州甚至中国引以为豪的名人——奥运举重冠军陈艳青，她凭着自己坚持不懈的努力，为祖国争光。

雅典奥运会时，陈艳青站在举重台上，她两眼直直地盯着前方，在她眼中除了杠铃再也容不下其他。因为不适应日本杠，陈艳青手上的皮被活生生地磨掉，血滴在了杠铃上，但是到走下赛场时，她也没感觉到自己的手已经惨不忍睹。直到后面登场的选手抱怨杠铃太湿太滑，影响了发挥时，陈艳青才意识到自己手上的鲜血已浸湿了杠铃。取得冠军后，陈艳青并未感到太大的喜悦，直到国旗升起了一半时，她才真切地意识到，金牌是属于自己的，金牌是属于祖国的！

赛后，陈艳青在训练中心举重馆练习，她手中的杠铃不断变沉。绿色、黄色、红色的杠铃片挂在杠铃两头，横杠呈现出肉眼清晰可见的弧度，提杠、发力、上拉，再上挺，一百三十公斤重的杠铃被稳稳地举过头顶……亚运会上，陈艳青经过努力，把世界冠军纪录提高到了一百四十公斤。

有一次，我和同学们在体育馆附近看见了她，并一眼就认了出来。我们是多么的激动呀！只见她对我们调皮地笑笑，这个多次获得世界冠军殊誉的大姐姐一点架子都没有。

陈艳青一而再再而三地打破世界纪录，靠的是为祖国争光的决心。她克服重重困难，才光荣地站在领奖台上。我为家乡有这样的名人——陈艳青感到自豪。

青海湖，青藏高原耀眼的蓝宝石

环湖的巍巍高山，犹如矗立的天然屏障

湖畔的草原广袤无垠、苍苍茫茫，透着青藏高原生的气息

瑰奇的天湖，波涌浪翻、碧澄浩渺，如巨大的翡翠玉盘镶嵌在高山草原间

青海湖，青藏高原一颗耀眼夺目的蓝宝石

水天一色波万顷，似一泓玻璃琼浆熠熠闪亮在阳光下

缭绕群山云满天，白纱般覆盖在高山和湖面上空半掩半露

似羞涩的少女立于人间仙境

伸手一触，可以把那层朦胧的薄雾戳穿，拨出一个神奇的童话世界

雪白的浪花轻抚着湖边的沙石"哗、哗"作响

158

这是青海湖在轻轻歌唱

微风拂过脸庞，地平线好像被蓝蓝的天和海浸没

抹一把脸上清凉的水珠，这才察觉眼前这片仙境并非幻觉

（原载《姑苏晚报》，入选《中国散文诗》2015年年选）

甘肃游记

敦煌

乘着隆隆的火车，千里迢迢来到茫茫沙海戈壁，飞天的故乡---敦煌。

鸣沙山中的月牙泉是沙漠中的一大奇观。鸣沙山连绵起伏，月牙泉被环抱其中，清澈澄明，像美丽少女一弯朦胧的笑眼。月牙泉水呈蓝绿色，清澈见底，在一片沙海中显得格外醒目。

鸣沙山顾名思义，金黄色的沙山一眼望不到边，天空一碧如洗，感觉一伸手就可以摸到一尘不染的天和炙热的骄阳。最有异域风情的就是在鸣沙山上骑骆驼。骆驼很温顺，刚开始，一队队骆驼相继跪在地上，等待人们上去骑。骑着骆驼上了山，所有景色尽收眼底，那粗犷豪迈、雄浑壮阔的神韵给我的感受要比高山、大海深刻多了。在山峰上，几百只骆驼形成了一支长长的驼队，在缓慢地前行着，在阳光照射下，投出一排排长长的影子，骆驼宽大的脚掌在松软的细沙上走过，留下一长串细碎的脚印。

感受了西北独特景色鸣沙山和月牙泉，我们来到了举世瞩目的佛教艺术宝库——莫高窟。莫高窟是世界文化艺术遗产，在丝绸之路上饱经风霜已经屹立了一千多年，在讲解员的手电筒灯光中，我看到了衣裙飘飘、翩翩起舞的飞天，神态端庄的塑像，还有身体线条十分柔和，长达十几米的卧佛。

莫高窟是千百年来古代人民艺术和智慧的结晶，绚丽精美的壁画、婀娜多姿的佛像、宏伟壮观的洞窟为戈壁大漠上的明珠——敦煌，增添了许多神秘的色彩。

嘉峪关

今天，我们来到了被称为天下第一雄关——嘉峪关，它是万里长城沿线最壮观的关隘。

关隘中最主要建筑有戏台、文昌阁和内城，设计巧妙、地理位置十分险要，而且气势雄浑、易守难攻，是劳动人民智慧的结晶。站在城楼上远眺，一边是积雪千年不化的祁连雪山，一边是连绵起伏、云雾缭绕的黑山，极目远眺，眼所能及处都是一望无际的大漠，十分苍茫。

从嘉峪关到祁连山由一条古长城连接，山脚下就是长城的第一墩，一旁环绕着滔滔不绝的讨赖河，两边都是直上直下的峭壁，险峻壮观，河水滔滔东去，山峰终年洁白，映衬着蓝天，更觉得清新如画。

骄阳炙烤裸露的黄土，站在峡谷之上，我仿佛回到了千年前的古战场，虽然烽火狼烟已经消尽，但苍凉肃穆的边关历史，仍使人豪情万丈。

"黯黯长城外，日没更烟尘"。雄伟壮阔的长城第一墩坐落在这个如诗如画的西北大漠，它见证了千年的历史，在惊叹西北景物的壮美同时，我不禁更敬佩历史的沧桑。

张掖丹霞地质公园

像打底喷洒炽焰烈火，似山岸披上五彩霓裳。这就是震撼人心、绚丽多彩的丹霞地貌。

旅游中的作者

如果一定要用文字来形容张掖丹霞风光，只有震撼两个字。它气势之磅礴，场面之壮观、造型之独特、色彩之绚丽，令人惊叹大自然的鬼斧神工。随处可见红、黄、橙、白、绿、黑等鲜艳的色彩，把无数山丘都装点得多姿多彩，宛如一个彩色的童话世界。

张掖丹霞因其形色而美丽，丹霞之美是一种无需雕琢的自然之美，富有韵律感和层次感。许多悬崖峭壁，看着就像是刀剑斧劈，直指蓝天，在蓝天白云的映衬下，形成强烈的视觉反差。

张掖丹霞美在奇特，放眼望去，怪石嶙峋、变化万千，形象各异，栩栩如生，使人赞叹不已。

山峰随着时间、天气的变化，色彩景色也在不断变化，层次分明。不论晴雨或早晚，都有不同韵味的景色供人欣赏。

不过，无论用多少美丽的词句都难以描述张掖丹霞的神奇，不论怎样的神奇都难以表达初见到丹霞地貌的那种感受。

神奇而又美丽的彩云之南

早就知道"彩云之南"是遥远而又神秘的地方。八月初，我们全家在我的强烈请求下，飞到了云南，这块美丽的土地。

我们第一站到了大理。先去探察了"恐龙谷遗址"。在恐龙之乡，各种各样的恐龙骨架看得我眼花缭乱。有些整理出骨架的恐龙，张开的大嘴朝着我，好像在咆哮；有些骨架还埋在土里，但露出的腿骨比我人还高。如果我们穿越到它们那个时代，在这些庞然大物面前，我们真是小不点。而到了"小桥流水"的大理古城，我们仿佛又穿越回到了苏州，家乡的美此时让我感到的是自豪。大理最吸引我的是古大理国最大的皇家寺庙——崇圣寺。逐级而上，夕阳把寺院、苍山和洱海都披上了一件金色的轻纱，金碧辉煌、庄严肃穆！

大理出发，车行四个小时，我们到达了丽江。玉龙雪山虽然积雪很少，但雄伟壮丽，像个巨人耸立在丽江古城边。在雪山脚下，有一面色彩斑斓的镜子，那就是四面环山的蓝月谷。玉龙雪山上流下的冰清玉洁的冰雪融水在谷底汇成了月亮形的湖面，雪山把自己高大的身影留在了这个镜子里。由于湖底的矿物质，湖水碧蓝碧蓝的，据说湖水很神奇，颜色会随着天气和温度而变化。

最后我们回到昆明，去了闻名遐迩的石林。石林里千姿百态的石头，星罗棋布一般撒落在一片翠绿之中，有的像是高大威武的战士矗立在天地之间；有的像是饱经风霜，历经岁月磨砺的老人端坐在那；有的与周边婀娜多姿的绿树融为一体；还有一处著名的梁祝相会景点，两块对立的石头好似久别重逢的情人一般，却又不能相拥在一起。石林里千岩竞秀，就像一群美丽的彝族姑娘。而美丽的阿诗玛传说更给石林增添了神秘色彩，让我们流连忘返。

云南真是美丽而又神奇的地方，她让我着迷，让我的梦常有彩云相伴！

日月潭

　　一阵轻风迎面吹过，夹杂着日月潭与周围群山清新自然的味道。潭水轻轻地拍打着，轻风卷起一朵朵雪白的浪花。俯视日月潭，日月潭形状就像一个太阳和一个月亮，波光粼粼闪着银光。

　　登上游艇，日月潭潭水近在咫尺，在阳光照射下，微波泛起，闪着金光，像是一块透明、湛蓝的宝石，镶在一片碧绿的崇山峻岭之间。半山腰弥漫着薄雾，朦胧着，阳光照在雾上，在山的映衬下，那雾成了淡绿色，与群山融为一体。游艇轻快地掠过潭面，泛起阵阵涟漪，与半显半露、连绵起伏的群山越来越近，像是拨开了层层轻纱似的。

　　不知不觉，太阳已经西斜，潭水被夕阳从金色染成了橙色，夕阳此时已躲在青山后面，但光芒不减，给连绵的青山描了一条闪耀夺目的金边，周围已悄然无声，像是沉醉在了这如诗如画的风景中。大家都想掬一捧清澈的潭水，把那些朦胧的群山搂入怀中。

163

冲绳之旅

　　浩渺的太平洋上散布着很多明珠，冲绳就是其中璀璨夺目的一颗。今年春节我们全家乘坐邮轮去冲绳旅游。从上海出发，两个晚上的时间就到冲绳了。清晨，伴着朝阳，我怀着喜悦的心情登上了冲绳岛，微微有点咸腥的海风抚摸着我灿烂的脸庞。

　　冲绳是亚热带气候，环境优美，空气清新，植物种类繁多。形态各异。由于是海岛，树木都饱经风雨，长得都很低矮壮实。

　　我们先游览了玉泉洞，洞里虽暗漆漆，但生机四伏。不仅生长着许多奇怪的小生物，比如池水中就有许多没有眼睛但触觉十分灵敏的小鱼，而且连钟乳石都还在生长中。走在洞里，抬头不时可见有钟乳石像把悬空的利剑向我们刺来，而近处参观道边的钟乳石三五成群扎堆在一起，像一个个小朋友，在欢迎我们。

　　更值得一提的是，我们走在冲绳的大街上浏览市容，天空蓝湛湛的，大街上不仅干干净净，而且很安静，不时传来的是小鸟的叫声。行人过马路井然有序，不见有闯红灯的。街上的市民都十分有礼貌，见到游客或陌生人都面带微笑。在商店里，琳琅满目的工艺品小巧精致，很吸引我的眼球。冲绳真让我流连忘返。

张怿祺专辑

　　张怿祺，苏州市草桥中学初二学生，《姑苏晚报》小记者，在《姑苏晚报》发表习作。

主持人语　韩树俊

张怿祺专辑较为突出的是他关注校园生活的题材，以及他在社会大课堂考察、采访、行走所写下的纪实、游记、观感文字。

校园生活，校园里自身的故事，应该是学生写作的第一题材，却偏偏是学生写作题材选择上的一个薄弱环节。一些学生往往对于自身的生活熟视无睹，总认为校园生活太平淡，没有可写的。一写到校园生活，或者是笼而统之的空泛议论，或者是凭空虚拟的所谓"抒情"，笔之所及，很少见到实实在在的校园生活情景。从这个角度而言，我们首先要肯定这个专辑中校园生活题材的诸多篇什。本专辑中的《我的良师益友》《三位数学老师》《非同一班》《盲童为我上了一课》，作者将视角定格在自己的班级、自己的老师身上，在纪录现场情景的同时，抒发切身感受，将读者领进了他的班级——非同一般的初一（1）班；引荐了他的老师——各具特色的任课老师。中学生写作，贴近生活，首先要从自己的班级、自己的学校写起。

《非同一班》写出了全体四十六个成员团结一心，让自己的班级永远处于领先地位的风采。课堂上竟然将老师"李煜……作为俘虏啊……"中的"俘虏啊"听成了"葫芦娃"，还喊了出来，当然引来全场爆笑，而最妙的是笑够之后，"又重新回过了神来，教室里依然悄然无声，大家都重又认真地听老师讲课"，活跃而神奇的课堂气氛实在富有魅力。跳绳比赛的齐心协力、布置教室时的人人出力……日常细节中的点点滴滴，都闪耀着一个集体凝聚力的光辉。最妙的是老师让同学们每人选《论语》中的名言阐述自己性格或是献言班级建设，于是，喜欢交友的"我"便选取了"益者三友，损者三友。友直，友谅，友多闻，益矣。友便辟，友善柔，友便佞，损矣"；喜欢举一反三的好友便理所当然地选择了"举一隅不以三隅反，则不复也"这一句。班主任非同一般的引导，同学们各有所长的表现，在文中都得以表现。

而在以家庭生活为题材的篇章中，《我的父亲》《雨》《白发》《回望的身影》都写得感人肺腑。孩子推着轮椅带老奶奶晒太阳，父母带着孩子游走天下，这些镜头温暖着读者的心，我们这个民族敬老爱幼的传统美德在这个家庭演绎得如此真切；而这些，也正是作者在平凡生活中挖掘出不平凡的题材，通过他的笔，生动地传递给我们每一个读者的。

在社会大课堂里汲取营养，是我们尤为提倡的。从本专辑的文章中可以看到张怿祺社会考察、小记者采访、游学等活动中的风采。

在纪念中国人民抗日战争暨世界反法西斯战争胜利70周年的日子里，张怿祺有机会参加《姑苏晚报》小记者追寻吴地抗战足迹采访抗战老战士的活动，采访稿《江浙太湖抗日义勇军》《吴江的"花木兰"》相继见报。

2015年8月，天津的一场大火中，消防战士奋不顾身英勇救火，有的战士光荣牺牲，作者以自己的一腔热血在第一时间写出诗歌《丰碑》，赞美为救火英勇牺牲的消防战士："您用您的勇敢，/为大火谱写了华丽的乐章；/您用您的生命，/为我们竖起了一座不朽的丰碑！"

《盲童为我上了一课》从一次去盲童学校为盲童朗读美文的公益活动中体悟到盲童奋发自强的品格。这种以学习者的身份当志愿者的态度是公益活动中求得双赢的最佳心态。

《认识"三星堆"》文章写得漂亮，开篇就吊足了读者的胃口，说父亲曾经说过，"他最向往的地方便是'三星堆'，那谜一般的'崛起'，没有人能知道；那谜一般的'繁华'，没有人能记得；还有那谜一般的'陨落'，更没有人能说得清。"作者结合纪录片资料、历史课教材，去审视三星堆艺术家们独特的审美观、精湛的手艺，并企图以此来了解那个时代经济、文化、技术水准。直面综合馆与青铜馆陈列形状各异的玉璋、工艺精湛的金杖、令人叹为观止的青铜神树，不解花费举国人力与财力建造，其诞生却是为了被毁坏，而最终在考古界引申出的"祭祀说""亡国说""陪葬说"等等的猜想中去寻求答案。这种带着课本游走，带着课题实地考察，无疑是具有非同一般的价值值得大力提倡的。作者在《认识"三星堆"》一文的结尾不无感慨地说："此次有机会身临其境感受三星堆，不但实现了长久以来的一个梦想，还让我深深地折服于古蜀人的智慧，更让我对历史和考古产生了浓浓的兴趣。中华文化博大精深，俗话说博古通今，我必将投身于源远流长的历史长河中。"按这个路子走下去，肯定会有更多新的篇章出现，我们深深地期待着！

张怿祺专辑，满满的正能量呈现在读者的面前。

丰 碑

八月那场冲天的火，
在夜空中惊彻天壤。
英勇的战士，
逆行于慌乱的人群，
冲向了茫茫的火场，
临别没有豪言壮语，
只有相约照顾彼此的爹娘。
凤凰浴火，
投身于熊熊火海，
争分夺秒，
只为点燃重生的希望！
一声无情的巨响，
熟悉的身影，
消失在无尽的瓦砾断墙。
战友撕心裂肺地呼嚎，
只换来无言的回响。
硝烟弥漫的战场，
只剩下战袍低诉着您的雄壮。
烈火熊焰，
挡不住您知险而上，
您的背影如此的伟岸。
生死之间，
您却毫不畏惧，
勇敢地在火场穿梭，
您的呼唤在我们耳畔一直回响。

169

张怿祺专辑

您那强健有力的臂膀，
挽救了多少生命；
您那舍死忘生的精神，
启迪了多少心灵！
您用您的勇敢，
为大火谱写了华丽的乐章；
您用您的生命，
为我们竖起了一座不朽的丰碑！

小作家朱恩骅在黔西南布依族山寨采风

我的良师益友

她是我们的初中语文老师，也是我们的班主任，更是我们最亲密的朋友——她就是草桥中学堪称"最优秀语文老师"王华老师。

她深邃的大眼睛，炯炯有神地，戴着一副眼镜，看起来颇为博学而易于亲近。她有一双"千里眼"，能遍察同学们的一举一动；同样她也有一双"顺风耳"，要是有哪个同学在偷偷讲话，她便会停下自己的讲课来等那位同学，通常被老师提醒的同学都会因为羞愧而很快停止讲话。她说话的声音十分温柔，就算是下凡的天使也没有这样的动听嗓音吧？她还十分爱笑，喜欢带着我们一起笑，因此我们的语文课总是妙趣横生的。

王老师的兴趣爱好非常广泛，可以用博学多闻来形容。她甚至知道那些作家鲜为人知的精彩背景故事。当她讲到徐志摩的《再别康桥》时，还讲述了徐志摩的几次曲折微妙的恋爱故事，老师还向我们推荐了一本介绍民国时期名人们小故事的书《山河小岁月》，让我们更好地去认识他们。她还爱给一些同学起了雅号，比如她在我们刚入初中没多久时就给男生温欣然的字评论为"秀气"。此后，我们便都笑称他"温姐"了。这样的玩笑拉近了我们与老师间的距离，我们开始从心底里称老师为"朋友"。

"贴心"是她的另一个让我们感到亲切的地方。临近期末考试，其他科目的老师都铺天盖地地布置了作业，而王老师对我们说："你们的作业已经够多了；要不这样吧，我不布置作业了，你们把多余的时间用来复习吧！考前太累了也不好。""王老师你真好！"老师话音刚落，教室里便沸腾了。

王老师有个最大的优点就是在学生受到挫折时能及时给予疏导、鼓励。记得在一次月考中，我语文没考好只得了80分，内心感到非常愧疚。没想到老师竟没有责怪我，还语重心长地劝慰我："一次小月考不算什么，不能因此而气馁。只要继续努力，你还是能考好的。我相信你！"几句话，深深激励了我，我也相信，下一次我还能考好！

王老师与我们无话不谈，她时而会用诙谐的语言来逗乐我们，时而也会谈起她小时候的点点滴滴。有次，几位同学在QQ群中谈电影，被王老师发现了，本以为老师会批评同学"不务正业"，不料王老师也参与了谈话，追忆起自己小时候所热衷的几部电影，与同学们聊得很欢。我们发现其实王老师小时候和我们很像，如此童真未泯的老师，不正是我们的朋友吗？

我很庆幸遇到了这么一位良师益友，我要祝她一生平安。

中国散文诗作家协会副主席、黔西南文艺评论家协会主席彭殿基向安顺市镇宁县乐运村的村民们介绍苏州来的13岁的小作家朱恩骅

三位数学老师

屈指算来，开学至今已经有三位数学老师上过我们的课了。

刚入初一，班主任王老师向我们介绍了第一位数学老师——张老师。班主任王老师说她不仅数学教得好，人还长得漂亮。

初次见张老师，我便打量了一下她。她的确很漂亮，头发染成了棕色，衣着也比较时髦，嘴角一直泛着笑容。不过听她的课，我们总感到一丝别扭——她的普通话实在不敢恭维。

一天天的课上下来了，我们也渐渐习惯了。我们不再笑张老师把"例子"说成"李子"，不再笑她"李""刘"不分了。张老师也渐渐地对我们的情况了解得一清二楚。

也许是出于张老师对我和几位同学的赞赏吧，一次上课，张老师竟叫我和崔政、温欣然、陈烨琳等同学不用听老师讲题，自己做作业就行了。张老师对于自己的学生是很有信心的，因而她提出了对我们这几位"优等生"的"特殊政策"，我们也决不会辜负她对我们的期望！

然而，在一个平凡的日子里，张老师沉重地告诉我们一个消息：她得转到初三接手毕业班了。教室中一片寂静，吵闹的同学也停息了，大家都有许许多多想说的还没来得及说。还有几位同学不禁偷偷地轻声哭了起来。平日里带给我们欢声笑语的张老师就要难以再见了，大家都感到不舍。张老师最后说："我也是不得已，我也舍不得你们啊！不过不要紧，如果你们实在还想让我再来教你们，可以等到你们升初二后再提出。我离开后还会有一位新的数学老师来接手你们班的，她是你们常常见到的二班的班主任郑老师。"

第二天，我们便与第二位数学老师郑老师见面了。她虽然不如染发的张老师时髦，但明显比张老师年轻了许多。郑老师在介绍完她自己后，便说了一句"后妈难当"，的确，我们也与张老师结下了深厚的情谊，忽的郑老师来了，是有点不适应。她说"上课"时，我们又觉到一些不一样。相比起张老师，她的普通话就标准多了，我们也挑剔不出毛病，课堂氛围依然是那样愉快和谐。

初一下半学期刚开学，郑老师因身体比较虚弱，我们的数学课便由教初二的韩老师来临时代一个月。相比起前两位数学老师，韩老师就显得朴素、严格多了。他不会将笑容挂在嘴旁，但我们都看得出来，他也是很幽默的。在上课时，他有时便会说出一两个笑话来逗乐我们。

韩老师的板书小得连坐在前排的同学都要睁大眼睛才能看清。这令我们很纳闷，他的字不应该那么秀气啊！不过，韩老师这样的写字风格，跟我们班的温欣然很像。

就在韩老师代课的最后一节课上，他慷慨地让我当了次"张老师"，站在讲台上为大家报答案。韩老师则坐在我的位置上。

那节课结束后，韩老师笑着说了句："再见！"迈着矫健的步伐走出了这个教室。或许是因为他教我们的时间太过于短暂了，我们的惋惜之情并没有像告别张老师那样浓。但是，韩老师却给我留下一个深刻的印象——是他，给予了我人生第一次当老师的机会，让我第一次在讲台上过足了瘾。

韩老师走了，意味着郑老师痊愈了，她又来了。

再见到郑老师，我有些久违了的感觉。不过，这些天数学老师交替得已经很多了，我们到也比较适应了。

这次郑老师的回归，助我又迈上了一个新的台阶。她对我也是十分信任的，我也在初一下学期，创出了连夺几次满分的数学佳绩。一次，数学老师在我的满分试卷上敲了两个印章："你真棒"以及"一百分"。她还特地在"一百分"前手写了三个大字——"永远的"！

这三位数学老师，也将会在我心中书写上"永远的"三个字。

非同一班

贴在我们班级门口的，是一幅色彩缤纷的班徽，它被命名为"非同一班"。班徽上的每一个图案自有其寓意。

班徽上，"非同一班"四个大字格外夺人眼球；还有一面高高飘扬的红旗，旗帜上正书写着四字口号"非同一班"中的"一"字，它预示着我们班将会永远处于领先地位；班徽正中央的是一面大的盾牌，它意味着我们能用这面"盾牌"抵御一切挫折的阻挠；在盾牌的中心处是数字"1"，"1"周围环绕着四十六颗闪闪发光的星星，象征着我们全体四十六个成员团结一心，以自己独特的光亮为班级增光添彩。

不单单是我们的班徽拥有着深刻的寓意，同学们更是非同一般。

我们班的同学们都有一个特点——能动能静。我最清楚课堂气氛最轻松的课是美术课，因为在美术课上所有的人的思维都活跃了起来。那节美术课上，老师为我们介绍《韩熙载夜宴图》，为了让我们对古代名画有更深刻的记忆，老师还谈到了五代时期南唐的君主李煜的故事。"李煜……作为俘虏啊……"不知是谁把"俘虏啊"听成了"葫芦娃"，还喊了出来，这下好了，所有人都忍不住笑了出来，老师听后也捧腹大笑。不过当我们笑够了之后，又重新回过了神来，教室里依然悄然无声，大家都重又认真地听老师讲课。

还记得那次跳绳比赛，许多同学都报名参加，有些不擅长跳绳的便为运动员们准备食品，连平时不重视这些比赛的同学们在比赛时都积极地为运动员们加油鼓劲，人人都付出自己一份力量。在比赛时，每位运动员都一心一意地想要将自己的水平发挥到极致，时刻关注着其他队员，保证能够立刻完美地接上，比赛也进行得十分顺利。最后我们班夺得了第一名。俗话说"人心齐，泰山移"，我们班的同学们也正如这句话所说，团结一致。记得同学们刚入初一没多久，为了让教室更加美观，所有人都带了些装饰品来点缀班级。无论是谁，无论家庭状况的好坏，都毫不吝啬地将家中的贴纸、玩偶、挂钩、文具、书籍一样不落奉献出来；还有同学拿出的自己的书法、绘画，都被布置在班级的墙上，十分显眼。

在我们刚认识时，王老师让我们每人都摘录《论语》中最能代表自己性格或给班级建设提出宝贵意见的句子。我喜欢交友，便选取"孔子曰：'益者三友，损者三友。友直，友谅，友多闻，益矣。友便辟，友善柔，友便佞，损矣。'"以此介绍自己后，有许多同学愿意与我交朋友。我的好朋友崔政喜欢举一反三，他选择了"不愤不启，不悱不发。举一隅不以三隅反，则不复也"这一句。所有同学都通过论语介绍了自己。也有同学用论语为班级定了方向，如蔡乐舟讲的"君子和而不同，小人同而不和"，就说明我们班需要有人提出一些建议，但同时，我们班也会有人来赞同他，来反驳他，我们班需要成为一个勤于思考的班级，而不是不经过思考而忙着附和的班级。

一天早上，同学们正在像往常一样十分投入地早读，忽然坐在第一排的一位女生由于哮喘发作而倒在地上，大家见状都放下了书本，许多人都去询问情况。坐得离她近的同学都上前慢慢搀扶她起来，又有同学为她递水杯，等到她稍微缓和后，班长陈烨琳便立即去找老师；副班长则去要她父母的手机号码，但她出于担心自己的父母会不会因为这个而焦虑不安，便没有说。此时大家都很为她担忧，都建议她早些告诉了电话号码，让父母早些来带她去医院，但她还是不肯。最后老师来了后，她的脸色慢慢地好转，才把电话号码告诉了老师。当他父母接到电话赶到时，她的脸色慢慢地好转，已经安然无恙了。"患难之中见真情"，这句话用在我们班同学身上再恰当不过了。

我班同学们也各有所长。崔政、温欣然擅长数学，梅映冬画的人像栩栩如生，杨寅莹的古筝如泣如诉，朱辰骁的二胡高亢激扬，他们时常在学校演出中博得阵阵掌声，为班级争光！

我自豪，因为这是我设计的班徽，它有着不一般的寓意；我自豪，这就是我所在的班级，看似普通，"非同一班"！

月

　　晚餐后，四周万籁俱寂，我开了电脑听听音乐，放放松。

　　窗外，夕阳西沉，晚霞满天。我任凭电脑开着"随机播放音乐"，走到阳台上欣赏这良辰美景。

　　也不知道过了多久，天被暮色笼罩，一片玄黑色的天穹之上，正挂着一颗明珠——月亮。

　　月亮冉冉升起，丝毫不比旭日东升时的场面逊色。皎洁的月光洒满大地，照亮了地平线，照亮了河水，照亮了道路，照亮了高楼大厦，照亮了这张天幕，照亮了整个世界，也照亮了我的心灵，使我陷入了沉思。

　　虽然月亮是依靠太阳反射的光才得以发亮，但月亮依然是夜里我们的最可爱、最真挚的路灯。它在漆黑的夜里，为多多少少迷惘的人们指明了前进的方向；它在源远流长的历史长河中，被多少文人墨客赞美过、讴歌过、抒怀过；它在遥远的古代，被多少富有想象力的智者缔造出如此美妙绝伦的传说，嫦娥奔月、吴刚伐桂、玉兔捣药，甚至是唐明皇夜游月宫……

　　古代诗人、词人常以月亮来抒发愁思，他们笔下的月亮，轻盈、明亮、圣洁，而他们一见到月亮，就想起了自己的亲人，想到自己远离家乡，远离了爱着他的、他所爱着的亲人，都心存无限的思念想要倾吐。在中秋月圆之夜，有多少离家的游子渴望与家人团聚？

　　我倚在窗户上，静静地感受清风拂面，看着月亮徐徐上升。在夏夜中，能够有这样的享受，真是再惬意不过的了。

盲童为我上了一课

初夏的一天，一场邂逅让我在苏州市盲聋学校感受了一次"明与暗"之间心灵的碰撞。

作为草桥中学爱心磁带志愿朗读者一员，今天的任务是为盲童朗读美文，让他们由枯燥的触摸转化成用声音来感受文章的精彩，感受人间的真情。

教室窗明几净，四周寂静无声，一进校门我被这别样的环境给感染了。我们中的几位志愿者各自先朗读了一段美文，盲童们倾听的表情是那么的认真，响应的掌声是那么的热烈，我想他们肯定很高兴，因为他们真实地感受到了我们这群朋友的存在，那声音不是从录音机中飘荡而出的。

分组后我班四位志愿者有幸共同认识了一位"话唠"，他叫赵光旭，长我一两岁，盲八年级学生，在班级中还有八位像他一样的同学。当我们与他敞开心扉聊天的时候，发现他的最大特点是非常幽默，他自称"李白"，说他是理科的白痴。但我想，既然他都花了很长时间学会了阅读和书写盲文，他们的聪明才智并不亚于常人。赵光旭说话总是带着一脸笑容，总是那么乐观、开朗，让在场的人不由自主地沐浴在他温暖的阳光下。走出教室，他又带领我们参观了校园，我惊讶他能够把学校里的路线记得那么熟悉。当我条件反射伸手去搀扶他时，他却胸有成竹地说："不要紧，我自己能走。"这"自己能走"的背后包含了长时间的艰苦历练，更是自强不息精神的体现。

赵光旭理想成为一名播音演员，他说虽然不幸失去了眼睛，但很幸运还有耳朵和嘴巴，他正为自己梦想的实现努力每一天！而我却很惭愧，至今还没有一个明确的理想，将来会怎样我从来没有考虑过，看来我是得好好规划规划了。

这次的邂逅，与其说作为志愿者去帮助他们，我觉得某种意义上更是他们给我们上了一堂课。

我的父亲

　　每当谈起我的父亲，我都可以滔滔不绝地说下去，因为他实在是太与众不同了；我对他又敬又爱，当然免不了偶尔也会有一丝"恨意"。

　　父亲有着江南男子少有的连鬓大络腮胡，我隐隐听说这可能也与我的外曾祖父是满人有关：民国初期外曾祖父从皇城根下独自来到江南，结识了他唯一的挚爱——我的外曾祖母，一位江南大家闺秀，而父亲是他俩孙辈中唯一的男孩，北方人的刚毅和江南人的灵秀在他身上体现得淋漓尽致，因此他也偶尔吹嘘自己是满汉"混血儿"；父亲的皮肤是他引以为傲的小麦色，健康又充满活力；他身材高大，一米八几的个头使他整个人都显得十分挺拔，不过中年男子的"通病"——将军肚，也日益在他身上凸显出来，也常成为母亲的"笑柄"，不过他修长的小腿也遭来母亲的"嫉妒"。

　　在我看来父亲可以说是"博学多闻"，但他总说自己的知识是"杂而不精"，要说他最擅长的是地理和历史，至今我还深深地记得2010年的上海世博会，每进入一个国家的场馆，父亲都会将他的所知娓娓道来，那些风土人情，那些久远的历史，都引起了我的浓厚兴趣。在我读小学时，每天临睡前我俩都有一个"故事会"，他知道我最喜欢三国，就独辟蹊径结合了《三国演义》《三国志》和《资治通鉴》，甚至是一些野史杂说来详解那段历史，许多精彩的片段诸如"官渡之战""舌战群儒""火烧赤壁"，都讲得风起云生，"诸葛亮的成与败""曹操的用人与疑人"等分析得头头是道。可惜后来随着他工作越来越忙，我的学习也越来越繁重，这个活动也戛然而止了，我至今还怀念那段美好的时光。

　　父亲有时会十分严厉，因为他深信"养不教，父之过"这句古训。每当我在学习上出问题时，父亲不仅会批评我，更会耐心地与我共同分析原因，以使我能够解决这些问题，再次进步。他总是鼓励我："考试中会做的题一道不落，要做到尽善尽美；不会的题经过努力还是不行的话就断然止步，不要为了一颗小树放弃了整片森林，但考完要尽快去请教老师，特别要注重题目卡壳的地方；每次考完把错题完整记下来，并详细分析当时的思路，是什么导致了整个的偏差。"在父亲的教导下，我的成绩一直平稳地处于年级领先地位。

父亲在工作上也是恪尽职守，他喜欢安稳的工作环境，熟悉的工作伙伴，因此他在制药公司坚持了十七年，也造就了他严谨、张弛有度的个人风格。正是他有坚忍不拔的毅力和日积月累的工作经验，渐渐得到了领导的重视，逐步走上了管理岗位，在公司中展露锋芒。我坚信，父亲一定能够在工作中大显身手。

我的父亲还有个特殊的嗜好——他喜欢"斗文"。当他得知我要写这篇《我的父亲》，也写了篇《我的父亲》，说要跟我一比上下，他会写些什么呢？我很好奇！

这就是我的父亲。

我与父亲

雨

又是一场倾盆大雨。

我独自走在回家路上，手里撑着伞，埋头思索着那张噩梦般的试卷，思考着如何应付父母这一关。伞被风吹得左右摇晃，害得我身上也淋湿了一大片。

我艰难地回到了家，下半身已全部被打湿，无助地站在门口，心中也卷起了暴风雨，我踌躇地思考了许久，用颤抖的声音喊："妈！我回来了！"妈妈满头大汗地从厨房走了出来，身上带着一丝油烟味。她满脸微笑地接过我手中的书包，满脸疑惑地看着我。我垂头丧气地走向自己的房间，路过书房时，向里面瞄了一眼——嘿！爸爸不在！我难免有些激动和庆幸——至少现在可以不用面对爸爸那凶巴巴的脸了。

雨比刚才小了许多。

我坐在写字台前，妈妈进来轻声地说了一句："作业过会儿再做吧，先洗手吃饭，一天上学下来也累，还下了雨。"她语气很温柔，以至于我都忘了藏匿于书包里的那场噩梦。

雨停了。

我刚坐下来吃饭，妈妈便兴奋地说道："你看！雨停了！"我往窗户外一瞧，还真停了！这场滂沱大雨，竟然停得如此之快。

饭刚吃完，我便有一种不祥的预感，妈妈按惯例要在我的家校联系本上签字，我知道在劫难逃，顿时沮丧了起来。

我无意间望见了天空，天空又乌云密布，第二场大雨即将来临。

不知是什么缘故，妈妈今天竟然没有很着急打开本子，却是开始做起了家务。这令我感到有些惊讶，莫非是妈妈已经得知此事，有意要让我先安心做功课还是妈妈今天凑巧要做家务？我无从得知。

摊开家校联系本，我颤颤巍巍地从书包拿出这张苍白无力，还带有密密麻麻的红叉的卷子。

忽地，天空又响起"轰隆隆"的一声，紧接着是"哗啦啦"的一声，第二场雨倾泻下来。不知这是场"冰雨"还是场"火雨"，我唯一知道的是雨虽然没有滴在我的身上，那股凉意已经寒至我的心底。

也不知过了多久雨又小了，妈妈悄悄地走到我的身边。我有一种感觉，那就是四周围的空气似乎都凝固了，我也快呼吸中止了。妈妈看见了我摆在桌上的家校联系本，那张令我难堪的满是红叉的卷子也呈现在她面前。

我急切地想看妈妈的表情，但我不敢。妈妈一边看着逐渐变小的雨，一边说："这次考砸了你害怕啦？担心什么呢！偶尔一次的失败并不能说明什么，哪里跌倒就从哪里爬起来，下次继续努力就行了。"说完妈妈便走出了房间。

我的那颗悬着的心终于落了下来。同时，窗外的雨也趋向停止，伴着那渐小的滴答声，妈妈的话一直在我心头萦绕，哪里跌倒就从哪里爬起来，嗯，不经历风雨怎能见彩虹！抬头看向窗外，一缕阳光正在拨开云层，明天看来天气应该不错哦！

与父母合影

白 发

每次回到家，我都能看见奶奶忙碌的身影，她不是在做饭，就是在打扫卫生，总是一刻都不停歇。

我注意到，这忙碌的身影，总有一点沧桑感染着我——那就是她的白发。

奶奶的年纪并不算很大，然而她每天都承担着家中大部分的家务——外婆在护理院里，父母要上班，我还要上学，都没有时间，而我的爷爷与外公都英年早逝，于是，长年的操劳让奶奶原本乌黑的发梢染上了白霜。

我见了这般情景，甚是懊悔——奶奶难道不是因为我而付出了过多的劳动，为我操心而白了头吗？

的确，奶奶为了我，为了整个家庭，付出了巨大的艰辛。在这之前，她还与手脚不伶俐的外婆一起做家务——现在她必须得独自承担。这或许是一个很大的转折，因为自此以后，奶奶就越发苍老了，白发也越来越多。

奶奶并没有因为白发增多而心中忧伤，还常说："只要拥有一颗青春之心，头发白了也无妨。"这是真的。她虽平日里不是很爱唱歌，但每当我哼上几曲时，她也会情不自禁地接着唱。虽然她唱的时候时常会忘记歌词，但她依旧唱得声情并茂。我感觉到，在这时，她忘却了身旁的一切，只将自己沉浸在歌声中。

奶奶能够如此乐观、开朗，便是我最大的福分。

在时光里漫步，在岁月中成长。仔细想想，奶奶已经陪伴了我十四年了。风风雨雨，造就了奶奶的白发；点点滴滴，汇聚成一条永无泯灭的爱之链。

奶奶处处为我着想，她愿意站在我的角度为我说话。有一次晚餐后，我本想为父母收碗，结果当我拿着一个碗走向厨房时，不小心摔碎了它。父母见状，立马走过来责问我："你这是怎么了？连个碗都不会拿，这么一点点路还要硬给我们找事！"在一边的奶奶也走了过来，她对父母说："不要为了一点小事就骂他。再说了，他也本是好心好意要来帮你们做事的，只不过摔了一个碗而已。一个碗值多少钱？别斤斤计较了。"说罢，父母也不责怪我了。我十分感谢奶奶在紧张时刻好似一匹白马，为我解围。

虽然奶奶经常帮助我，但我总是帮不到奶奶太多忙，为此也时常羞愧不已。

为了对她的感恩真正付诸行动，父母开始"密谋"一个大计划，父亲知道奶奶心中有一个遗憾，她喜欢旅游，但是在她的兄弟姐妹中，唯独她没有坐过飞机，我们想弥补她的缺憾，父亲又大胆地提出来一个惊人的建议，带她跨出国门去看看，让她在成为同辈中的第一个领略异域风情的人。为了表达对她的感恩，我也把积攒了多年的压岁钱交给了父亲，也算是尽一份小心意吧。当我把这个决定告诉奶奶时，她高兴得笑出了泪花。让我更加明白古人在写下"子欲养而亲不待"时的凄凉和悲哀。

　　奶奶的白发，时时刻刻鼓舞着我，要孝敬她。

带着奶奶游韩国

回望的身影

我又走出了护理院外婆的病房，再次回望那个倚门蹒跚而立的身影，感到既熟悉又陌生。

外婆左腿有点残疾，从小手脚便不利索，外加上去年右半身又中风，生活几乎不能自理。父母工作很忙，也抽不出时间在家照顾她，便无奈地将她送进了护理院。

离上次见面已经一个多月了，对她的思念与日俱增，我决定去探望一下她。

我没有提前通知外婆，想给她一个惊喜。我到达护理院时，她正靠在床上看电视。我悄悄地走进去，却未料到她已经听见了我的脚步声，激动地叫起了我的小名。我知道，她是多么地思念她的外孙，她多么想给他几句叮咛！我也激动了起来："外婆好！"她颇为兴奋，以至于她不停地想从床上下来。但她的这一举动被同去的妈妈制止了——毕竟她的腿脚不方便，还是安全更重要！

她也很配合，便不下床了，就坐在床上，我坐在床边，她拉着我的手开始聊起了天。我们先谈到了我的功课。对于这，我可是有充足的把握，绝对不会让外婆操心。一旁的妈妈便迫不及待地替我回答了："一切都很棒，他的学习绝对好！"听到这，外婆眉开眼笑，不停地想让她隔壁床的老奶奶听到，来炫耀一番。

我们又谈到了熟识的亲戚们的近况，我也告诉她，谁家的哥哥结婚我们去喝喜酒了，谁家的姐姐生孩子我当"舅舅"了。然后，我们聊起了家中旧事。往事依依，这下可以说的，可如滔滔江水一样了。外婆已离家一年多了，她对家中的点点滴滴可是十分怀念的，她多么渴望再回到我们身边来享受天伦之乐，但她现在身子比较虚弱，无法自理起居，这一心愿也只待她身体好转再做打算了，我们小辈也唯有多抽空去看看她。此时，外婆在厨房里忙碌时的身影、在沙发上看电视时的身影、在阳台上享受阳光时的身影，一齐浮现在我的心头。我颇有感触，外婆为我做了那么那么多，我该如何回报她呢！

我又想起外婆的第一次中风。那天回到家，我看见家中空荡荡的，只有奶奶一人在。我去问奶奶："外婆呢？她去哪儿了？"奶奶的脸上浮现出无限的惆怅，说："她中风了，你爸妈把她送医院去了。"我很是担忧——也许外婆再也无法行走了，哪怕她的步履是如此的蹒跚。一个多月后，眼见外婆的中风渐渐好转，快要康复，谁知病情又再度复发了。我们都没办法，只能让她继续在医院治疗。半年后，父母将她转到了护理院去慢慢调养。父母曾一度提出想让她回家，但她出于不愿为我们增添负担，委婉地拒绝了。于是，这一待，就是一年。

还记得上次与外婆约定再来的时间时，我信誓旦旦地说隔半个月便再来，但后来忙于学习，我晚去了半个月。每次见面的时光总是如飞逝般，我又不得不离开了，我们约定，半个月后，我一定再来探望！

走出了护理院大楼，我发现天儿格外的蓝，偶尔一只小鸟划破天际，也立刻凝然安静了下来。晴空万里，空气清新，每呼吸一下，满口芬芳。碧澄的天空，仿佛外婆那开朗的面庞。夕阳西下，外婆正是一道最乐观，最爱我的风景。

我恋恋不舍，再次回望身后的外婆。她的身影，她那慈祥的面庞，总是那么亲切，那么温暖。

推外婆晒太阳

○○后苏州十人选

追寻自然的奥秘

大自然，是十分神奇的存在——她给予了我们生命，又为我们的生命增添了几分光彩。

自然，我们对大自然也一定了解得不多，为了对大自然有更深的认识，我向父母提出要求，去上海自然博物馆游学。这也算是初一期末考前的最后一次大放松。

生命从何而来？世界上流传许多传说：女娲造人、盘古开辟了天地、亚当夏娃是最早的人……这些显然是虚构的。但我在"起源之谜"展区中找到了较为科学的解释：小行星撞击地球，慢慢产生了微生物，再由微生物渐渐进化为较高等的软体动物，最后地球上出现了多姿多彩的生物。对于这个解释，我还是较为惊讶，毕竟我的学识还不渊博。

地球上的动物以及中生代的恐龙，是地球旺盛生命的典范。在生命长河中，不计其数的生物诞生、繁衍、灭绝，它们只将化石留在地下，等待考古者们去发掘。生命，就是这样源源不断的。生命，竟是如此绚丽多姿！

在漫长的演化之道上，有许多的珍稀动物荡然无存。我很是惋惜，它们的灭绝，给自然减少了一份生机；同时，也给人类一个警示：我们千万要保护好生态环境，保护剩下的珍稀动物、濒危动物！

自然中的生物，是这样的富有活力；同时，它们也面临着危机。我也要去亲自感受一下大自然。

我独自走在家旁的小路上，人来人往，却并不嘈杂。路边栽种着一列灌木，矮矮的，棵棵都枝繁叶茂。正是它们，每天在那里做着光合作用，为我们的生活创造了有利条件。这是自然带给我们的恩惠。

前面是一块大草坪。草坪旁是一个花坛，里面种植五彩缤纷的花朵，我却叫不出它们的名字。不过，它们也在那儿静静地随着轻风摇曳着，装点着我们的生活，使我们的生活愈发充实。这也是大自然所带来的赏赐。

还有一座小桥。桥下的小河从这儿穿过，奔向远方。河比较清澈，隐约能见几条娇小的鱼儿缓缓地游走。但一会儿，它们又不见了，大概是到水底去休息了吧。这也是自然的奥妙。

一只小鸟低低地拂过水面，游到桥头，沿着小路飞去。几个小朋友想去追，却怎么也追不上。他们年幼，不知道大自然中的奥秘——鸟飞得很快，以至于你根本不能跑步追得上它。

我发现了，要追寻大自然的奥秘，必须要了解大自然，并去感受大自然。

考察

江浙太湖抗日义勇军

—— 追寻吴地抗战足迹之一

作为《姑苏晚报》的小记者，我有幸与《姑苏晚报》记者一起聆听徐佑永爷爷给我们讲述江浙太湖抗战义勇军抗战的动人故事。

这支抗日义勇军在国难当头时，出生入死，驰骋水乡，痛歼敌寇，他们的抗日精神令人感动，特别是义勇军的司令钱康民和政委丁秉遭遇日伪军埋伏袭击时，连肠子都打出来了，还强忍剧痛，捂着肚子，掩护战友突围，这一壮举令人肃然起敬。而丁秉成牺牲前所喊的那一句"打倒日本鬼子，枪口一致对日寇"的话总是在我耳畔回响。

七都是这支抗日义勇队伍活动最频繁的区域，或许曾经遭受过战争洗礼的缘故，这儿显得别有一番情致，既留有战争的印迹，又有现代化的建设。通过聆听江浙太湖抗战义勇军抗战故事，我深知如果没有抗日英雄人物的"抛头颅、洒热血"的民族气节，我们又何来今天幸福安定的生活？牢记那段惨痛的历史，是要让我们懂得："国弱则民生哀，国强则无外侮！"

（原载《姑苏晚报》）

《姑苏晚报》小记者采访

张怿祺专辑

吴江的"花木兰"

——追寻吴地抗战足迹之二

听完了徐部长对江浙太湖抗日义勇军故事的介绍，我们还觉得意犹未尽。他便提议为我们再介绍一下吴江的"花木兰"——沈月箴的故事。

沈月箴是一位巾帼英雄，她为中共党组织秘密传送情报。"巾帼不让须眉"这句话用在她身上可谓是再恰当不过了。

她的机智举世无双，包含着江南女子的细腻和心思缜密。徐部长为我们讲的关于沈月箴的事迹令我顿时钦佩不已。一次，她在传递情报前特地买了几盒日本的蚊香，将情报藏在蚊香里，佯装成了一个普通民众。把关的日本士兵拦住了她，问她是做什么的。她将藏有情报的蚊香盒拿在手里，还挥手为这蚊香称好，士兵便放她走了。

沈月箴虽不像江浙太湖抗日义勇军那样骁勇，但她也为抗日活动付出了巨大的努力。她舍死忘生，机智勇敢，受后人所敬仰。

通过聆听徐爷爷对这些抗日英雄人物的介绍以及拜访七都吴溇，我才知道原来在不久之前吴地也有抗战的足迹等待我们去追寻。

认识"三星堆"

记得父亲对我说过，他最向往的地方便是"三星堆"，那谜一般的"崛起"，没有人能知道；那谜一般的"繁华"，没有人能记得；还有那谜一般的"陨落"，更没有人能说得清。听罢令我也不由自主地心驰神往起来。为此在2015年的暑假，我们决定入渝川游学，更将其中的一整天行程都安排在了广汉三星堆。父亲为了让我更深度地了解这段历史，特意从他的历年珍藏中取出了《考古中国》这部精彩的纪录片来与我分享，其中《三星堆·消失与复活》是最为"神秘"的一个篇章。

记得初一上学期的历史课上老师也曾提到过夏、商、西周的青铜文明以及同时期的三星堆文化，但当时讲得并不详细。出游前通过观看纪录片，我把老师在课堂上没来得及说到的大部分细节都一一细细品味了一番。从片中，我得知古蜀人的文明不亚于当时的中原人。他们懂得祭祀，更掌握着先进的青铜冶炼技术。三星堆艺术家们拥有独特的审美观，甚至在某些方面我们现代人都无法理解他们最初的用意；还有那精湛的手艺，竟能在那科技不发达的时代就能靠着两只手制造出如此精美绝伦、轰动世界的文物，不由得让我怀疑是否曾经有过一个经济、文化、技术与现代同样高度发达的时代存在于这片热土之上……

说走就走，我们终于来到了这个神奇的地方——三星堆博物馆。我很激动，因为我终于如愿以偿，可以身临其境地去感受这些气势磅礴的文物了。

来到三星堆博物馆，这里最重要的便属综合馆与青铜馆了。综合馆对古三星堆有着详细的介绍，里面陈列的不但有形状各异的玉璋、工艺精湛的金杖，更有令人叹为观止的青铜神树。

抬头仰望青铜神树，即使残缺部分已无法复原，但它挺然屹立在大厅中央，远远地就能让人感受到它的气势恢宏。它通高近四米，根据专家计算它应该在当时几乎是花费了举国人力与财力建造的，然而，它的诞生却是为了被严重的毁坏，为什么？真真令人费解的，在考古界引申出了"祭祀说"、"亡国说"、"陪葬说"等等的猜想。为了修复它，考古修复人员足足用上了十年。当修复宣告完成时，这个艺术品震惊了许多人。它有九个枝，每个枝头都站立着一只"太阳神鸟"，大概是因为古蜀人认为凫可以通太阳神吧；它的下部还有一条蜿蜒盘桓的神龙，神龙头朝下，龙尾向天，十分夭娇多姿。作为三星堆的镇馆之宝，青铜神树身上还有着许多未解之谜，例如"它的顶部所缺少的究竟是什么"，"鸟的翅膀为什么折断了"等等。

青铜馆存放着许多青铜人头像、青铜面具，其中最夺人眼球的便是青铜黄金面具与青铜大立人像了。

青铜黄金面具，栩栩如生，每一尊头像连人物的发际线都清晰可见。整个黄金面具造型富贵华丽，俨然一副王者之尊的气质，专家认为头像主是当时社会中掌握了生杀大权的统治阶级；更为让人诧异的是四千年前的古人就了解了黄金的稳定性，更懂得千锤百炼将纯金捶锻成金箔的技艺，然后再用特殊的粘合技巧把它紧密地贴覆在青铜面具上，使其即使埋藏在地底下四千多年，一旦重见天日依然是一派金光灿灿的模样。

最后我们看到了顶天立地青铜大立人像，它最大的特点就是手臂比身子都粗，庞大的手呈环管状，好像正握着什么东西，有专家说是象牙，有专家说是玉璋，也有人说这只是一种手势。虽然由于时代的变迁，真正的答案已无从考证，但是这双夸张的大手大大地渲染了这座青铜立人像的神秘色彩。

此次有机会身临其境感受三星堆，不但实现了长久以来的一个梦想，还让我深深地折服于古蜀人的智慧，更让我对历史和考古产生了浓浓的兴趣。中华文化博大精深，俗话说博古通今，我必将投身于源远流长的历史长河中。

山城印象

初识山城

一条条街道穿行于起伏连绵的群山上，一位位行人来往在这座被誉为"山城"的美丽大城市——重庆之中。

我早就向往着来到山城看看这儿的与众不同，因为这儿的道路不像平原地区那样平整，而是路路都不乏几道坡。路旁也可以见到许多停靠在斜坡上的汽车，每辆汽车的车轮后都必须搁置一颗石子，以防车身向后滑落。

造型别致，拥有着绚丽外壳，"身材"修长的轻轨，成为山城一道与众不同的奇观。它时而在我们脚下穿过，时而又穿梭在了山中隧道里。在轻轨上，可以眺望山城的景色——一栋栋昂首云天的高楼矗立在丛丛高坡之中，颇有一番独特的情致。

初识山城，我才发现，重庆与我们苏州实在是大相径庭了！

在山城中游走

山城重庆是中国西南一个富饶的大城市，它拥有其别致的自然、人文景观。

山城的山，重峦叠嶂；而山城大部分的树，都沿山坡而栽，本来就是倾斜的，多年的风吹雨打，却还能顽强地保持着它的挺拔的姿势，百折不挠。它们，凭借自己不畏挫折的毅力，点缀着山城。

山城中也有古今结合的人文景观。古代商人们为了将磁器运送到全国各地，将嘉陵江流过的一处风水宝地进行改造，称为"磁器口"。现在，磁器口已经不再出售磁器了，而是变成了类似于苏州山塘街、平江路那样的古镇。这条街始终人头攒动，街两旁商铺琳琅满目，商铺中有卖各种重庆美食，真可谓是重庆一个值得一去的好地方。

在山城中游走，我才发现，原来重庆有如此美丽的景致！

欣赏大足石刻

在山城重庆的下属县城中，风景绮丽而富有文化底蕴的大足县，是一定要去的。这个看似普通的地方，却有着闻名于世的大足石刻。我也去拜访了其中的一处——宝顶山石刻。

这些石刻做工精细、工艺精美、气势恢宏，把人像刻画得栩栩如生，它们都从不同的方面反映了佛教的理念。如"六道轮回图"将佛家"善有善报，恶有恶报"的理念体现得淋漓尽致；"孝道图"告诉人们，"孝敬父母"这一观念已源远流长；还有佛教入门弟子悟佛的过程等。

在众多石刻中最著名的莫过于千手观音和释迦牟尼涅槃圣迹图了。这千手观音气势恢宏，相传一名和尚工匠每在观音一只手上贴一片金箔便掷下一根竹签，最后点出为1007只手；而现在文物专家们用先进的仪器数出只有830只手了。看来由于风雨的打磨，其他的177只手已不复存在，但这千手观音还是能够震撼我们的心灵。而释迦牟尼涅槃圣迹图则更为巨大，它将佛祖涅槃前的容貌刻画得细致入微，还刻意只刻出了佛祖的上半身，将下半身留在了神秘的山中，留给我们想象的空间。

我国古代的艺术家与工匠，镌刻出了精美绝伦的石刻佛像，镌刻出了中国闻名世界的神奇画卷。

章钟元专辑

　　章钟元，苏州市振华中学初二学生，在《苏州日报》《消费者周刊》发表文章，入选文汇出版社出版的图书。

主持人语　韩树俊

　　章钟元专辑最鲜明的一个特色是，所写题材都是作者熟悉的生活，作者最为熟悉的日常生活中的人与事，正所谓"我手写我心"。

　　抒发自己信服的情感。举凡作者亲历过，有切身体会和感悟的，写下来才是真实动情的。在《我的南花园》一文中，南花园是作者熟悉的家所在的周边环境，小区里的一个大园子，作者儿时的乐园，与爷爷一起放风筝，骑自行车"上坡"……都是记忆中的珍宝，由此因为听说要"被开发"为可能的失去而担心，直至听说因大家的意见而不再"开发"，一颗悬着的心这才放下。他亲近家庭中的每一个成员，于是有了《我的爷爷奶奶》《我家的夜猫子》这样的文章。《我的爷爷奶奶》写出了爷爷奶奶"长相不同，性格也不同"的特色，通过日常生活中的事例，真实地刻画了一个急性子、一个慢性子，一个热情、一个冷静，一个爱花钱、一个爱存钱具有鲜明反差却同样具有一颗善良慈爱心的人物形象。《我家的夜猫子》犹如一幅人物漫像，就像画家的插画，夜猫子捧着月亮当太阳，半夜三更，浑身是劲，满头是汗，兴奋无比，忙得不亦乐乎。作者要不是写的都是自身的所见所闻、所感所想，怎能表现得如此鲜活逼真，又怎能打动读者的心呢！从这个角度看，作者还有大量熟悉的题材可以发掘，读者也可从中受到启发，只有写自己熟悉的事情，抒写自己真实的感情，才能左右逢源，再也不会为写作找不到题材而烦恼。

　　描摹日常生活中的真实场景。《在飞机上》以"我"的视觉所及，纪录一次13小时的航程。舱里舱外、天上地下，电影游戏、餐饮休憩，白天黑夜、陆地海面，地勤空姐、异国乘客……作者做了全景式的描摹。《雾霾笼罩下的生活图景》用蒙太奇手法组合生活图景，或课堂或室外，或办公室或教室，细致摹景状态。尤为幽默的是作者将"为什么不放假"这个问题称之谓"老师破天荒地和我们并肩战斗了"，令人忍俊不禁。这种形象描摹生活场景的手法，给读者带来了身临其境的形象感受。

　　发挥基于现实的丰富想象。剧本《罗密欧新传》写了一个老师帮助早恋同学罗密欧认识到早恋危害，让其早恋念头顺利考上高中的故事。剧本末尾作者附注了一句"参考百度百科以及编剧的亲身经历而写"，这是在生活中寻找一个"原型"或者说是"范本"，在此基础上通过想象编就的一个故事。

这里想就剧本《罗密欧新传》再说几句。一是想说一说该剧涉及的早恋题材问题。早恋题材，这在作文中往往是学生避之不及、老师不受欢迎的题材，一些优秀作文选也有意无意地违避这类题材。而笔者读到过一本上海市中学生作文比赛获奖作文选的序，先说说这次作文比赛的规模。这是上海全市范围的一次作文比赛，分初赛与决赛两个阶段，初赛安排在双休日，现场写作，每周一次，参赛者只要有一次胜出，就可以参加期末的现场决赛，避免了一次失误就出局之短，有利于发现人才。而就是这样一次大型作文比赛结集的获奖作文选，专家在序中还是指出了作品的题材中一是看不见中学生早恋题材的作品，二是学生都违避了学习紧张这一现实问题。学生写作文，就是要反映最真实的生活，说自己心里最想说的话。章钟元能不违避中学生早恋题材，这点是值得肯定的，相信他在日后的写作中，坚持写"真"，定能写出更加富有生活气息的好作品。顺便提一句，现在许多少年文学作品，包括儿童文学作家写的，往往女主角太多，男主角找不到。不知章钟元在本书出版之后，写作积极性进一步发挥后会给读者奉献出怎样的题材。不得不提及的是，作者第一次写的这个剧本，是学校一次文学活动的产物，作者所在的苏州市振华中学用前卫的诗性教育理念、丰富校园文学生活，为学子的成长铺就了一片沃土。

二是想说学生写作体裁的多样，或者说在中学时代就接触一些文学样式的写作是很有意义的。如本专辑作者小剧本的编写，尽管在人物塑造、情节设计、戏剧矛盾的安排等多方面还想得有些稚嫩，但是，作者第一次涉足编剧，这是一个值得肯定的尝试。中学时代的这种有益的尝试，不准会对孩子日后的发展有意想不到的作用。本书中一些小作者如吴蔚琪、王芊予、朱珏等同学 散文诗写作的尝试，无疑会促进她们更多地获得文学的熏陶，迈进文学的殿堂。繁荣校园文学需要这样的小作家。

我家夜猫子

夜猫子就是一到晚上就精神抖擞、眼冒金光的那种人。他们一到晚上就特别兴奋，工作效率特别高，常常到凌晨才会停下。比如我妈，就是个夜猫子，她好像一夜不休息也不会困。

晚上九点多钟，我的作业写完了，我去睡觉了，我妈也开始工作了。她是个编辑，她的工作就是编稿子和写稿子。她一般在书房的电脑上工作，有时候我要求她陪我，她就坐在我床上用笔记本电脑。她一会儿看邮件，一会儿改稿子，一会儿又和她的夜猫子同事聊QQ，好像现在是大白天，不该睡觉。过了几分钟，我睡着了。半夜醒来，我发现妈妈居然还在电脑上疯狂地打字。一会儿，她的工作结束了，又打开我的QQ农场，帮我收菜、偷菜。玩好了我的又玩她自己的，玩过了农场又开始玩牧场。终于，她关了电脑，躺下了。可是她根本没有睡觉，她拿

起手机，开始看微博，一边看还一边笑。又过了十几分钟，她算睡觉了。如果没有工作，她也照样熬夜，她会一直看书看到三更半夜。总之，没有一天她会在十一点前休息。

早晨，闹钟响了，可我妈怎么也爬不起来。后来好不容易爬起来，带着蒙眬的睡眼，打着哈欠，送我上学去。

我家夜猫子（漫画） 陶开俭 画

（原载《消费者周刊》）

我的南花园

在我们家住的小区里，有一个好大的园子，几乎占了整个小区的南半部，大家叫它南花园。从我记事开始，它就在那里了。说是花园，其实没有花，只有一片宽阔的绿地，有一些运动器材。小区在护城河边，夹在两条河道中间，一座大桥连接东西，从小区上面横跨过去，由北向南穿过桥洞，就是南花园了。

小时候，南花园是我的乐园。爷爷常带我去放风筝。爷爷拿线轴，我拿着风筝，爷爷把线轴一圈一圈地放开，一步一步地走远，等他大喊一声"放手"，我就放开手。风筝一级一级地升高，线放到了尽头，爷爷就让我抓线轴。我把线轴紧紧捏在手里，仰头看着飞得高高的风筝，心也跟着飞起来……一不留神松了手，爷爷立刻冲上去，一把把线轴抓回来。

我喜欢坐在高高的滑梯上，看天上的风筝：一个，两个，三个，有鹞子，有方块，有……花园里有一座好大的塑料滑梯——在孩子的眼里，简直是巨大的。滑梯结构复杂，上面有好几间小房子，连接着几个滑梯，可以捉迷藏。我和小伙伴们在里面窜来窜去，快被抓到了，就跑出来，"嗖"地滑下去。

后来，我有了一辆自行车，红色的，很漂亮。最喜欢去南花园骑车。有几座小土坡，我们叫它"山"。"山坡"有点陡，不算高，大概也有十来米，骑不上去，我就推着车"上山"，再骑着车从"山"上冲下去，为此，我摔过好几跤。但是，那种风驰电掣的感觉，吸引我一次次地冲下去。有一次，前轮撞在了路牙上，车翻了，我摔了出去，腿上破了好大一块。留下一块疤痕，现在还在。

傍晚是南花园人最多的时候。老人散步，年轻人跑步，小孩追逐嬉闹。这时候，草地上的运动器材几乎都被人用上了：单杠、双杠、压腿器，还有好多我叫不上名字的。单杠太高，我爬不上去。我总是想，什么时候能爬上去呢？

上小学了，年级越来越高，作业越来越多，我去得越来越少。风吹日晒，滑梯破旧了，不能用了，运动器材也旧了，破损了。三年级，南花园的运动器材全部换了新的，但是那个载着我童年的滑梯被拆了，再也没有了。

去年，突然听说，南花园要被开发了。和南花园一河之隔的街边，开发出了许多商铺。有人说，南花园也要被开发了。他们说南花园原来并不属于我们小区，只是不知道为什么在我们的围墙里面而已。虽然好久不去了，但是，我的南花园啊，真的要失去了吗？隔了一段时间，又听说，因为大家不同意，不开发了。我悬着的心放了下来。

　　小学毕业，放暑假了，我迫不及待地冲到南花园，想看看它现在是什么模样。草地还在，小山坡还在，草地旁的小路还在，爷爷奶奶们带着音响器材，在那儿唱卡拉OK。不知道为什么，我觉得，这不再是我的南花园了。

　　河边的树枝繁叶茂，流水无声地流淌。南花园还在，而我的童年已经过去了。

章钟元（后右）与文飞文坊作文班的同学们祝贺朱恩骅（前右）出版新书

我的爷爷奶奶

我的爷爷奶奶是一对有趣的组合。本来我想写"我的爷爷"或者"我的奶奶"的，但是想来想去，应该把他们俩一起写出来，因为，他们实在是对比太强烈了。我奶奶胖胖的，大眼睛，双眼皮，圆圆的脸；我爷爷瘦瘦的，小眼睛，单眼皮，长长的脸。奶奶高血压，爷爷低血压。看到我爷爷奶奶的身材，你肯定以为，他们中爱锻炼的是我爷爷。但是，你猜错了，我奶奶才是那个每天锻炼的人，她每天吃过晚饭就走出家门，去跳广场舞了。我爷爷却是个"宅男"，他的爱好是看书、上网，可以在电脑前连续坐几个小时，一直到深夜，直到奶奶发火了，他才离开电脑去睡觉。

他们长相不同，性格也不同。奶奶是个急性子，爷爷是个慢性子。奶奶热情，爷爷冷静。几年前他们搬到我家对过的小区，奶奶没几天就和邻居都熟悉了，把楼上楼下所有人家的情况都摸清楚了。爷爷还没和几个人说过话，但是，他默默地把楼道里坏了的灯修好了，还把一楼的触摸开关换成了声控开关，这样，晚上回来的人再也不会摸黑了。

他们俩还有个重大差异：奶奶爱花钱，爷爷爱存钱。每次爷爷奶奶一起出门旅游，回来的时候，奶奶都抱怨，爷爷又拦着她不让她买东西了。爷爷却说，奶奶被人一忽悠就上当，又买了一堆没用的东西。然后，奶奶掏出一大堆礼物分给大家，我们就知道，还是奶奶赢了。

每天爷爷奶奶买菜回来，总是拎着两个重重的大袋子，里面常有一堆吃不完的蔬菜。因为，只要有看起来很老的人向奶奶兜售卖不完的菜，如果剩得不太多，奶奶就会全买回来。有一次我们去西山玩，奶奶买了些栗子。结果到了停车场，又有个驼背老太太向她推销栗子，奶奶就又买了一堆。回来之后发现，这些栗子有一半是坏的。奶奶很懊恼。爷爷这次却没对她冷嘲热讽，反而安慰她说，就当帮助人家吧。

爷爷奶奶也有意见一致的时候，比如逼我吃饭的时候。奶奶每天都做很多菜，满满地摆上一桌子。她会给我盛上一大碗饭。要是我不愿意吃，她就说，是你爸爸让我们给你用大碗的。但是我爸没让她给我把大碗盛这么满呀！无奈，怕她发火，我只好吃了。这时爷爷来了，他不停地给我夹菜，直到碗里堆起一座小山，再也放不下了，他才停下，笑眯眯地说："吃，光吃饭不吃菜是不行的。"然而这还不是全部，要是我饭吃完了，而有一道菜剩下不多了，他会直接把菜倒进我碗里。等我吃完，奶奶又开始了新一轮的进攻，她拿起锅，把剩下的汤统统倒进了我碗里。等我把汤喝完，爷爷奶奶才会心一笑，把我放走。

（原载《苏州日报》）

章钟元和爷爷奶奶

我的美国老师们

去美国的第四天，我们到了波特兰。

波特兰这个城市，我是从《李小龙传》里知道的。李小龙年轻时从香港跑到美国，坐船先到波特兰，然后又从波特兰坐车去了西雅图，在红宝石餐厅找到了第一份工作。除此之外，我对波特兰一无所知，甚至不知道它和苏州是友好城市。对波特兰州立大学，更是听都没听说过。

到了波特兰州立大学，我大吃一惊：学校在哪里？那是一个开放式的学校，没有围墙，没有大门，更没有保安让你出示证件，而是与它周围的城市建筑融为一体。唯一的标志，就是几幢楼上小小的、印着PSU字样的牌子。几幢楼夹杂在商场、法院、公寓、广场之间。我第一次看见这样的大学，真是大开眼界。

在波特兰，我们上了一周的英语课。那一周，每天上午上课，下午参观。上课就像做游戏，有时候围成一圈，有时候分成几个小组，有时候排成方阵；有时候有课桌，有时候只有椅子。我好像又回到了幼儿园，好久没上过这么放松、开心的课了。

给我们上课的有两位老师，还有两位老师专门带我们参加社区活动。这四位美国老师都很有趣。

Jessica大约30来岁，长着一头漂亮的金发，但是她和我们一样，是黑眼睛。她很高，很爱笑，还会搞怪。她上课时，气氛总是很活跃。她会让我们站起来做游戏，把我们耍得团团转，在游戏中学会英语。大家合影的时候，Jessica还在做鬼脸，歪着嘴巴翻着白眼。看见这张合影，我就想起她上课的样子，忍不住哈哈大笑。

Netta是位老太太，金发已经有点儿泛白，她有一双总是带着微笑的蓝眼睛。在她的课堂上，我们基本不用站起来，做游戏也只用坐在座位上就行了。仅有的几次站着，是她教我们跳美国的舞，还教我们唱美国民歌。她跳得很快，比中国大妈跳广场舞的节奏快多了，所以，我根本没学会，但是我还记得她唱的旋律，让我想到美丽的乡村。她虽然已经五六十岁了，但还是很顽皮，像个孩子一样。有一次，她给我们发名字牌，发到其中一张，问我们："Who is Netta?"

我们面面相觑，好像没人叫Netta啊。她把牌子举起来看看，叫了一声："Oh, it's me."然后笑了起来。上课时，她准备了两个泡沫球，当她把球扔给你，就表示叫你回答问题。她会故意把球扔偏，让你接不住，只好去捡球；于是我们就"报复"她，把球往她头顶扔，让她好不容易才接住。

Sherrie矮矮胖胖，戴副眼镜，看起来五十岁左右，是个和蔼的老太太。她负责带我们参加社区活动。她很逗，常跟我们开玩笑，还擅长表演。开营时，她告诉我们走丢了怎么办，不能哭，不能像这样，说着就有模有样地大哭起来。一边的老师和学生们都哈哈大笑。我简直怀疑她是表演系毕业的。

给我印象最深的还要数Paul。他是这次我们见到的唯一的男老师，是个帅哥。他每天都穿着衬衫，打扮得像个白领，耳朵上带着黑色耳饰，显得很时尚。他脸上整天挂着微笑，让人有种亲切感。每天下午，他会和我们一起出去活动。他体力很好，就算连续走一小时路，也仍然健步如飞。去动物园那天，我们学生都走累了，见到椅子就想休息，他呢，一点都不想停，于是站在边上等我们。他特别爱笑，有一天下午坐游艇，他坐在第一排的最左边，开船的人突然刹了一下，一个大浪打在他身上，他毫不介意地哈哈大笑着把脸上的水擦掉。

这些美国老师，让我对波特兰留下了美好印象。他们每一个人都热情开朗，让我觉得上课是一件快乐的事。不知道美国的小学是不是真的这样，如果是这样，美国孩子多幸福啊。

205

环球影城

到洛杉矶的第一天，下飞机用了顿午餐，我们就直奔好莱坞环球影城。

远远地，看见一个巨大的地球形雕塑，上面环绕着一圈英文字母：Universal Studios（环球影城）。眼熟得很，这不就是在好莱坞电影里常常看见的标志吗？世界上最著名的大片，像《速度与激情》《金刚》等等，都是在这儿拍的。雕塑面前，巨大的喷泉喷射着欢乐的水花，指引我们进入神奇的电影世界。

这是一个主题公园，也是很多著名电影的拍摄地。在这里能看见电影里的经典场景，还能看到奇特的特技。

一进门，我就看见一个挺拔的身影，几个游客在和他合影。哇，是布拉德·皮特？那边，是小罗伯特·唐尼？还有几个叫不出名字却很眼熟的帅哥美女。再仔细看，原来只是和他们有点像。真正的布拉德·皮特和小罗伯特·唐尼是不可能随便出现在这儿和游客合影挣钱的。

走了几分钟，到了一个车站。很多人排队等着坐小火车，这是环球影城的主要项目，坐小火车绕影城一周。排队的一半是白人，还有一半是亚洲人、拉美人和黑人。亚洲人大约有四分之一。上车的人都兴高采烈，向后面排队的人挥手。排了大约半小时，送走了三列火车，终于，轮到我们了。

现在，火车要载着我们开进电影世界了。一路上，我看见了各种各样的建筑，古典的、现代的，美式的、欧式的、亚洲的，许许多多国家的经典建筑，在这儿都有个模型，比如法国巴黎的埃菲尔铁塔。有的房子正面看起来和真的一样的，等绕到背后，突然发现，原来它只有一堵墙，或者只有个简单的木架子，等拍完电影就会被拆掉。我还看见，有些房子边上正在拍电影，摄影机正对着几个衣着华丽的演员。

火车开进了一个隧道，里面正放着4D电影，是《金刚》。金刚大吼时，有水洒到了我身上；金刚摇晃时，火车也会跟着抖动。出了隧道之后，两边是一些小路，路边有房子，有工作人员扮演电影中的角色，有杀人魔，有士兵，有农民。当杀人魔拿着电锯冲向火车时，我吓得大叫了起来，原来这只是视觉上的错觉，但是看起来，就像身临其境一样。路边有很多著名电影里的道具，我看见了《速度与激情》里的跑车，一排整齐地停在路边。

火车开到了一个湖边。这儿风景优美，湖心有个亭子，里面有两个悠闲的人。湖里有个穿黑色潜水服的潜水员，正在水中游弋，不时地露出头来。一切都平静而美好。突然，潜水员好像被什么东西拉下去了，他不断扑腾着，可还是被拖下去了，亭中的两个人惊恐地看着湖面。过了几秒钟，一股红色的血水涌了出来，一条鲨鱼露出水面，又一晃尾巴，游走了。

一切都太突然了，等我回过神来，火车已经快离开湖边了。这时，又一起事故发生了：我右边的汽油桶爆炸了！热浪扑打着我的脸，我好像差点被烧到了。还好，火车很快就把我带离了危险。我叹了口气，太逼真了！火车继续开，边上又出现了一架坠毁的飞机，外壳已经损毁，机舱暴露了出来，里面的位置清晰可见，飞机上冒着烟。仿佛真的置身于一个坠机现场一样。

火车缓缓地开到了终点，回到了现实。我想到以前看过的一部电影《幻影英雄》。我就像里面那个小男孩，拿到一张神奇的电影票，于是走进了电影里。虽然没有遇到施瓦辛格，没有亲历惊险的追杀，但也算是见识了电影的神奇，真过瘾！

207

2014/06/25 10:43

章钟元专辑

荡漾在北京北海公园

在火车上

四年级的暑假，我和爸爸一起去青海。到西宁的车票买不到了，于是我们买了去甘肃兰州的，到兰州之后再坐汽车去西宁，然后开始一段从青海到甘肃敦煌的包车旅行。

这是我第一次坐卧铺，而且将要在火车上待将近两天一夜，这让我非常兴奋。我从没坐过这么长时间的火车。

中午时，我和爸爸在苏州火车站上了车。火车有点儿拥挤，因为路途遥远，大多数人带着很多行李，背着大包，拖着大大的箱子，或者扛着大大的包袱。车厢里有各种各样的人，有扛着蛇皮袋的农民工模样的，有公文包不离手的有钱人模样的，也有背着包拖着箱子的学生模样的。像我和老爸这样背着登山包的旅行者很少见。

硬卧车厢分成很多隔间，我和爸爸挤到了我们的位置。我们那一格有六个铺位，除了我和爸爸，还有一个看模样是大学生，一个穿着短袖衬衫像个小白领，还有两个皮肤比较黑脸上皱纹比较多，大概是农民工。我在上铺，爸爸在下铺，我下面的中铺是穿着沙滩裤，打着赤膊的大学生，正抱着电脑打游戏，他对面的小白领抱着一本书看，两个农民工在打牌。

火车一路摇晃着前行，窗外的风景也一路变换着。有时候会路过高楼林立的城市，大多数时候窗外都是安静的乡村，大片的田野，夹杂着农舍。火车开开停停，每到一站，都有稀稀落落的人下车，又有人拖着大包小包上车。我爬下铺位，去洗手间，顺便四处张望。很多人打起了牌，或者摊开了吃的喝的，旅途漫长，大家都摆出了安心在这里住下的架势。有人在喝二锅头，有人喝啤酒，有人在窗口吸烟眺望，也有人安静地坐着看书。

我爬上铺位，下面的大学生正在用电脑看电影。我瞄着他的屏幕，他也许是发现了，把电脑往外移了一点，这样我就可以看得更清晰了。对面的两个农民工打完了几局牌，倒在床上睡着了。我看向窗外，已是夕阳西下，一看时间，五点多了。爸爸去买来了方便面，我们在里面加了自己带的速食肉，狼吞虎咽地吃了起来。

晚饭过后，我无聊地望向窗外。天快黑了，窗外出现了连绵的山，不再是大片的平原。两个民工醒了，拿出馒头，一边喝水，一边大嚼起来。天完全黑了。大学生和小白领已经蒙头睡觉了。火车里安静了下来。我也觉得睡意涌了上来，不知道什么时候就睡熟了。

第二天早晨醒来，发现对面的中铺空着，那位白领已经在半夜下车了。我去卫生间洗漱，然后回到铺位上啃饼干。窗外的风景和昨天完全不同了，不再有大片绿色的田野，树木也稀疏起来，空气似乎也变得干燥了，让我有点不习惯。这里已经是黄河流域了。站台也比南方的寂寥了些。上来的人换成了粗犷的北方汉子，我还看见了挑着扁担、包着头巾的农民。我们的隔间来了位新乘客，络腮胡子，红红的脸，一看就是西北人。他放下行李，就跟大家聊起了天，很快热络起来，还跟两个农民工打起了牌。

中午时分，窗外出现了大片土黄色的山，光秃秃的，我打开地图，我们应该已经到了黄土高原，秦岭边上了。火车哐当哐当地开，窗外的风景很长时间都没有什么变化，常常是一片空旷的黄土地，远处则是连绵的黄色土山，我不禁想起那首粗犷嘹亮的《黄土高坡》。这就是黄土高坡了吧？

火车上的人陆陆续续地下车了。最后，我们这一格里只剩下了我和爸爸。窗外的风景愈加粗犷壮观，黄土地连绵不绝。下午五点多，我和爸爸在兰州火车站下了车。

苏州的五点多已经是傍晚了，但是在这里，太阳还明晃晃的。我们没顾上吃晚饭，吃了点干粮，就踏上了去西宁的汽车。

这是我坐过的最长的一次火车，现在想起来，仍觉得趣味盎然。我喜欢看窗外变换的风景，经过平原、山地、河流，路过地图上标志的地名，在一个又一个车站停下又出发，伴着铁轨哐当哐当的歌声，摇晃着，慢慢地接近一片陌生的土地；我也喜欢遇见许多陌生人，猜想他们是为何而来，向哪里去，互相问候、道别，或者什么也不说。真想再坐一次长途火车啊！

一波三折的长白山之旅

我盼望去长白山已经很久了。作为一个《盗墓笔记》迷，我不可能不向往长白山。2015年是"小哥"张起灵出山的日子，他在长白山青铜门守了十年，就要出来了。"盗米"们在网上相约去长白山接小哥，他们还按书中提到的线索算出了日期：8月17号。但是我8月要上课，爸妈决定7月带我去长白山。当然，我知道8月去也见不到小哥。瞻仰小哥的地盘，7月8月都一样。

妈妈早早订好了机票，只等我放暑假就出发。7月10号暑假开始了，台风警报也拉响了。妈妈当机立断，退了12号上海飞长白山的机票，又买了到沈阳的火车票，从沈阳飞长白山。于是，11号下午，我们就坐上了高铁，到沈阳住了一晚，12号再飞长白山。果然，那天上海出发的航班大批延误或者停飞，看到新闻时，老妈很为自己的英明决定而得意。

12号下午，飞机降落在长白山机场，下着雨。我们乘班车到了不远的万达度假区，住进了订好的酒店，等待第二天在北京工作的老爸飞来和我们会合。

没想到，这场雨一直下到了第二天，而且越下越大。老爸一早从北京起飞，上午就该到了，但是等到中午他也没到。后来才知道，因为大雨，那天长白山机场一架飞机也没能降落。老爸打电话来说，飞机在长白山上空绕了几圈，飞走了，降到了长春。又等了几个小时，老爸决定包车到长白山。晚上九点多，我们一家总算团聚了。

到长白山的人，都是奔着天池来的。小哥当然见不到，他是个虚构人物。而我抱着一丝幻想，希望在去看天池的时候，能顺便发现几个古墓。不过天池仍然是现实的目标。但是，连绵不断的雨让这个目标变得渺茫起来，我只能在酒店做作业，等待雨停。雨淅淅沥沥地下，一点要停的意思也没有。真没想到，东北也有这样的雨。老爸说没关系，多住几天，天总会晴的。

第三天一早，我还在睡梦中，就被老爸叫醒了。"快起来，天晴了！"其实，天气确切地说是多云，太阳只是偶尔穿过云层射出点金光。但是我们不甘心浪费时间，还是出发去看天池了。长白山有四个坡，东坡在朝鲜，南坡不开放，只能去北坡和西坡。西坡离我们近，先去西坡。大巴开了20多分钟，就到了西坡的停车场，在这里买门票，换景区的车上山。天阴沉沉的，我们知道希望不大，但是门票都买好了，只好继续前进了。下车之后，云雾环绕，又湿又冷。我们赶紧租了三件羽绒大衣穿上。通往天池边的木栈道上满是人，我们也顺着人流爬了上去。走了大约40分钟，出了一身汗，到了目的地。这就是天池的西面，悬崖边拦着绳子，大家挤在绳子边往下看，什么也看不见，一片茫茫的雾气。风很大，汗很快就冷了，冻得发抖。景区工作人员拿着大喇叭劝大家离开，说今天是不可能看见天池了。我们吹了会儿冷风，只好走了。听说曾经有人在长白山等了一周，也没看见天池。

第四天，天气和前一天差不多。云还是很多，天气预报是多云转晴，但都说山里的天气预报不准确，谁知道会不会转晴呢？我们决定不去天池，在度假区坐缆车、骑自行车，度过了无聊的一天。万达度假区是个滑雪场，滑雪场周围有好几家酒店，夏天这里草木茂盛，看着赏心悦目，却没什么好玩的。下午，出门的人回来了，听说他们都看见了天池，我们后悔不迭。

第五天，我们决定无论如何都要再去一次天池。云层还是厚厚的，但是山上和这里天气未必一样，必须去碰碰运气。北坡离这儿远，也许天气不一样。我们打了辆车去北坡。一路上，天阴阴的。车开了两个小时才到北坡下面。换景区的大巴上山，沿途下来看了几个景点，最后到了天池附近，排队换车。在这里，景

长白山之巅，峭壁环绕的天池

区的车换成了一色的奔驰商务车。山路弯弯曲曲，有很多急转弯，司机把车开得快飞起来了，我们虽然系着安全带，还是不停地东倒西歪、撞在车门上。车停了，快到山顶。我们加入了排队的人群中。天气并不晴朗，天上云层密布，但是显然湿气没有去西坡那天大，也不怎么冷。密密麻麻的队伍中，大家都在议论，不知道能不能看见天池。排了一会儿队，到了一个开阔的地方，顺着蜿蜒的台阶往上走。隐约听见前面有人说，看见了看见了。

　　果然，走了没多久，天池就在眼前了。跟西坡一样，悬崖旁边围着栅栏和绳子，峭壁下面，就是碧蓝的天池，清澈的天池倒映着云影和峭壁怪石。很多人站在围栏边拍照。天池三面都是悬崖峭壁，只能从高处往下看，无法接近；只有东坡是平缓的，那边是朝鲜。往东面眺望，果然看见一条小路，一直延伸到天池边，那是唯一能走到天池边的路，据说有四千级台阶。我们在天池边左拍右拍，恋恋不舍。老爸老妈说不虚此行，心满意足地回去了。

　　这真是一次曲折的旅行。但是，正因为曲折，看见天池也更让我们惊喜。不过，我有一点遗憾，一个古墓也没看见。

行者

在飞机上

2014年7月的一天，我怀着按捺不住的兴奋，坐上了从上海飞往美国的飞机。确切地说，是从浦东机场飞往日本成田机场，转机后再飞往洛杉矶。

从记事起，我就喜欢坐飞机。爸爸妈妈每年带我出门旅行一次。每一次，从坐上飞机那一刻起，自由的旅程就开始了。虽然要在狭窄的座位上待几个小时，但是我一点儿不觉得受拘束。爸妈不再像平时那样管着我，可以看电影，打游戏。很多人说飞机餐不好吃，但是我觉得味道不错，比家里吃腻了的晚餐有意思多了，何况有时候还有美味的冰淇淋。

这一次，是我第一次彻底摆脱父母的"控制"，和同学们一起出远门，而且飞得这么远。这真让人开心。当飞机缓缓升起，看着窗外的云朵，我的心就像自由的鸟儿一样飞了起来。

因为要转机，从上海到东京的3小时，好像只是漫长旅途的序幕而已，和同学一起打了会游戏聊了会天就降落了。直到在成田机场再次登机，我才感觉旅途真正开始了，心里充满了憧憬。这是中午，我还要在密不透风的巨大机舱中待13个小时，而到洛杉矶之后，因为时差的缘故，时间将会显示才过了一个小时，然后，我们还要玩半天，天才会黑。

这是一架空客A380，我的座位在中间，左边是一对年轻的中国夫妇，右边是一位中年日本男人。我发现，我和老师、同学们的座位都分散开了。不过没关系，坐飞机我从来不觉得无聊。虽然没坐在窗边，不过仍然可以看到窗外天空的景色。天有点阴，远处的山灰灰的。在停机坪上，旁边的飞机与我们这架比起来，显得好小。身穿橘色工作服的工作人员戴着耳罩，手持小旗正在清理跑道，周边的跑道上不断有飞机起飞、降落。这是成田机场的中午，一切都很繁忙。

飞机上了跑道，开始加速，巨大的引擎声轰隆隆地响，接着，飞机向后倾倒，前轮离开了地面，几秒钟后，后轮也离了地。上升了一会儿，飞机开始转向，右侧倾斜，窗对着地面。下面是繁华的日本首都：东京。地上车水马龙，一座座高楼指向天空，但这一切都像玩具一样，非常微小。

打开座位前面的电视，我把所有频道浏览了一遍，然后看了一部叫《布达佩斯大饭店》的电影，又玩了几盘海战游戏。在看电影的期间，用了顿午餐。空姐小心地问我："是要海鲜意面还是鸡肉饭？"我要了面和苹果汁。我用中文回答之后，她似乎才确定我是中国人。全日空的飞机餐真是不错，餐盒里除了面，还有蔬菜、点心、沙律，最让我高兴的是，还有一盒哈根达斯冰淇淋。我美美地享用了一顿午餐，一边看着电影。

我望向窗外，看见一轮红红的夕阳，似乎是傍晚了，可是距离起飞才三个小时，东京应该还是下午。我开始填入境表。

折腾了好一会儿英文表格，我有点累，趴在小桌板上，伴着隆隆的引擎声，很快就睡着了。不知过了多久，我被右边的日本男人拍醒了。他看看我，又指指空姐，原来又要吃饭了。我忙说了一句"Thank you"，然后点了我的晚餐。这已是太平洋上的夜晚。吃了饭，我也睡不着了。飞机上却熄了灯，让我们睡觉。窗外空空如也，只有一轮明月挂在天幕上；往下看，一片漆黑，应该是海洋，唯一的一点光，我想那是灯塔或者航船。我看看身边的人，左边的那对夫妻已经睡着了，右边的日本男人在小灯下读一本厚厚的书。

我开始翻飞机上的杂志。杂志上的文章似乎只有那么几种，要么是全日航空开通了新航线，要么是京都哪家饭店又便宜又好吃，再不就是哪个机场的候机楼上有了新贵宾厅。我看看表，北京时间已是晚上，而这里窗外的天空却开始露出微微的光亮。从左边的窗可以看见月亮，右边又可以看见太阳。天色渐亮，云很少，海洋已经十分清晰了，能看见海上的船和小岛。座位前面屏幕上的航线图显示，现在应该在阿拉斯加州的南方。

又要吃早饭了。早饭有沙律、黄油面包，还有坚果。我真的很想吃，无奈，吃不下了。我把手机调到了洛杉矶时间，已经是上午10点多了。还有两个小时就要到了。我暗自祈祷，不要再给我一顿饭了。

但是，该来的还是会来。在我看了一个小时《美国队长》之后，那位熟悉的空姐又推着那辆熟悉的小车来了。我吃了几口沙律之后，就不再搭理那份饭了，只是一个劲地喝雪碧。这是加利福尼亚州的中午了。窗外艳阳高照。空姐收走了入境表。

不一会儿，飞机开始下降。仍是右翼对着地面。窗外的洛杉矶和东京明显不一样，高楼大厦不多，大多是小小的房子，却仍然可以看出大都市的气势，立交桥上汽车一辆接着一辆，地面上的车似乎寸步难行。渐渐地，我看见了机场的停机坪，上面停着各色大小飞机。过了几分钟，随着"咚"的一声，我们的飞机落在了跑道上。我收拾好行李，准备下飞机。

终于，我站在地球的另一面了。

品味

雾霾笼罩下的生活图像

雾霾是我最不喜欢的，也是最喜欢的。不喜欢是因为要戴丑丑的口罩，喜欢是因为说不定可以放假。

图像一

一个全身上下都被武装好的人：头上戴着帽子，尽量下拉，遮住额头和耳朵；脸上戴着硬邦邦凸起的大口罩，前端有个带滤网的小口子，像个防毒面具；裹着大棉衣，竖起衣领，穿着长长的裤子和厚厚的鞋袜。——这就是我，全身几乎裹得严严实实，只留下两只眼睛。

216

街边的高楼，街上的汽车，似乎都不见了，只有不时响起的喇叭声、尖利的刹车声，还有隐约的灯光，提醒你这是繁忙的上学路上。人们好像突然变得一模一样，全身灰蒙蒙的，都像被装在套子里，分不出男女老少。行人都低着头，步履匆匆，仿佛想赶紧从雾霾中逃离。

图像二

下课了，大家习惯性地走出教室"透口气"。不过一推开教室门，就明白气是透不成了。天空灰蒙蒙的，雾气笼罩在身边，一张口好像就要吸进去一团。有人垂头丧气地退回了教室。

即使如此，操场上还是站着许多人。虽然不能跑不能跳，还是不想闷在教室里。大多数人老老实实戴着口罩，除了几个不要命的，我真怀疑他们是不是地球人。

不过因为口罩，传奇故事也在操场上演绎着：三班一女生没戴口罩，大口大口地吸着PM2.5，这时，边上一男生默默摘下自己脸上的口罩，递给了女生，女生居然立马往嘴上一套戴上了。于是他们坐在一起，亲密地交谈起来……

图像三

上课了，老师正在投入地讲课，突然一回头，一声大吼："关上窗！"原来，不知哪个没脑子的居然打开了窗。一秒钟后，同学们齐刷刷地摸出口罩，戴上了。

图像四

办公室里，窗户关得严严实实，老师们唉声叹气。

"为什么不放假！"英语老师说。

"对，为什么我们不放？南京都放了！"数学老师说。

"唉，雾霾都这么严重了，要怎么样才放假啊？"语文老师说。

老师们破天荒地和我们并肩战斗了。

啊，无趣的雾霾，我求你了，你要么别来扰乱我们的生活，要么就让我们别上学了。伟大的雾霾，让我们恢复正常的生活吧！

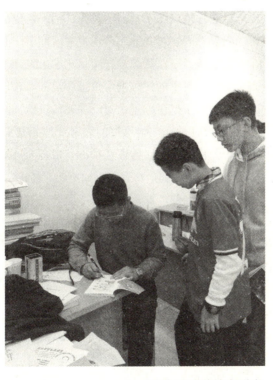

汪皓天同学签名赠书

校门口的煎饼摊

那个煎饼摊在正对校门的十字路口。不知道是从什么时候开始的，每天早晨上学时，它都在这里，风雨无阻，上面撑着把绿色大伞，晴天遮阳，雨天挡雨。

七点上学，为了吃煎饼，我得早点到。来得早的时候才六点半，或六点四十，每一次它都在。卖煎饼的是个老人，约莫七十来岁了，皱纹在他瘦削的脸上格外显眼，一头白花花的头发，有力地竖着，白色衬衣外罩着绿色围裙，十分干净，看不出一点点油污，使他看上去很有活力。他很老，但是精神很好。

我要了一份煎饼。他用铲子从右边的小木桶里挑出一团和好的稀薄面团，轻轻放在烧热了的铁板上，老练地用铲子把面团摊开、拍平，变成一个圆，在上面洒点油，铁板上发出"嗞嗞"的响声。他飞快地把薄饼翻了个面，左手拿出个鸡蛋，右手竖起铲子在蛋壳上敲一下，蛋液从缝隙里流了出来，"啪"地落在薄饼中央，左手扔掉蛋壳，同时，右手的铲子把蛋黄蛋白混在一起，抹在薄饼上。这个过程不到半分钟。他又用铲子把饼翻了个身，那被煎过的一面已经发黄，发出好闻的油香。老人紧紧盯着煎饼，一副思考的表情使他看起来就像一位艺术大师，在审视自己即将出炉的作品。煎饼摊前常常围着很多人，但是他的节奏丝毫不会被打乱。他总是这样，动作麻利，却有股不徐不疾、淡定自若的气度。

过了几秒钟，他猛地将饼一翻，原本向下的那面已经黄灿灿的了，表面的鸡蛋有一点点焦，散发出诱人的香气。他从边上的小桶里拿出刷子，在煎饼上刷上一层黑红的烧烤酱，又轻轻用铲子将饼卷起，对折，挑起来塞进纸袋里，再用手把纸袋放进塑料袋，递给我。他的手苍老而枯槁，青筋毕现，有几点疤痕，想来是油溅上去留下的。看来他干这一行有些年了。"小心烫。"他沙哑的声音打断了我的思考，他的声音平静而温和，让人觉得和蔼可亲。

我一边走一边吃着热热的煎饼。味道不错，面饼柔韧，酱汁微辣，鸡蛋喷香，让人闻着就想流口水。口感不软不硬，味道不浓不淡，一切都恰到好处，就像那位做煎饼的老人，虽然做的只是普通的早餐，一个三块五毛钱的煎饼，但是他做每一个煎饼都是用心的，没有一点马虎，就像在画一幅得意之作的画家一样。

我想，有时，做煎饼也可以是一门艺术。

（原载《姑苏晚报》）

罗密欧新传

人物：

罗密欧：13岁，初一男生

鲍尔萨泽：罗密欧的同学

劳伦斯老师：罗密欧、鲍尔萨泽的老师

老师帮助早恋同学罗密欧认识到早恋危害，史罗密欧同学放弃早恋念头，考上了高中。

第一场　教室门外

【罗密欧从舞台一侧上，一束追光打在罗密欧身上。

罗密欧：我叫罗密欧，当然，不是那个莎士比亚家的罗密欧，我是个13岁初中男生，成绩嘛……中下水平吧。偷偷说一句，我喜欢坐在我右前方的左后方的左边两格的朱丽叶同学。（略带羞涩地）不过，我至今未曾表过白，这是个遗憾。（捋头发）然而今天，我会弥补这个遗憾！

【教室里响起阵阵笑声，也传出了劳伦斯老师的旁白。

劳伦斯：罗密欧，装什么装！快上交作业本儿，同步补充课课练！

第二场　教室一角

【下课铃声响起，罗密欧摇晃着昏昏欲睡的鲍尔萨泽。

罗密欧：鲍尔萨泽！鲍尔萨泽！

鲍尔萨泽：（颤音）别摇我，什么事儿值得你把我摇的像个不倒翁似的？（不满地）有事就说出来，没事就一边儿玩去。

罗密欧：（停止摇晃）碰巧还真有事了，鲍尔萨泽，看在兄弟面子上，帮个小忙呗？ok？

鲍尔萨泽：啥事说出来，我做得到一定来帮你？我是那种见死不救的人吗？

罗密欧：（一脸黑线）我还没死。

鲍尔萨泽：这不是重点……

罗密欧：就是，那个……

鲍尔萨泽：罗密欧，少罗嗦！你什么时候变得那么扭扭捏捏了？

罗密欧：（怯生生地）帮我把这张纸条塞进那个笔袋。

鲍尔萨泽：朱丽叶的笔袋？（故意大叫）哇，情书诶，你小子，居然这么早就那个了。我也是醉了。（笑，摇头）不说你了。将来别娶了媳妇忘了兄弟啊。

【上课铃声响起，灯光暗。

第三场　办公室门外

【鲍尔萨泽从舞台一侧上，追光打在鲍尔萨泽身上。

鲍尔萨泽：罗密欧啊罗密欧，你不会真的蠢到认为我会去干这种破事吧。唉，我也想帮你，可惜无奈啊，总不能为了帮你，放弃自己的名誉吧，到时候要是被老师知道了，还要和你一起挨骂。帮了你这么多次，这事儿，我可帮不了你咯。

【鲍尔萨泽默默走进了老师办公室。

第四场　教室一角

【同学们在教室里中自习，鲍尔萨泽走进教室。

鲍尔萨泽：（高声大喊）罗密欧，劳伦斯老师召唤你！

罗密欧：又是那个可恶的劳伦斯，难道是发现我昨天作业没交了吗？

鲍尔萨泽：作业是小事，劳伦斯老师这会儿是有大事找你！

罗密欧：大事？除了作业还不是作业，劳伦斯老师不是总是唠叨："还有什么事比学习更重要？"

鲍尔萨泽：（窃笑）罗密欧啊罗密欧，你摊上大事了！

罗密欧：嘿，鲍尔萨泽，我托你办的大事儿呢？你……

鲍尔萨泽：（制止住罗密欧）您还是先办公室请吧。

第五场　办公室

罗密欧：劳伦斯老师，你召唤我？

劳伦斯老师：什么召唤不召唤的，我是老师，又不是萨满！

罗密欧：老师你找我？

劳伦斯老师：是的，我们得好好谈谈了。

罗密欧：老师，我昨天的作业……

劳伦斯老师：不，不是作业！

罗密欧：（如释重负）不是作业？

劳伦斯老师：是关于戏剧，罗密欧与朱丽叶，知道吧？

罗密欧：莎士比亚家的，我当然知道……可是劳伦斯老师，您是要跟我聊哪一出戏？

劳伦斯老师：我们就聊罗密欧与朱丽叶，就聊聊男女交往问题。

罗密欧：（心虚）什么男女交往，我……我……我不明白你在说什么东西，（神色慌张，眼神飘忽不定）我……我跟朱丽叶一点关系都没有，真的，真的没关系。

劳伦斯老师：（笑）你装吧，装吧。（亮出纸条）看看这是什么！

罗密欧：难道，鲍尔萨泽他……

劳伦斯老师：他给我的。（一边鲍尔萨泽偷笑）

罗密欧：（怒视鲍尔萨泽）鲍尔萨泽，你给我站住！

【鲍尔萨泽逃离办公室，罗密欧欲追出去。

劳伦斯老师：罗密欧，你给我站住！你现在青春期有点这种朦胧的感情很正常，但不能过火啊，如果这次你表白成功了，你知道会发生什么吗？

罗密欧：重写莎士比亚经典，改变莎士比亚给我的结果，打造新神话。

劳伦斯老师：（白眼）你想得美！我先问你，你为什么喜欢她？

罗密欧：不为什么啊。

劳伦斯老师：你连为什么喜欢都不知道你为什么还要喜欢他？早恋是会影响学习，磨灭理想的，你现在成绩已经不好了，考试只有60多分，你再早恋，就要不及格了。再说了，以你现在的成绩，你靠什么养活你girlfriend？

罗密欧：呃……

劳伦斯老师：草率地对待恋爱，是会酿成终生苦果。爱情之所以被称为终身大事，意味着她在人生中的重要地位。你还涉世不深，阅历较浅，生活经验欠

221

缺，对社会缺乏足够的了解。现在还太早，将来你会见到更多的女生，到时候后悔都来不及了。

罗密欧：呃……这倒也是，我又不知道我喜欢她什么，为什么还要追她呢？可是老师，那我为什么会觉得自己喜欢她呢？

劳伦斯老师：这只是一点朦胧的感情罢了。（一脸杀气）但这种感情，也必须扼杀在摇篮里！

罗密欧：那老师，早恋真的一点好处也没有吗？

劳伦斯老师：基本上是这样的，不过，非要找出好处也还是有的……

罗密欧：（一脸向往）比如说？

劳伦斯老师：早恋至少可以让青少年们比同龄人成熟10年以上，因个性没有固定，爱河里的小伴侣难免要磕磕碰碰，整日的思虑如何讨好对方、对未来的迷茫、缺少恋爱资金、来自师长的逆耳之言等等诸多因素影响下，自然要浪费大量的脑细胞，这有利于促进少年白发的蓬勃生长，更有利于在花季年龄培育和锻造出耄耋老翁的心脏和思想状态。

罗密欧：老师！（惊讶地）这……这算好处！

劳伦斯老师：在某些方面是。怎么，你不这么认为？（罗密欧使劲摇头）那你还是不要早恋了。

罗密欧：好吧，这样看来，似乎还真没什么好处，我还是去好好搞我的学习吧。

【灯暗。

旁　白：从那以后，罗密欧专心学习，把之前写情书的时间用来背课文，终于考上了高中，而朱丽叶，却因为罗密欧没有给她写情书，郁闷之极，成绩一落千丈，初中毕业后，就回了老家，再也没消息了。

（参考百度百科以及编剧的亲身经历而写）

赵子涵专辑

赵子涵，苏州高新区一中初二学生。

主持人语/韩树俊

也许是在这里生活得太长久了，也许因了初来乍到的一种新鲜感，赵子涵的这个专辑，给人印象最深的是他写他家的所在，以及他游学美国的一些文字。

《家的所在》是一组同题材短文的组合。生活多年的自己的家，这是最熟悉不过的了，前院后院、书房阳台、屋前屋后……这里有惬意的生活，更有一个能唤起你回忆的儿时的邻村。作者第一次破天荒出了篇"长文"，从中也获得了一些写作的自信心，原来，写自己熟悉的生活环境，写自己眼下的生活状态，就这么顺手，就这么简单。于是，赵子涵的笔下，又有了家附近那片破旧的篮球场，于是，有延伸出篮球场上的故事；于是，又有了对于消逝了的生活的回忆，有了那一架破电视、那一碗大排面……生活无处不在，写作的题材也无处不在，而写当下的生活，写眼前的生活，这是初学者练笔的第一步，这是入门的第一步。

其实，《家的所在》一文，我最看好的是最后三节，"家的后面，有条河……河边，有一个邻村，让我想起从前，在河里捉鱼，菜田里奔跑，在乡间散步……"文章的结尾"家的所在，也许就这几样东西，包括一个能唤起你回忆的邻村……"给人留下了回味。而留给读者这样的回味，我希望还能多一些，包括作者所写的《破电视》，我觉得似乎应该有更多细致回忆与深入发掘的余地。这里，我不想更多地说一些理性的道理，只想引用一首最近读到的诗，让作者与读者去感悟写细致、写深刻的道理。诗也与"家"有关，不过口径很小，题目是"家门"，作者二胡，全诗是这样的：

松树木板打制的门，严丝合缝。可再怎么关/也关不住满山的花香满河的水声/关不住一里之外，庄稼地里发酵的香气/关不住跟着父亲鞋底跑回家的几两泥巴/淡淡的木香味，与门前的水，灶膛的火，菜园的土/一起精打细算，把农历过得没有一丝破绽/开门迎春，关门过冬/吱呀一声，就夹住了前来打探的风声/母亲关门的声音，总让我安心/她轻轻地一推，一场鹅毛大雪/就被远远地推到天边，推到她百年之后/才把我从暖暖的被窝里冻醒 （原载《人民日报》2016年01月13日）

再谈赵子涵的一组游记，包括《十里画廊》《凤凰古城》《海南游记》和《美国游记》。"走在木板小道上，我与大自然，只隔了一层木围栏。"（《十里画廊》）置身于大自然，与山水零距离，于是有了"心惊胆战"的感受，"过着每一个石柱，心真的快提到嗓子眼了，好像江水随时都会把我吞掉"，"一步一步，小心地踩着水中的石柱迈向对岸。终于到了对岸，一阵狂喜。结果发现回去就这一条路，腿都吓软了。"（《凤凰古城》）此情此景，给人以身临其境的感受。而《海南游记》和《美国游记》分别以"你好，海南"、"让我好好看看你，海南"以及"我们悄悄地来了"、"自由女神像——不只是座石像"、"学术之城"一组小标题结构全文，写得比较饱满。

漫步海边，"我便更想看一次日落了"，可惜，车要开了，作者未能如愿。不过并不遗憾，作者用心感受了一次日落——

车上，我望着已经西斜的太阳，脑海中出现了这样一幅画面：累了的太阳把最后一缕阳光洒在碧蓝的海面上，海浪渐渐停了，风也放慢了脚步，轻轻地，海鸥飞了一天的劳累，被西斜的太阳带走了，在礁石上叫了个不停，目送着太阳的归去，期盼着第二天它的又一次来到……（《海南游记》）

记得作家肖复兴在《感受与享受》的短文中，有这样一段文字——

感受可以包括享受，享受却不包括感受！

享受，属于感官的，感受，属于心灵的！

享受是现实主义的，感受是浪漫主义的！

（见《北方音乐》2007年第2期）

作者的美国游学，不只是享受，更多的是感受，"我望着远处的纽约，属于都市的喧嚣完全没入了我的思绪，也夹杂着哈德河的潺潺流水声"；"太阳下的女神像更显得熠熠生辉，她已经不仅仅是一座铜像了，更是美国人民对自由和平的强烈渴望的象征"；"美国人的观念和中国人的不同，中国很爱惜草，不让人踩，而美国人对此无所谓，有点偏激的说法是美国人眼里草坪就是用来踩的"……朋友，读了赵子涵的《美国游记》，你感悟到了吗，作者是在感受，一种心灵的、浪漫的感受。

让我们学会享受生活，学会感受生活，用心灵做一次浪漫的感受！

家的所在

家的所在，坐落在一个小城——木渎。

家门一边，有一棵每逢春天就向网球场探脑袋的槐树，满树的叶子绿得发亮，叶丛绿了，花开了，它把生机洒向网球场。在球场的边上，有一根已经生锈的篮球架，你碰它一下都要颤三下。家门另一边，有三丛牡丹，每朵红得都不一样，赤朱丹彤，我每天出门都会闻一下，拥簇它们的小树丛旁，还有两盆铁树，下雨时不得不惦记着它们会不会有事。

后院有块巨石，青苔爬满了它的下身。巨石旁有着沙沙作响的小树林，与它们相隔一条鹅卵石小路，有棵桂花树，当桂花开满树时，我总会踏到水泥板上，摇桂花，一阵阵花落下，看，桂花雨。小径的一段路中，抬头能望见被葡萄缀满枝头的葡萄架，葡萄在绿叶间闪烁。

前院很开阔，也许正是因为这片开阔的场地，我才有了那么童年的快乐。

童年玩伴不多，每每有空，我们三五个孩子就聚集在这个院子，商量这次该怎么玩。

有一次，我们想建栋房子，我尝试过用砖头，不牢的地方用胶水粘，不过没过几层就塌了。最后，我找来一块砖头的碎片，我用砖头碎片当笔，在地上画出了一栋房子，家居应有尽有，也算是栋豪宅了。看着自己造的房子，我也不禁喜滋滋的。

开阔的前院里有着不少花卉树木，有常见的夜来香，枝叶间闪着紫嫣的花骨朵，虽然只香了一个季节，还只是在晚上，但是，这些晚间飘来的香气迷人。在家的门口，看得到春天是一点一点化开的，最初只是冒出几片新绿，接下来，到四月中旬的时候，家门口，放眼望去，院子里已是满目翠绿了。院子里的一些树木我多半叫不出名，唯独几棵香樟，我记忆中家里人总是把它当作宝贝，它年代久远，在我出生前就有了。其中最年长最悠久的，要数那棵苍郁青翠的枇杷树了。枇杷树旁有两排小树丛，风吹过，枝叶摇曳，像一位母亲，带着孩子们唱歌，几排或红或黄的小盆栽，也跟着摇曳起来，也许那是小院最美的时刻。

每到三四月份，枇杷成熟时，颗颗枇杷从最开始展露枝间，到现在颗颗金黄缀满枝头，阳光在绿叶间嬉戏。金黄的枇杷早已引得我口水直流。我尝试去摘，可总差那么一点点，最后还得搬凳子。小时候最让我听话的是一碗鸟汤，你想想，为什么一碗鸟汤能让一个正在作闹的孩子如此地安静听话？味道那是绝对的好，放点盐和味精，把食材放进锅里，再放点作料，像香菜之类的，我记得奶奶还放了一点其他的作料，闻着香，还能吃，但我懊恼的就是当初没问我奶奶那是什么，现在问她她也记不得了。然后把锅放在灶台上用小火煲上个几十分钟后，掀开锅盖，扑面而来的一阵香，仿佛我是已经在吃的了。仅次于味道的，是色泽啊。奶奶从市场买来的鸽子，在被煲汤了之后……金黄的汤面上起伏这一道美味，外面皮烧得在"兹兹"滴水，灰的色泽里带着点纯白，现在想想都不由得咽了一下口水。口感是不能少的，肉质鲜美，不是太老也不是太松，一些归功于各自本身，但大部分还是奶奶让人没话说的手艺。那是我小时候一直奢求的，我也总缠着大人们要，但每次，大人们说只要我听话就给我喝，可他们常常都是在和我闹着玩。于是，我下定决心，我自己抓鸟，让大人们也眼馋眼馋。

秋天的风，缓缓吹过，心头有着一些凉意。我在院子里放了个箩筐，用树枝立了起来，树枝上绑着一根小红绳，筐下面，有几粒零星的米粒……秋天的叶飘过我的眼，秋天的叶好像和其他季节不同，似乎带着一种睡意，几片秋叶划过，一个不留意，睡着了。

我睁开蒙蒙眬眬的眼睛，箩筐倒在一边，米粒不见踪影，小红绳还在我手上，发生了什么？挠了挠头，算了，管他呢。

四季的前院是各有各的光景和情趣的地方。春天，园子像这个季节，一切都在合奏着春的旋律，喧闹着，褪去冬装后的院子，充满着代表希望的绿色。夏季来到的时候，院子里开始火热了起来，知了叫个不停。如果说春天是活泼的姑娘，那么秋天就是成熟的妇人，是一种无言的美，金黄在这里飘飞，不仅是我家的院子。冬日的院子是比较清冷的，大部分是因为家里的桂树、樱树之类的都飘零了，但依然有一丝温馨。

我们家有一个书房，有着许多书。

我们家不算什么书香门第，但是各个种类的书却都有，虽然不是很多，但每种类里面必须有的书还是应有尽有的。

本来搬家的时候没有打算安书房，但后来为了让我有写字的地方，就把二楼的一片地方腾了出来，中间放一个写字台，把以前的书放到写字台前面的书柜，没有屏风，干脆把一米九的置物柜拿来，两个并排放，写字台上再放点植物什么的，这书房也就成了。

书房"建成"后，我也就常常在里面看书了。

说到看书这个习惯，也不知道是什么时候养成的，也可能是受周围的人影响，就不知不觉地爱上了看书。以后有书店的地方必须进去看看。

在书房看书，正逢家后面的小河岸旁的花开了，看书正看着，便被香气迷晕了，不知这是花香，还是书香……

靠西的墙上，有一扇窗，打开就能望见旁边的网球场，有时候西斜的太阳有些刺眼，我拉下窗帘，却发现，阳光透过小孔照了进来，小孔密密麻麻，看上去，像一片片星河。

这个书房，给了我许多知识，每当我无聊时，就会想起这儿，想起这个书房……

我家的阳台不算大，也不算小，但总能给我带来乐趣。

阳台一边，有着两排长长的晾衣架，旁边放着一个放夹子的小柜。阳台与屋顶相连，趁大人不注意时，我就会爬上屋顶，向四周张望，与晾衣架相对的那一边，有一个小水池，龙头会不时滴滴答答滴水滴。

晴朗而有微风的日子，我总会待在阳台，躺在一张摇椅上，享受着阳光的滋润，你要是用心，从微风中你会闻到一些什么，总会让你放松下来，用身心感受这个世界，我有时还会哼着小曲呢。

晴朗的日子里，在享受之前，我会把家从上到下的窗逐一打开，把盆景放到阳台。虽然有些叫不上名字，但是我想，名字也不会差到哪去。拂去额前的汗，风吹过，绿叶摆动，沙沙作响，有些小的植物被挡住了，只能轻摇轻摆，摆动间，留下的是欢乐。

阳台在夜晚就静了下来，它最美也在这片暮色中。

上了屋顶，天空和我对望，繁星点点，月亮弯而又圆润，凝望着星星，虽然它小，但它却在那个属于它的位置上发出最亮的光芒。夜晚，在这个阳台，我一直都会明白许多事，有好玩的事，有趣的事……尽管也有烦心事，有忧愁，但在这个阳台上我可以尽情地释放出来，第二天又是一个全新的自我，第二天又遇到事，第二天再上阳台……

阳台，总能给我带来乐趣。

家的后面，有条河，他横贯了木渎，水谈不上清澈，但最美的还是秋夏交替之际，弯弯的柳树傍着河水，阳光洒在河边，有些树凋零了，带来了凄清的寒意，玉簪花开了，柳枝拂着水，叶子落在水中，片片涟漪，点晕开了秋天。远望，河边绿色让我想到生机，黄色让我想到枯萎，可这两种颜色却完美地融在了一起，宛如生机中有着一丝枯萎，枯萎中也透着一丝生机。

河边，有一个邻村，让我想起从前，在河里捉鱼，菜田里奔跑，在乡间散步……那些场景，始终觉得有趣。那村里有一片稻田，当秋收时，人们忙得不亦乐乎。

家的所在，也许就这几样东西，包括一个能唤起你回忆的邻村……

赵子涵在文飞文坊小学中低年级作文班时与小伙伴的合影，你能认出哪一位是赵子涵吗？

毕业前夕

要毕业了，分别，在所难免。

毕业了，心中是矛盾的，刚开学，就一直盼望着期末，只不过那时还很遥远。

虽然很远，但时间走得更快。

一眨眼的工夫，期末也就到了，考完了，心情自然是不一样的，但和这所小学其他的几个年级不同，比以往历届纠结，想再和同伴再学几年，或放假之后远走高飞，这种事，想必每个毕业生都有过。

记得第一次迈进校园，走入唧唧喳喳的教室，咿呀学语，体会汉字的博大精深，黑板上的东西对我而言，总是充满了诱惑，再没有什么比这更好的了。

六年级最后几天，同学们忙着填同学录，我光是一天就填了七八张，毕业了，报到时，我趁老师没来，偷偷和几个好朋友溜出了教室，只为再看一下学校后的那条小道，进入六月份后，小道的植物长得郁郁葱葱，这条小道也能说得上是我大部分的回忆，以前一直在这，欢乐的时候，痛苦的时候，心情舒畅的时候……

老师把我们找了回去，最后一天，我体会到了同学们的珍惜。

老师在讲台上讲着，同学们虽然表上看上去漫不经心，但都在听，是的，都在听。最后一天，我总感觉时间真的很慢，也许是前面走得太累，现在在歇息了吧。

到了看毕业典礼的时候，同学们在私底下细声交流，我也是，脑袋里总有一个声音，最后几小时了，你马上要毕业了，再多看看他们几眼吧，也许你这一眼，就是看他们的最后一眼……

有过彩虹的地方

彩虹，挂在天边的七道绚丽的色彩，多么美好的光景。

飘着细雨的早晨，一望无垠的苍穹，灰色的，天像被遮住了一般，但它只是被遮住了，它还是原来的样子。

几个小孩不知从哪儿跑了出来，也许他们厌倦了那做不完的功课，也许大人们一时疏忽没看住他们。他们蹭蹭地一溜小跑，其中有个孩子手里似乎抱着什么。我透过窗望着他们，小雨中，他们撑着一把大伞。他们一路小跑，不知道要去什么地方。

雨淅淅沥沥地下着，有人摔了一跤，他没有哭，只是向同伴交代了两句，同伴们走了，他一瘸一拐地坐到了我家门口，小心翼翼的，处理着伤口。我开了门，招呼他进屋，他告诉我，手里抱着的是一条狗，名字叫"大卫"，但有一次它回到主人家，身上的毛不知怎的变得五颜六色，所以从此叫他"彩虹"。

"这次彩虹不见了，主人急疯了，我们刚刚在草丛里发现了它，"他眼睛里有着骄傲的神情，接着说，"发现它的时候，它的腿已经受了伤，几乎不能站立。我们几个商量了一下，决定把它送回家，可惜，我的腿也受了点小伤，嘻嘻……"他不好意思地笑了笑。

我怔住了，小孩子，雨天送狗，这……

他个性开朗，几乎无话不谈，滔滔不绝，直到他的伙伴们来找他，他才停下。腿上蹭破了点皮，我为他简单地处理了一下，目送着他们离开。

雨停了，雨后的彩虹出现在天边。赤橙黄绿青蓝紫，七种颜色，在充满水汽的天空中显得那么艳丽，那么炫目。

远望抱着"彩虹"的孩子们，我的心中油然升起又一道美丽的彩虹……

想握住他的手

"等你超越我了，那时候再说吧！"

这个背影只丢下一句话，便走出了篮球场，只留下了气喘吁吁、瘫倒在地的我，我的心里只有刚刚对抗的画面。单方面压制，是的，只是单方面压制，那种难以言表的压迫感，都来自于此人，此人，是的，他就是我的堂哥。

堂哥今年初三，个子高高的，皮肤黝黑，看上去给人健康、阳光的形象。他是学校篮球队的一员，大概从幼儿园开始接触篮球，现在算起已经有些年头了，打球的技术自然不用我说。

我们经常一起打球，有时候是我去他家那里，然后我们一起去家乐福那边的体育中心，或者有时是他来我这边打球，我家附近就有个篮球场，但篮筐由于年久失修，有些松动，所以自然是我和他一起出去打比较多了。

打球的过程是比较有趣的，有时失误几下，也能让我们笑了，只不过，唯一遗憾的是我从来没有赢过他。

我哥有两大特长，一是所谓的"倍速"。他最快是五倍速，到五倍速我没跟他打过，但我看他和别人打的时候，运球大概三四秒的样子，已经可以运到别人小禁区了。我想那就是所谓的"倍速"，实在是太快了。我庆幸的是他不是跟我较真地打，虽然他不较真我也打不过。二是所谓的"变向运球"，我哥天生力气大，而且已经上了初三的他是可以单手抓球。与以往的"变向运球"不同，不仅速度快，而且还喜欢自己加一些花哨的动作，类似于街头篮球，我防守他的时候，我是几乎看不清他的动作的。

我从来就失败在他的手上，但是我想抓住他的手，借一把力，一口气越过他。一次次，我俩在篮球场的情景深深地留在了我的印象中——

篮球场上，篮球拍地的声响激荡着我们的心。

我们是一对一单打，俗称"斗牛"，这是最最能考验我们技术的，主要是因为这个，再说我们没那么多人。"斗牛"是最能展现技巧的，但每次，展现技巧的永远是他。永远是他先在外线跟我用"变向运球"运球，找突破口，以"倍速"突破，最后以上篮轻松得分。在后面追赶的，永远是他的堂弟，带着那种无

233

赵子涵专辑

与伦比的渴望，和不愿就这么被压着的热血。

我就用更多课余时间，模仿堂哥的动作，苦练运球、体力和投篮。

记得我那时几乎昏了头，把自己的身体折磨得几乎要直接躺下的地步，而那时我涌动的热血和滚滚而下的汗珠告诉我的是：追赶、拉住、超越，决不停息！

我每天就是不停地练习，像折返跑，几乎到最后是躺在球场上的。

有一次，我哥叫我去打球了。他问我要不要去，我回答很坚定，他在电话那头的那句话，我还清楚地记得：

"准备好了吗，被我……"

"你看着！"我喊道，伴着那种无畏的狂妄。

到了球场，我哥已经等得不耐烦了，来吧，他朝我挥挥手，开始了，斗牛。

球场上的赵子涵

定下的规则。

三球定胜负。

我哥向我逼近，我摆好了架势，压低中心，以防他突破，来了第一球，一开始我盯着他，观察着细节，运球！忽然他向左边突破了。

"休想过去！"我喊道，中心稍偏移，很稳地挡在了他的前面，身体随时左右摇动，汗珠一开始就直往下滴。变向了！我立刻又挡在了他的前面，依旧很稳，接下来几次拦截后，我士气上来了。

"来啊！"

"你还是太嫩！"

这时他用三倍速人球分过时，我脑海中唯一有印象的，一比零；第二球还是我哥的球权。

"挺不错嘛，小子。不和你玩了……"

说完就是一个弧线，他在半场的位子投了三分，我意想不到的，球竟然进了，我震惊了，我无能为力。

第二球，汗水开始大片大片地掉落，热血也止不住地沸腾，不能就这样放弃啊！

第三球，怎么样都要守住！

"用五倍速了……"

我心里一惊，虽然不怎么相信，但哥的那个眼神我至死都不会忘记的，他真用了五倍速。

只有一个办法，只能赌一把，在他突破之后……我喃喃自语地说着。

"来吧！"

哥一下子到了我的跟前，转眼马上突破，偏偏我最恨的就是汗水滴进了眼睛，我只有左半边眼的视力，哥察觉了这点，他于是就往右边突。我只能凭五年级开始的打球的经验赌一把了，我把手往后伸，用勾手，不能再危险的方法了，并用我最快的速度。

篮球，出现在了我的视野里。

成功了！

甩开右眼的汗，三步上篮，第一分！哈哈！我高兴得忘乎所以。

"喂，小子，可以嘛……"哥这时已经重新发球了，并已经突破了一半了，随后我回身去追。他选择上篮，我起跳，用了全身的力气，结果他一个拉杆，一点点的距离，球进了。

比赛结束。三比一，我又瘫倒在了地上。

"还是那句话，等你变强了……"

"我已近接近于你了！今天能断下一球，以后就还能！直到完全超过你！"
我用大声打断了他的话：

"这可是你说的，臭小子……"

"我要握住你的手！"我说着，伸出一只手，我哥顺势一把把我拉了起来，
我借了把力，站了起来……

作家顾小英来文飞文坊讲自己创作的体念

现在，只有现在，所以才叫作现在

第一学期不尽如人意，这学期我还是没能从困境中走出来，情绪开始波动，换句话说，我那个时候基本上也没什么好脸色的，低落，还是低落，这种情绪挥之不去，就这样，碌碌无为的第二学期开始了。

这样过了半个月，家里也出现了这种气氛，大概都因为我吧。一次饭后，我正在门口休息，但毕竟冬天刚过，又是傍晚，气温比较低，我也心想早点上楼，便进屋了，屋里电视在播广告，听得一句——

"你还在为你的理想苦恼吗？"

我震了一下，差点以为是在问我，然后就上楼了，心想着这只是一个广告台词，但刚刚那份不平静又怎么解释。推开房门，我躺在了床上，窗户没关，风呼啸着从窗户外涌进来，我望着天花板，便再也没动过，心里却是百感交集，我也有理想吗？我继续躺着，渐渐地，我就完全没入这种思绪中了。

我的理想，啊，对啊，我的理想，是别人的吧，又可以说是借的吧，是的，借来的理想。小时候就一直听大人们说我要考上大学，这可是一家人的荣耀，所以，我要背负这份看不见、摸不着的负担，一直走下去，是吗？

我也想过属于我的理想，但也总是定夺不下。今天，这个问题又来了，仔细想想，有一个以前就很想做的职业，是游戏设计师，一方面我喜欢做属于自己游戏的自由感觉和成就感，一方面对程式设计有异于常人的兴奋，但想到家里人对我玩游戏的反感，这个念头就被打消了。

回到现实，房内一片漆黑，很冷，不由得发抖，又连打了几个喷嚏。

"我究竟在做什么啊……"我说道，像是在自嘲，起来后开了灯，把窗给关了，也渐渐暖和了起来。开始完成作业，学校的作业比较简单，一会儿功夫就完成了。接下来做什么呢，那个问题又浮了上来，我不去想，我没有理想，所以没有去努力的理由，这么想了之后，我给我这么一个答案，看上去有理由不去努力了，但还是无法平息心里的那股感情。

这种烦躁的情绪使我感到口渴，下楼去喝水，却有意不走客厅，也知道那是为什么。让这样一成不变的生活那样进行下去吧，我祷告着。

237

就这样，转眼到了四月，这种无色无味无理想的生活……

又快到了期中考试，上学期的期中考我考了十一名，不算好名次，这次呢，怎么做，我问自己。

我有点不想考试，但那份情感从那一天开始就挥之不去，带着一股遗憾和不服输。

放学回家，回到房间，在手机上看到一个游戏设计师的采访。我点了进去，明明都不想做这个行业了，但，我还是点了进去，自我安慰道，只是去学点知识。

采访中问到为什么选这个行业，这当然是很普遍的采访问题，我却看得全神贯注，双手紧紧攒住，我想在这里找到答案，我的身体反应是这么告诉我的。

"嗯，这个就说来话长了，当时我高中升大学的时候，我想做这一个职业，但因为家里的关系，都推荐我去当白领什么的，我那个时候算是很迷茫吧，学习也跟不上，即使说是在人生的低谷，因为我的理想可以说是被剥夺了。"设计师语重心长地说道，我想到了自己，我继续往下看。

"那是什么原因使您的家人同意你从事这一项职业呢？"记者发问。

"因为我明白，现在不去争取，什么也不会得到，现在，只有先现在，所以才叫作现在。"他说完点了点头，示意记者说完了，又似乎在肯定自己。

关掉了视屏，发现自己心中的那份感情越来越明确，是的，我有我自己的理想，不是别人借给我的。

"我想当设计师，这是我的理想。"我终于说道。

这个时候手机响了，同学问我有没有空去图书馆。

"去！当然去啊！"我说。

"以前怎没见你这么爽快，每次叫你都不去……"同学疑惑而又惊讶。

我躺在床上，终于头一次开始为明天做打算。

现在，只有现在，所以才叫作，现在！

破电视

我家有一台破电视，小时候我不能没有它。

老式电视机的形状就像一只小木箱，只是顶上多了两根天线。

每逢家长不在，我总是搬椅子，看那桌子上的遥控板，然后调试天线，调频道，看电视。

它是爷爷那时买的，爷爷总对我说："那时苦啊，一个电视机能让两大家子人看。"那时我总是假装地点了点头。

它对我很有意义，它给了我五彩的世界，我总是盘腿坐在地上，看着那小木盒子里的大千世界。

但妈时常喊："小心着凉！"

渐渐大了，它渐渐被时代淘汰，无双的液晶电视进入了我的世界，但是它对我的意义，依然不变。

现在，那个破的小木盒子，将永远在我的记忆中放着那吸引人的动画片……

走进面馆

走进面馆，人熙熙攘攘地坐着。

虽然风扇开到了五档，却依然感到闷热，汗水湿透了短袖。

领餐之处，人们等着，有的在敲桌子，有的扇着风，一些还赤着胳膊。人们不情愿就这么等着，催促着师傅手脚再快点，脸上显出的表情，呵，一定是他们最烦躁的一面。

厨房里腾起了云雾，师傅忙得热火朝天。面条下锅，接着炒菜，然后捞面，加料，接着喊"谁的大排面？"

这样一趟，每天不知要多少次，师傅的衣服上，脸上，甚至满是油烟的围裙上，都像被雨淋了一般。

240

点了碗大排面，色香味俱全，筷子一起，夹起的面条伴着香味，雾气，缓缓入口，跟热了，嘴角有几点星零的香菜，在下下一口……

保洁阿姨费劲地收拾，扫地，拖地前还不忘竖起"小心地滑"的牌子。

收银台，一个一个，七拐八拐，人们结着账，收银的吹着电风扇，手里点着钞票，她似乎很凉爽。

出面馆，远望，呵，还是热。

十里画廊

张家界的风景名胜数不胜数，其中最难忘的还是属十里画廊。

进入景区，眼中只有数不尽的绿色，树是嫩绿，草是淡绿，山是深绿，各种各样的绿加上碧波荡漾的湖水，眼前一片新绿。

走在木板小道上，我与大自然，只隔了一层木围栏。

到十里画廊终点的路很长，但游客却那么悠闲，没有一点急着赶路的意思，也许，他们被这片景色留住了吧。

画廊之上，奇峰罗列，这些奇峰，都有着一个形象的故事，有的是阿妹和阿哥，还有其他……

继续向前走，大概在路程的一半左右，有着中国第一灵芝，据说是一位采药老人发现的，佩服这位老人，跟佩服这个十里画廊，居然能养育出第一灵芝。

说是不累，但到了头，脚已经快麻了，汗也是止不住地往下掉，还要在走回去，我们当然不乐意，于是改乘电车，电车上看画廊，也别有一番韵味。

电车缓缓开过我们走过的地方，有些山导游没仔细讲，也只能猜个意思，迷迷糊糊地过去了。

电车播音里详细地介绍了十里画廊的每一座山，每一个湖……

电车行驶在路上，远处高耸入云的奇峰，天空是我从没见过的蓝，它蓝得诱人，湖水里倒影着蓝天，我们脚下的天空，湖畔，有鸟在嬉戏……像一幅画，十里画廊，真的像一个画廊。

有人说没登过天游峰就没算到过武夷山，那我说，没来到过十里画廊，就没算到过张家界。

凤凰古城

凤凰古城，终于见到你了。

虹桥之下，两岸之间，一条沱江，把凤凰古城一分为二，也许正是因为这样，凤凰才有了得天独厚的一面。

初入凤凰，来到一座广场，第一眼便看到一座金凤凰，它矗立在广场中央，遍体金黄，展开翅膀，仰天长啸，大有大鹏展翅之气势。

进古城了，走过一座石碑，脚下的石路有些松动，几位工人也在那里抢修。

来到了分岔路口，导游带着我们走向左边，到了一座博物馆。这原本是陈宝箴世家世代居住的地方，现在成了博物馆。

最难忘沱江和那些石柱。

242

沱江激流汹涌，滚滚浊浪怒吼着，彷佛要吞噬一切，但唯独几根石柱，挺立在滔滔江水中。石柱排列紧密，貌似毫无惧色，任凭江水冲刷，也丝毫不动。面对这些强劲挺立的石柱，沱江似乎也是无能为力。

我踏上了石柱，开始不慎掉过几次水，所以以后走起来还是特别小心的，一个一个，心惊胆战地过着每一个石柱，心真的快提到嗓子眼了，好像江水随时都会把我吞掉，有的石柱还晃了晃，这吓得可不轻，冷汗涔涔往下滴。一步一步，小心地踩着水中的石柱迈向对岸。终于到了对岸，一阵狂喜。结果发现回去就这一条路，腿都吓软了。

在凤凰古城踩石柱过河的情景让我难以忘却。

海南游记

你好，海南

下午5点钟，经过了两个小时的行程，飞机落地的一刹那，我意识到我已经到了一个美丽的海滨城市——海南。刚出机场，我就能感到海南是有那么的热了，汗也是一直往下滴。这所在亚热带的城市，岛上随处可见的椰子树，在那远远地招摇，像是在告诉我们，你来对地方了！

在飞机上我就已经看到了海水那迷人的翡翠色。来到海边，只见海浪轻抚着礁石，碰撞出浪花，也碰撞出了海南独有的风情。这片沙滩并不宽，但是很长，从岛的最西边到靠近岛中间的位置，一边是海，一边是沙滩，一边是翡翠，一边是金黄，海浪轻轻地伏在沙滩上，两者相融在一起，便构成了海南的一幅诗意的画。

我们的车子在高速上行驶，恰逢日落，可惜的是看不到海上日落，只是看到了两座山之间，一轮红日的轮廓悄悄地下去了。

我们一行来到了餐馆，噢，不，与其说是餐馆，还不如说是一户人家，门口放着两盆金橘，门上一副对联，如果你观察仔细，你会发现，一路过来几乎都是平顶房，据说是为了散热。

有人说，要了解一座城市的文化，就要从美食入手。没错，海南的家常菜极富特色，由于靠海，主菜多半是海鲜，但妙的是，都会放一点微辣，味道自然上了一个层次，更加鲜美。有幸还吃到了海南的名菜像文昌鸡、加积鸭和和乐蟹，我记得我吃了几乎有半只，还喝了点啤酒。老爸和几位一起来玩的朋友正一个劲地喝得起劲。

海南虽说美丽但并不发达，你在飞机上的时候可以清楚地看见，山上开垦过的地方几乎都是农田，而我在的三亚虽说房屋很多，但一般是没人住的。一到晚上，是真正的黑。正是托了这个福，这个零零后的幸运小伙，又重新看到了绚烂的星空，似乎回到了童年数星星的美好时光。周围除了我们这家农家其他都是漆黑一片，这便让夜空中的星座显得更惹眼，在空中闪耀着光，此刻，像是只有我和星空两人。我便开始做小时候做的事，找星座，有些已经被时间模糊了，分辨不出，但还是能够辨出几个的，像南十字座、人马座之类的，我还是找到了。

大人们用餐完毕，打点好大大小小的行李，开始去酒店了。经过30多分钟的高速，到了我们住的酒店，好像叫"海棠帛生"，算是一个海景酒店，往东走五六分钟模样，就可以看到一片不算大的沙滩，据说还有涂滩。我们到前台拿了钥匙，是住在二楼。打开门我就被震住了，这完全就是家啊！厨房，卧室，卫生间，阳台，客厅，餐厅一应俱全，我立刻喜欢上了这家酒店。

夜已深，大人们纷纷入睡了，世界又开始属于我一个人的。我站在阳台，我想对这个海滨小城说上一句，但怕吵到了入睡的人们，于是我悄悄地对刚刚从沉睡的海南说了句——你好，海南！

让我好好看看你，海南

真正与大海零距离接触，是在公寓附近的海滩。出公寓西行五六分钟，就看见远处被太阳照得金晃晃的，十分耀眼，再走近点，那便是沙滩了，和老爸朋友说的一样，沙滩不算大，跟在飞机上看到的比较起来它只有一半才勉强算得上。

我顶着炽热的太阳，躺在椅子上，感觉脚下的沙都是滚烫的。他们在海边玩得不亦乐乎，你以为我不想去？我没带泳裤，只能眼睁睁地看着他们畅游在碧波荡漾的大海里。

海滩在十点左右人是最多的，我在躺椅上睁开眼的时候，沙滩上已经满是人了。我感觉自己被热得瘦了一圈，我拿了房间钥匙，便悄悄溜回了宾馆。

下午去逛海南比较著名的景点，一路上的印象只有椰子树、芒果树等一些热带树，这些树种在海南几乎占了近四分之一左右的面积。

一路颠簸，终于到了亚龙湾。

原来就是飞机上看到的那片沙滩。进入了景点，一块巨石上"亚龙湾"三个大字映入眼帘，又有一块巨石，上面是五个醒目的大字："天下第一湾"。

让我来好好玩一把吧！结果我忘记了，我没带泳裤……

我只能坐在那边喝着椰子汁，看着他们在那边疯玩。

但是，虽然我不能下水，但我又有机会去好好看看你了，海南。

有心的人你会发现，这里的海水比那片在我们酒店旁的水要清，你站在离海不远的地方，是可以看得见离你十米到十五米深的海滩的清晰的底的。

你还会发现，这里海滩的旁边是有小店的，这样我就不会无聊了，问店老板买了饮料，便和他聊起来了，毕竟是本地人，他告诉我，亚龙湾最美的时候是日落，不仅是三亚的原住民或者是海南岛上的本地人，或者是看过日落的游客，都是这样说的。

我便更想看一次日落了。

可惜，不管我怎么说，还是得提前走。

车上，我望着已经西斜的太阳，脑海中出现了这样一幅画面：累了的太阳把最后一缕阳光洒在碧蓝的海面上，海浪渐渐停了，风也放慢了脚步，轻轻地，海鸥飞了一天的劳累，被西斜的太阳带走了，在礁石上叫了个不停，目送着太阳的归去，期盼着第二天它的又一次来到……

晚上为了弥补我，大人们请我美餐一顿。我来到了一个小港口，渔船大多都停靠在里面，船上早已没有了身影。

"这边！"我被老爸招呼了过去，摇摇晃晃地踩着木跳板，走进了一个不起眼的水上餐厅。餐厅没什么特别，像以前结婚建的木园堂，说着我们找了个地方坐了下来。

一系列的等待之后，终于上菜了！第一道菜是一条鱼，我不认识，便问老爸，老爸也不认识，生在太湖边的人对于海鱼都很陌生，老爸挠挠头："就这么吃吧！"

最终我带着一肚子的疑惑用完了晚餐，海南这边的菜，怎一个"鲜"字了得。

夜已深了，我们开车回宾馆，车上我还是舍不得那股鲜美，口中好似还有那道我不知道名字的鱼的美味。

阵阵椰风带着大海湿润的味道，夜幕中的海岸线更有一番迷人的风光，让我好好看看你，海南！

美国游记

我们悄悄地来了

这个夏天，借着暑假学校举办的夏令营的机会，我们去了美国。

经过了十三个小时的飞行，外加在芝加哥的转机，又飞了两个半小时后，我们在晚上八九点钟的样子来到了纽约。纽约城已经是被暮色笼罩，在我眼里，却更能突出他的耀眼。

在高架上行驶的时候已经可以远远地看到市中心了。远处的市中心只能用璀璨来形容，那是一个国家发达到一定程度才能见到的景象。是的，纽约城的璀璨让人不由得产生一种对大都市的向往，也因为市中心通明的灯火，都映照在了楼房上，顿时更觉耀眼，像个黄金国度般，真的出现在了我的眼前，其中不乏高楼大厦，准确地说你是看不见低矮的房子的。尤其和其他区域比，像我们路经的皇后区，和纽约市中心就完全不是一个层次的。

我望着远处的纽约，属于都市的喧嚣完全没入了我的思绪，也夹杂着哈德孙河的潺潺流水声，一切都在述说着，这里，就是纽约城。

激动也好，不安也罢，怀揣着种种心绪，在纽约市的车水马龙之中，在纽约的灯火下，我们悄悄地来了。

自由女神像——不只是座石像

在经过第一晚上的休整之后，第二天我们开始了参观。

宾馆提供的早餐无一例外，几乎都有面包、调料，准确地来说应该是各种酱。

由于第一次的不熟悉，我硬是把两大块冷面包蘸着果酱吃了下去，外加喝了一大杯子冷牛奶，后来肚子也开始闹小情绪了，这才知道可以加热。

我们在八点半的时候集合，顺利地踏上了去参观自由女神像的车。

自由女神像位于一个小岛，必须乘船去。

车子在一个公园门口停下，看来码头就在里面。

到了码头，经过漫长的等待，我们终于上了观光船。船分两层，上面一层露天，不仅观赏角度好而且也很凉爽，船上还有一个小吃店。

船行一段时间后，自由女神像终于清晰地出现在了我的眼前。与在电视上看到的完全不能比，这是一种无言的巍峨与伟大，纽约城都在她的怀抱中，和哈德孙河一起，静静地躺在她的怀里。

相信这种感觉绝不是心血来潮，而且还会随参观的深入变得越来越清晰！

终于上了岸，我们的船是绕到女神像的背后上的岸，码头上人很多，排起了长队，过了好一会儿才得以进入参观。

终于是进入了园区。导游说这边自由解散，十二点半集合。

我们"哄"的一下进入了园区，此时是在自由女神像的背后，有两条路可以绕到她的身前，路上有很多我报不上名字的树，它们为行人提供了浓郁的树阴。

我们环绕着女神像走着，越是往正面走，就越能体会到她的魄力，以及这一百年以来美国发生的事情，她像在诉说，也像是在倾听。

这座铜像是法国1876年为了纪念美国独立战争的联盟而修建的，历时十年，于1886年正式建成。

女神身上的衣着可以明显地看出是仿照了古希腊的衣着风格。她左手怀里抱着《独立宣言》，右手边高举过头顶的火炬，代表着自由和平，相信这个火焰会一直燃烧下去。头上顶着的冠冕，上面是七道光芒，代表着世界的七大洲。如果你深入了解的话，你会知道，这位女性脚下有着被征脱掉的手铐、脚链等一些枷锁。看到这些，我不由得感叹，你，多么令人敬佩的女神！

她的正式名称是照耀世界的自由女神。

她在建成之时已经被赋予了一种信仰，美国人民的信仰，也是对全世界的一种期盼。

自由。这么区区一个词却是美国在独立战争时期好不容易换过来的！

来到了自由女神像的面前，不乏外国游客，而更多的则是美国人民，他们来自美国各地，他们都在女神像前合影，这可以视之为美国人的一种祈祷吧，我想。

太阳下的女神像更显得熠熠生辉，她已经不仅仅是一座铜像了，更是美国人民对自由和平的强烈渴望的象征。

我呆呆地站在了她的脚边，足足十分钟。

十二点半，是集合的时候了，乘船时候我不禁想，如果她真的有意识的话，会不会留意一个在她旁边仰视了她足足十分钟的中国学生呢？

远远地看着那座铜像，觉得不可思议，原本它只是座雕像，但在被寄托了信

247

念后，感觉却又如此伟大。

自由女神像。它不仅仅是座铜像。

学术之城

随着夜幕的降临，第一天的参观接近尾声。这一天，我们还观光了华尔街、世贸遗址等一些景点。

第二天，启程去有着"大学之城"的美誉，也被称为"宇宙的中心"的波士顿。我不知道第二个称号是怎么来的，但第一个肯定知道。

波士顿由于自然条件和土地资源的富饶，当初美国人民搬到这里后就开始进行一些教育活动了，因为经济富裕，这里读书之风盛行。后来就演变成了大学城。

在波士顿，不仅有像哈佛大学、麻省理工大学这些让人羡慕的世界知名学府，还有一些私立大学，也都很有名，像波士顿大学、东北大学（这是所美国学府）。

今天我们就要去参观哈佛大学和麻省理工。有趣的是，这两所学校距离不是很远，所以校方达成协议，你要是对另一所学校的课程感兴趣并经过你的老师同意，你就可以到另一所学校去上课。

当时这个听得我都羡慕得不行了。

我们第一站是麻省理工。在车子行驶的途中，我有点诧异，不同于纽约满街的高楼大厦，波士顿地区尤其是大学城这边，更是一个能被称得上高楼的都没有。

麻省理工的大门很有气势，类似于大都会博物馆大门的建筑结构，一根根几乎有两合抱粗的大理石柱，加上雕纹精美的屋檐，构成了麻省理工大学的门景。

进得大门，跟着导游左拐右拐，出了屋子，来到了一片草坪。

美国人的观念和中国人的不同，中国很爱惜草，不让人踩，而美国人对此无所谓，有点偏激的说法是美国人眼里草坪就是用来踩的。

于是乎，我们大摇大摆地上了草坪。麻省理工的学生很有创造性，学校里的一些东西都是他们研究并建造的，像草坪上有一些灌溉装置，自动三百六十度的喷洒，非常方便。这里的草长得非常茂盛，踩上去很柔软，这里的草也和学生们一样，很有灵气。

唯一遗憾的是草地好像是湿的，不能坐上去实在有些遗憾。

整个校园的分布要是以草坪为划分点，两边则都是教学楼和实验室，有些实验室校方还特意买下了一块地。这所学府临河，这条河就是著名的查尔斯河。

由于假期的缘故，教学楼封闭，所以我们参观的范围只有草坪一带，刚刚走完就被老师拉过去拍照片了。

我们以刚刚那座楼房为背景，在老师倒数完之后，我们在草坪上一起跳了起来，然后留下了合影。相信这也不会仅仅是一张照片。

随后我们便离开了麻省理工，前往哈佛大学。大巴行驶了一段路程后就到了。

到现在我才发现，哈佛大学和麻省理工大学是没有围栏的，人们可以自由进出。

我们参观的是学生宿舍一带，我们又参观了著名的哈弗大学图书馆。听导游说，哈佛大学的图书馆在世界各地都有分布，藏书之多，就连国会图书馆也得甘拜下风。我望了望面前的图书馆，高耸的建筑，地下还有建筑，书的数量实在难以想象，要是把我扔进去，估计一辈子也看不完吧。

这个图书馆好像是为了纪念而建的，当年一对夫妇的儿子死于海难，夫妇俩和校方商量捐一座图书馆，校方同意了。夫妇俩立下三条规定，如果校方不遵守规定图书馆将不再归校方私有，转为公共图书馆。规定其中有一条很奇怪，是来这个图书馆的人必须会游泳，这是夫妇为了纪念死于海难的儿子而专门设下的。

后来被废除了，也有方方面面的原因。

我们去看了"三个谎言"雕像，雕像下面分别写了三句话：此人是约翰·哈佛，本校建校者为约翰·哈佛，哈佛大学建校是在1638年。

这三条都是显而易见的谎言，但这似乎并不影响哈佛大学的声誉，反而成了这所大学的招牌，我实在觉得有趣。

有些人调侃哈佛学生："一个灯泡能换多少个哈佛学生？"

"一个，而整个世界都在围着他转。"

当我听到这句话的时候，免不了觉得他们有些高傲，但又想了想，在这所学府学习的人也确实有着这样的资本。

导游又在那边讲解哈佛的历史了，建筑只看了一点，实在有些可惜。

赵子涵和他的伙伴们在美国

朱珏专辑

朱珏，苏州市苏苑实验小学六（3）班学生，中国散文诗作家协会会员，作品获第二届玉龙艺术奖全国少年文学创作优秀作品奖，在《姑苏晚报》发表习作，散文诗作品收入《新视野：诗文精品选读（2）》，入选《中国散文诗》年选2014卷、2015卷。

主持人语　韩树俊

　　朱珏是收入本书10位00后小作者中唯一一位小学生，但是，读她的作品，尤其是散文诗作品，这绝对不是小学生的水平，无怪乎她在7月刚结束内蒙古乌兰布统草原之后之行写下的散文诗《乌兰布统草原》，在8月4日赤峰市举办的第二届玉龙艺术奖颁奖大会上被宣布为获得全国少年文学创作奖，继而，她的又一首散文诗《马背上的风景》又被入选《中国散文诗》2014年年选。一个小学生以其欢快雀跃的步子，轻松自如地跨进了中国散文诗的领地。让我们先祝贺她！

　　有点调皮，有点执着，本来就是一个童心未泯的年龄，她的文字，是她心态、心境、个性、趣味的外在表现，注定具有鲜明的童心情结——

　　水果糖的味道是童年的味道。甜丝丝的水果糖总是与慈祥的太奶奶的形象连在一起。见物思人，借助于水果糖，小作者寄托了对于"凝固在了黑白的相框里"的太奶奶的思念之情。（《七彩的水果糖》）

　　夏日的回忆，满篇清凉；夏日的回忆，幸福美好。冰淇淋、大西瓜、清凉的树阴、摇动的蒲扇……看得见、摸得着的夏日回忆。（《夏日的回忆》）

　　"老爸是只大硕鼠"，"我"千方百计地看护着自己的食品盒子，以遗落地上的饼干屑为线索追捕"大硕鼠"，并付诸行动，夜半蹑手蹑脚披衣下地，终于将老爸逮了个现场。叙述生动有趣，令人忍俊不禁。（《智擒大硕鼠》）

　　一个富有情趣的作者，她的笔下总是充盈着情味——

　　《七月的乌兰布统草原》《马背上的风景》唯美、大气：马匹、羊群，野花、草原，敖包、毡房，白雾，蓝天、白云、山谷、小溪，彪悍的蒙古族小伙、英气的蒙古族姑娘……草原元素铺满诗信笺；"七月，乌兰布统草原/总会把我淡淡的向往，转为浓浓的爱恋"，"总把我的心化作一滩春水"，草原情怀韵味无穷。

　　《绕过小镇的溪水》短短12行，包容了孩子们心中一个无比美好的世界，螺蛳、游鱼、虾子，月光、水波、雾气……小镇的溪水在孩子们的眼里就是一个聚宝盆。清凉的风、朦胧的月，孩子们就喜欢在小溪边戏耍玩乐。"悄悄地绕了小镇一圈，带着小镇孩子们银铃般的笑声，朝远处奔去，留下一个跳跃的背影……"最有诗意了，小诗人将小镇、小溪、孩子，如此和谐地放在她的诗境中，小溪水"悄悄地"流淌，孩子们发出"银铃般的笑声"，动静相宜，人与自然融为一体，更把读者的视线引向"远方"，不同读者心中各自想象的"远方"……

《逛山塘街》《太湖》充分表现了江南的妩媚。或中华特色古街的人文风情，或烟波飘渺的太湖自然风光，无不让人动情。

朱珏笔下的校园故事同样富有生活气息，真实而有情趣——

《老班外传》以轻松诙谐的笔触活现了一个活泼开朗的作文班班长的形象（班长王霄飏同时入编本书，读者可以对照阅读，别具情趣）；《魔鬼训练》一文则极尽表现一次魔鬼训练的艰难，场景描写结合心理描写，把一次痛苦的魔鬼训练形象逼真地表现了出来。

朱珏原本是一个不善言辞的乖乖妞，家长曾要求作文班老师多多给予各方面得到锻炼的机会。于是，随堂做小老师一次次上讲台宣读自己的作文并谈习作感想或者是即兴讲评同伴的作文，为某一主题自拟系列作文题，自当小编辑设计自己的专辑……如今的朱珏已经接任小学高年级作文班班长（上两届班长分别在百花文艺出版社、苏州大学出版社出版了各自12万字的作品集），即兴式主持班级活动成了朱珏同学的一个强项。

不得不说一说朱珏同学的诗歌写作。如果说《绕过小镇的溪水》《小溪随笔》只是最初的牛刀小试，那么，在内蒙古大草原放飞心灵之后的草原题材的散文诗，以及之后创作的篇幅较长的诗作《火和水》，则更显灵动和大气。《火和水》用拟人化的手法，童话式地展示故事。"夜，浓了/腊月透过泛着童话色彩的窗户/漠然注视着悄然发生的一切/炙热的火焰仍然在奋力挣扎/妄想从古老的火炉里逃脱/玻璃桌上的水痴痴地凝视着火/跳跃/扭动/旋转/挣扎/水将火所有的动作、表情刻在了胸膛/却，不敢告诉他/心里那疯狂的声音在回响"。水终于鼓足勇气向火发问，"火停止了痛苦的挣扎/用迷茫的眼神看着她/那一晚/他们在一起海阔天空地谈/从隔壁家的屋顶上被野猫筑了巢/到女仆的裙子被铁钩勾破了……"最后写到水火相融、消失，结束了在小作者笔下也算是"爱情"的故事。小作者的灵气在想象的天地中得以发挥。

诗人艾青说："对青年诗作者的希望，很大！这就是写出好诗来，各人按各人的兴趣写，自己想写什么就写什么……"的确，尤其是初学者，按各人的兴趣写，想写什么就写什么，朱珏的诗路必将漫长而五彩缤纷……

七月的乌兰布统草原

七月，乌兰布统草原
总会把我淡淡的向往，转为浓浓的爱恋
悠闲的牛羊、健壮的马匹、鲜艳的野花点缀着充满生机的草原

七月的乌兰布统草原是一首火辣辣的情歌
石头堆起的敖包，悄然伫立在远方
乳白色的雾无比眷恋地缠绕在它的身上，傍晚时分
不知哪位彪悍的蒙古族小伙子会带上他心爱的姑娘
相会在这七月的风里

255

七月的乌兰布统草原是一幅多彩的油画
披着棕色毛发奔腾的野马

朱钰专辑

群马奔腾的草原

白云一般成群的羊群
定格在这块绿色的画板上
银白色的毡房是镶嵌在草原脖颈上的项链
红黄蓝紫星星点点的小野花把草原长裙点缀得更加妩媚
我的思绪随着悠扬浑厚的马头琴声飞向草原无边的天空……

七月的乌兰布统草原是一杯醇厚的烈酒
悠扬的琴声伴着月光从复古的马头琴流泻
蓝天、白云、山谷、小溪，英气的蒙古族姑娘
舞出草原的辽阔、草原的变幻、草原的豪迈、草原的灵动

欢快的歌声将我们引向冲天的篝火
一张张被篝火映红的脸庞，手拉着手，跳着奔放、激情的舞蹈
旋律越来越快，越来越快；我只感到一股热流扑面而来
闭上眼睛，带上几分醉意、几分疯狂
沉醉在草原的篝火旁

（原载《姑苏晚报》）
（本文获得第二届玉龙奖全国少年文学创作优秀作品奖）

草原上的母女情同姐妹

马背上的风景

七月。乌兰布统草原。总把我的心化作一滩春水。

踩马镫，跨马背，整个动作一气呵成。等胯下的马儿不安地走向它们的同伴，方才惊醒。

眺望远处的风景。湛蓝、碧绿、洁白，三种色彩主宰了草原也充盈了我的眼球，胸膛冲出一股莫名的豪气，想要大声地呼喊，再怎样肆意的吼叫，这里的天空、大地都会包容我，就像母亲怀抱着她淘气的孩子。

一刹那间，我爱上了这片天地。

蓝蓝的天像一块幕布放映了草原的一年365天。从一代天骄成吉思汗，到草原英雄小姐妹，他们的功勋，他们的伟迹，让我思接千古，浮想联翩，沉醉在草原历史长河中。

天空中泛起的缕缕浪花将我从记忆中唤醒。思绪回到奔腾的大草原。远处孤零零的几棵山丁子树分在了四处，谁会想到这几棵低垂着脑袋，叶子无光的树，会在秋天和其他果树一同结出可口的果实呢？

参差不齐的野草被凉爽的风吹抚，连绵起伏，像是秋风吹过稻谷，脚下痒痒，想踩上去看看，是否与它的外表一样柔软、厚实。等风停了，在草地上看跳远的蚱蜢、形如大胡蝶却会唱歌的虫子。

夕阳随着一声悠长的"咩——"叫渐渐沉入遥远的地平线。耀眼的余晖披在成双成对依偎在草原上的羊群。瑰丽的云朵，镀金的落日都成为此刻最美的风景。

昏暗中马儿的嘶鸣声给如此美景画上一个愉快的句号。

（原载《中国散文诗》年选2015卷）

白桦林

金色渲染在斑驳的树干上
耀眼的目光交织在林中
树皮如褪色的墙面
时光歪歪斜斜地刻在上面

棕色的小身影在树冠起伏
偶尔传来雏鸟饥肠饿的叫唤
绿色的爬山虎早已占领了地面
慵懒地缠绕在枝干上

风起，奏出一片动人的音符
不知何时这雨便下了起来
眼前耀眼的一片早已消失不见
雨点在绿叶与牵牛花之间跳跃

悦耳的雨声连在一起
我闭上眼
任凭雨滴在身上
染出一个个圆晕

雨中，白桦林里我的身影已模糊不清

绕过小镇的溪水

彩色石子上的螺蛳，
千姿百态的游鱼，
半透明的虾子，
风一样愉快的心情，
凝视月光的朦胧。
悠闲的水波，
在雾气的笼罩下，
加快了脚步，
悄悄地绕了小镇一圈，
带着小镇孩子们银铃般的笑声，
朝远处奔去，
留下一个跳跃的背影⋯⋯

火和水

夜，浓了
腊月透过泛着童话色彩的窗户
漠然注视着悄然发生的一切
炙热的火焰仍然在奋力挣扎
妄想从古老的火炉里逃脱
玻璃桌上的水痴痴地凝视着火
跳跃
扭动
旋转
挣扎
水将火所有的动作、表情刻在了胸膛
却，不敢告诉他
心里那疯狂的声音在回响
"去和他说说话吧，
就算一句也好啊"
终于有一天
她鼓起了勇气
冲下面喊道
"喂，你还好吧"
火停止了痛苦的挣扎
用迷茫的眼神看着她
那一晚
他们在一起海阔天空地谈
从隔壁家的屋顶上被野猫筑了巢
到女仆的裙子被铁钩勾破了
当第二天的太阳升起时

他们知道自己已经无法放弃对方了
就这样每一个晚上
他们都会在一起聊天
驱散心中的寒冷
冬去春来
当窗外第一片冰融化
火已经知道自己不可避免的命运
在最后一个燃烧的夜晚
水用尽全身的力量奔向火
坚硬的玻璃杯
随着"砰"的一声坠落
炙热的温度灼伤了水
终于
水和火不可分离地融合在了一起
消失在了这片天地
太阳升起
风依旧吹
河照样流
只有吱嘎作响的木炭
为他们的爱情发出一声叹息

261

七彩的水果糖

这种糖不知什么时候已被当作礼品送来送去。
七彩糖纸包裹的水果糖，
从太奶奶递给了我，
塞进我的口中，
甜丝丝的，能把任何的苦味赶跑；
甜丝丝的，温暖了我的心！
今天，有人将这种糖送给了我，
放入口中，
依然是熟悉的味道，
这种味道让人心酸，不知不觉泪已落下，
甜丝丝的味道依然在，
太奶奶的笑容却永远凝固在了黑白的相框里。

夏日的回忆

夏日的回忆是一个冰凉爽口的冰淇淋。顶着炎热的太阳，我——一个小孩，拿着妈妈给的五元钱，去买冰淇淋。走进超市，在各色各样的冰淇淋中，最终选定了这个。拆开包装，贪婪地舔食着这块冰淇淋。每舔一口，大脑因为刺激而变得清醒，原本被酷热的太阳晒得昏昏欲睡的我立刻精神抖擞了起来。吃完后，齿颊留香，每一次都是身体和精神的双重享受。

夏日的回忆是一个又大又甜的西瓜。买一个西瓜，放入冰箱。过一会儿，再拿出来吃，就极为爽口。一时间，体内的热气散得一干二净……

夏日的回忆是一片浓密而清凉的树阴。老人搬来了椅子，摇起了蒲扇，在树阴下乘凉，孩子们也在树阴下玩耍，那是一片多么和谐的景象啊！

夏天的回忆是幸福的，是美好的，一些都让我历历在目。

263

朱钰专辑

老班外传

简易朴素的辫子，弯如月牙的黛眉，神采奕奕的大眼睛，挺立的鼻子，梅红色的嘴巴，再加上一个潇潇洒洒的背影，就一个字"酷"。此人就是我们文飞文坊作文班"大名鼎鼎"的班长——王霄飐。

王霄飐，光听"霄飐"二字，便觉此人不一般。有一次，我出坏心眼儿，故作热情地叫她把"我的圆珠笔"这句话倒着念一遍，并要在讲台上大声地说出来。她两个眼珠子狡猾地骨碌一转，笑嘻嘻地搭在我的肩上说："我们一起上去吧。"我的鼻子似乎嗅到了一股阴谋的味道，但还是果断地和她一起上了讲堂。没想到，刚一上去，王霄飐就大声说道："我代我的好友朱珏说一句话——'比猪圆的我'。"赢来了教室里一片哈哈的笑声。我这才察觉被人摆了一道，急忙问她："这句话不是该你说的吗？"只见假装无辜地眨了眨大眼睛说："这不是刚才你叫我说的吗？"事已至此，我只好自认倒霉了，让人尴尬的是，偏偏这段时间我长得特别胖。

我和霄飐又是美术班的同学。有一次，美术班上课，我看到霄飐正在画油画，只见她先点一笔，再涂一笔，再抹一笔，动作极为细致温婉。我看得目瞪口呆，王班是妖魔附身了，还是本性改了，变淑女了。这时，王班画完了，画笔一丢便风风火火地跑了出去。我看着她远去的背影，心里哭笑不得，果然是"江山易改，本性难移"呀！

老班的事，可要说上个三天三夜也说不完哪。等下一次，再给大家一一说来……

魔鬼训练

在秋老虎"的肆虐下，谁也没想到我们竟然迎来了第一次魔鬼训练。

那是个烈日炎炎的午后，我们对即将来临的体育课，十分期待——因为平时上体育课，大部分时间是用来玩的。没想到，体育老师刚走进教室便板着个脸，把我们吓了一跳，以我们班多年来察言观色的经验，我们知道，这时候惹毛体育老师是大大的不明智。

刚走上操场，老师就叫我们跑步，这一跑呀，不是一两圈那么简单，而是跑三圈！我们的队伍里立刻唉声叹气起来，有几个调皮的刚想和老师通融一下，便被老师一个冷冰冰的眼神顶了回去，立刻像霜打的茄子，蔫了。

开始跑步了，我才刚跑了半圈，就有些气喘了，但看着队伍里的同学们都还在一个个咬着牙坚持，便也咬咬牙坚持下去。三圈终于跑完了。我们队伍里几乎所有人的衣服都湿透了。

本以为跑完就可以玩了，没想到，老师又板着个脸，站在操场上对我们说了一大堆教训的话，听得我昏昏欲睡。"……好，话不多说，我们接下来做座位体前曲。"本来听到前半句精神一震的我，立刻头皮发麻了。天哪，这个项目是我最不熟悉的，每次考试分数也是最低的。我硬着头皮，坐了下去，使劲地将手伸向脚尖。终于，我的前一节伸过了脚尖，但我却忍不住腰部对我的抗议，"缴械投降"了。唉，我的腰又酸又痛，像是被一辆卡车碾了过去。

紧接着，老师又叫我们站起来。我顿时感到天旋地转，站都站不稳了。没想到刚才跑了三圈还不算，这次又要跑400米，最后三名又要跑一圈。我的眼前一黑，再睁眼时，觉得那灿烂的太阳都黯淡了几分。

前面的男生很快就跑完了，在一旁气喘吁吁。啊！轮到我了，我握紧拳头，手心里都是汗。随着老师的手缓缓落下，我直接冲了过去。

谁知刚跑了出去，就有好几个同学超过了我，让我在心里对自己的速度大呼小叫起来。更令我目瞪口呆的是，方才在起跑线上没反应过来的几名同学，忽然间迅速超过了我。如此速度看得我脚下的步伐也随之降了下来。等我震撼中回过神来，已经有好几名同学冲过了我，我心里一惊急忙挥动双臂赶了上去。在折回

朱钰专辑

跑的时候，我感到一股巨大的力量推着我往前。

当我看到前面的同学伸出第一根手指时，我才发现，我竟然只跑了一圈。咬紧了牙关，我又冲向前去。一圈，两圈，三圈，四圈，到了，到了最后一圈！我望着最后一小段，拼命冲了过去。太好了，我终于冲过去了！

下课铃声恰好在此时响起，我们心里明白，我们的魔鬼训练才刚刚露出冰山一角。

文飞文坊小作家朱恩骅在黔西南安龙县采风座谈会上朗诵他刚创作的散文诗，坐在一侧的安龙县委常委、县委宣传部长刘刚始终饶有兴趣地看着小作者

智擒大硕鼠

要说老爸是只大硕鼠，那可是一点都不为过。

记得有一次，我刚回家，立马直奔我的"食物收藏地"——藏在书房的一个和柜子颜色相同的盒子，它被我藏在了书堆里。没想到我兴致勃勃地打开一看竟大失所望，里面原本堆得满满当当的巧克力没了，奥利奥没了，就连平时我最不喜欢吃的饼干也没了。

我气急败坏，几乎咬断了我的小虎牙，看我不捉住这个小贼。

我定睛一看，发现盒子边上有一些零零散散的饼干屑。接着往下看，咦，怎么没了？我正郁闷呢，没想到偶然一撇，竟被我发现了一点线索。哈哈！虽然那小贼有一点小聪明，把桌子上的饼干屑给弄干净了，可是他千算万算也没有算到把地上的饼干屑给处理干净。我得意极了，虽然饼干屑一路上一会儿消失，一会儿出现，可我还是找到了最终方位——爸爸的卧室。

看到这里，我总算明白了，原来是爸爸偷了我的零食。我平日里总是担心这只"大硕鼠"偷我的零食，没想到，我就算是千防万防，也没能阻止"大硕鼠"的行动。

我决定给"大硕鼠"一个教训。夜晚，已经被妈妈催上床的我，此刻一点睡意也没有，我焦急地看着手表，一分钟，五分钟，十分钟，这只"大硕鼠"怎么还不回来，我在心里嘀咕着。

突然，我听到了一声轻微的开门声，我急忙趴在床上，屏声息气倾听外面的动静。没想到，这只"大硕鼠"一点都不着急。只听他走进卫生间洗了洗手，然后不慌不忙地在客厅里不知吃着什么东西……

突然，"大硕鼠"的脚步似乎消失了，我心中一惊，赶忙将耳朵竖起来了，更加仔细地听着。好像有一点声音了，这脚步声不正是往我的书房去了吗？

我一想到我的零食将要惨遭毒手，心中那个疼啊！为了让"大硕鼠"得到教训，我心一横，咬咬牙，忍住了自己想要冲出去的念头，更加努力地听着。猛然间，我听到了包装袋撕裂的声音。太好了，我终于有证据了，好不容易按捺住心中的狂喜，我蹑手蹑脚地穿上衣服，赤脚走了出来。

猛的一下把灯打开了。"呃？""大硕鼠"被吓了一跳，但他很快镇定了下来。用生气的语气对我说："朱珏，这么晚了不睡觉出来干什么？"我冲到他身边，拿起一张被吃完后扔掉的包装袋，得意地笑着说："如果我睡觉，哪能看到如此精彩的一幕呢"？他似乎被噎了一下，却不服气地说："你看到什么了呀？"我很不高兴："还不是你在偷吃我的零食！""我可没有吃你的零食。""那么，阁下深夜造访我的书房，有何贵干那？"正当我为自己能说出如此机智的话而洋洋得意时，这只狡猾的"大硕鼠"冷不丁对我说："我是过来看看你的作业完成得怎么样的。""看我的作业还不开灯，真是长了一对神眼那，是不是要来点营养补充下眼力？哈哈哈……"在我的妙语连珠下，"大硕鼠"终于笑嘻嘻地跟我自首了，并签下了永不偷吃的约定，能否执行可不得而知。

朱恩骅（左3）在《城市商报》"跟着课本游长江"征文颁奖大会上。左1为《城市商报》总编沈玲。

寒日里的一抹桃红

　　天上下着密密的雨，风呼呼地刮着，天色阴沉，我的心情也如这样的天气一般十分糟糕。回到半个小时前，我的手里拿着那张洁白如雪的试卷，和我惨白的脸互相照映，那一个个血色的叉仿佛在嘲笑我的无能，那一刻的不甘狠狠地弥漫在我的心中。

　　双眼无神地望向窗外，水滴一点一点地往下滑，时间也一分一秒地过去了。很快就到家了，我在心里默默地说。

　　突然，窗外出现了一抹桃红，在这昏暗的城市里，显得那么的突出，但又是那么的自然。我的目光，被这抹桃红吸引了，它的身上有着一股生命的气息在舒展开。它身上的那些含苞欲放的花，告诉自己，我是一朵花，那些开得正艳的花；告诉自己，我是一朵花，一朵含苞欲放的花；告诉自己，我是一朵花，哪怕风再怎么拍打着枝头，雨再怎么地敲击着花瓣，每一朵花都骄傲地抬起了头……我默默地想，我也是一朵花。

　　对，每一朵花都坚持着自己心中所想，做着心中要做的，那我又为何不可？如果一直坚持着自己心中的所想，那离成功还会远吗？

　　我迈着轻快的步伐，朝家走去。

三十五枚硬币

在菜市场边的一排铁皮房中，有一家卖鞋子的小店。小店里光线昏暗，老板娘靠在椅子上，空气中散发出令人昏昏欲睡的气味。随着"吱嘎"一声，门被推开了，一个灰色的身影闪了进来，坐在了座椅上。

老板娘抬了抬沉重的眼皮，注视着客人，那是一个老妇人和一个孩子。孩子活泼可爱，身上虽然穿着灰色的衣服，但也阻止不了他脸上的红润，自打进入小店，小眼盯着一双棉鞋一刻也没有离开。老妇人束着一头好似天牛触角般的头发，一段白一段黑。脸上的皱纹，一道深一道浅。身上的衣服虽然不好看，但也干净整洁。"我想买这双棉鞋。"老人说。"35块。"老板娘懒懒地说。听到这个数字，老妇人的脸明显白了下来。颤颤巍巍地从手中排出五个硬币，把它们缓缓地放在桌上。随后，又犹豫了一下，从口袋里又摸出了几枚硬币，老板娘不耐烦地看了一眼老妇人，丢下一句话："一分也不能少！"

硬币和硬币之间碰撞发出了清脆的声音，老妇人的脸也越来越白，直到最后一个硬币，她的手紧紧捏着这最后的一枚，老板娘的眼睛也紧紧地盯着老妇人。"这是我攒了一个多月呢……" 老妇人嘴角轻轻地翻了翻，无力地将这枚硬币放在了桌上。

小孩穿上了新鞋子，小脸立马兴奋了起来，左看看右看看……

三十五枚硬币，这何止是三十五枚硬币啊……

一不小心踩到尾巴了

呵，谁能知道在人声鼎沸的平江路上会有这样的一家小店，环境优美，万籁俱静，猫咪打呼的声音为画面增添了一丝跳跃的色彩。

宾果？答对啦！这是一家猫咪主题的休闲小店。当我走进去的时候，被吓了一大跳，因为我好像真的踩到了一只黑猫的尾尖。那只黑猫的毛瞬间竖了起来，身躯立即变得臃肿起来。而我，在踩到那个柔软的东西后，像触了电似的缩了回来，下意识地说了声"对不起"。说完我紧张地抬头，心想，要不要再说声"对不起"。抬起头，我傻了，怎么没人，难道我踩到毯子了么？左顾右张望，见实在没人，就打算一走了之。

整整衣领，我雄赳赳，气昂昂地抬起脚，正要踏下去，却眼尖地发现脚下有一团毛绒绒的东西，只好把脚缩了回来。定睛一看，原来是一只小猫呀，我满不在乎地绕过它。没想到，那只小黑猫一个闪身到我了的面前，悲愤地对我叫，突然，它一个转身把它的尾巴竖在了我的眼前，我这才恍然大悟，原来我踩了不是别人，正是这只小猫的尾巴呀！

271

它看到了我惊恐的表情，满意地笑了。说来也奇怪，我竟然能在一只猫的脸上看到如此人性化的笑，不过我觉察到它的脸上好像挂着一丝计谋得逞的笑。

揉了揉眼睛，再次望向它的脸。哎，果然！是我看错了么，这只黑猫看到我的表情后，像找到了肇事者，喉咙里发生"咕噜咕噜"的声音，根据我多年来对猫咪的认识，这只猫一时半会儿怒气是消不了的。我垂头丧气地听凭它在我面前咆哮了半天，又嘀咕了半天，不过我越听越觉得不对劲，它不是很愤怒吗？怎么吼到后面就像在窃喜呢？我百思不得其解，最终终于忍不住了偷偷朝它瞥了一眼。没想到，不看不要紧，一看吓一跳，那只猫得意地正在我面前走来走去，喜悦之情弥漫开来，嘴里却不时吐出愤怒的吼声。我的脑子顿时一片空白。

正猜不透它到底要做什么，那可爱的小家伙已迫不及待地要为我来揭开谜底啦！

它先谨慎地抬头看了看钟，又四处张望了一阵。然后猛地跳到我的脚前，咬住我的裤角管儿，把我拽向柜台，见我无动于衷。它又抱住我的腿用它一身柔软

朱钰专辑

的毛蹭起我来了。哦，猫式撒娇。总之，这只猫软磨硬泡地让我站在了柜台边，我正拿不准它要干什么，却见它身手敏捷，一下跃进了柜台，叼了包小鱼饼干就溜了。在跑过我身旁时，还转过头看了我一眼，示威般地摇了摇它的尾巴，似在提醒我：别忘了，你可踩痛了我哦！

　　我目瞪口呆，看着它消失在了楼梯转角处，才收回视线，无奈地把手中的五元钱放在柜台上，算是给它买礼赔罪了。

　　在宁静的午后，竟也会发生这样有趣的故事，真是令人哑然失笑。

272

黄欣宜（9岁）书法

逛山塘街

夏日的暖风在桥下飘荡，远处的大红灯笼被淹没在璀璨的光亮中。从桥上走下，轻踏爬满时光的青石板，清新湿润的空气涌来将我包裹其中。犹如家的味道，让我不能自拔。

前方的一片五彩，一下子就将我唤醒。前行几步，才看清是什么。原来是一件件精美的锦缎。小心翼翼地捧起一条轻柔的绸带。细细欣赏，边缘针脚密而匀，左下角的那朵牡丹肆意开放，像绸带上的一簇燃烧的火焰，不禁令人瞪大了眼睛，生怕一个眨眼上面的火焰就将如此精妙的绸巾烧了去，只留烟尘飘散在空气中。看着眼前的锦缎，不禁使我想起了那句如画般的诗句"绚丽丝绸云涌动，霓裳歌舞美仙姿"，这般诗句配着如此锦缎，真是让人浮想联翩！

说到锦缎就不得不提唐代女子的服饰了。据史料记载，那时的女子已是十分开放：初唐时，衣衫小袖窄衣，外加半臂，肩绕披帛，紧身长裙上束至胸，风格简约；盛唐时，衣裙渐宽，裙腰下移，服色艳丽；至中晚唐时，衣裙日趋宽肥，女子们往往褒衣博带，宽袍大袖，色彩靡丽。这些美丽的衣裳将唐代女子的婀娜多姿和自然之美给显现得淋漓尽致。

好不容易控制住自己恋恋不舍的目光，从织品店里出来，便已天黑。刚一抬头，就被眼前那一家金碧辉煌的店给夺去了目光。抬脚走入，发现色子、手环、瓷器、珍珠、菩提子等各自饰物应有尽有，让我大饱眼福。

从店里出来，继续在街上闲逛。没走几步，就被一位老爷爷的动作给吸引。只见，他先拿起一把盛满糖浆的铁勺，接着流畅地在眼前的白板上画出兔子的身体、头、耳朵、脚、尾巴，最后熟练地点上眼睛和嘴巴。这就是传说中的糖画。这些看似简单的动作，其实都需要常年累月地练才能做成就的。望着这些粘在竹签上惟妙惟肖的糖画小动物的造型，我不禁暗暗叫绝。忍不住上前买了一个，举着竹签上的大公鸡，一边欣赏，一边游逛。

路过茶叶店，进去闻着茶香，观赏古人的字画；路过飘飞出评弹曲儿的窗口，倾听若有若无的琵琶弦子声；路过书店，翻看散发着油墨香的书卷，想象着书中文字精彩的场景……

逛山塘街的感觉真好！

太 湖

太湖，悠悠转动的摩天轮、随风摇曳的茅草、碧波荡漾的湖水……这些如诗如画的风景，一一在我脑海中回放，不禁又想起暑假那美好的时光……

阳光明媚的一天，空气中散发着暖洋洋的气息。我看着眼前深棕色的木桥沿着水波，伸向远方，似乎没有了尽头。忍不住踏了上去，想追逐那仿佛遥不可及的尽头。

这时，舅舅的呼喊声将我从思绪中唤醒。"去坐船啦！"舅舅亲切地摸了摸我的头。我跟着舅舅上了船，便迫不及待地将手浸入湖水中。因为强烈的阳光照射，湖水变得温温的，十分舒服。突然，船开动了，身边的景物在迅速后退着。不一会儿，便离岸数米。我眯起眼睛，眺望着远处的摩天轮，这时的摩天轮被雾气包容，使人有种雾里看花的特殊美感。

突然，我的眼前一暗，四处张望，原来我们闯入了一群茅草的领地。无边无际的茅草像是要把天也给遮住。站在船头的船夫却不慌不忙地驾着小船灵活地穿行在修长的茅草丛里。时间过了很久，直到天空从湛蓝变得有些灰蒙蒙，我们还是没有穿出那片茅草丛。

一成不变的茅草，一成不变的水流，除了草丛里偶尔被我们的小船惊起的大雁让我们的眼前带来一丝刺激，剩下的就是极度的静。船舱里的人们也停止了他们的高声谈论，所有的人都被这样的静给渲染了。我的脑海里突然冒出许多美妙的场面，想起了以前早已忘记的动人故事，也许就像村上春树说的一样，"只要想象自己待在井里，脑海里就有很强烈、很生动的场景出现"。我虽然没有想象自己待在井里，但在这种极度的静谧中，我的脑海里还是有着很生动的场景出现。

船夫撑着船在水中游走，他的一举一动就像一条……一条……鱼！对，就像一条鱼！他是属于这片湖泊的生灵，一摇一摆都是显得那么自然，仿佛与这片水域融合在了一起。

微风吹来，我闭上了眼睛，任凭风抚摸我的脸。再睁眼时，眼前又出现那片茅草，不过这一次它似乎在对我喃喃地说：来吧，站在上面，享受土地的厚实……我像是着了魔，眼睛盯着它，内心不断做着斗争，是上去，还是待在船里？最终，我克制住了，因为我知道一走上去，不，只要一离开这艘船，我便会陷入无尽的黑暗之中。

勉强将注意力放在了水面，小船灵巧地穿过一片片茅草，我注视着由船划出的痕迹，思索着。难怪从古至今有多少人为太湖吟诵，如此美景岂不让人浮想联翩？

迷雾般的茅草，随着天色的昏暗，船划了出去。刚巧太阳的光与湖面结成一线，湖边的柳树微微遮住天边景色，朦朦胧胧，更为夕阳增添几分神秘。

带着几分眷恋，几分不舍，离开太湖。

指导老师韩树俊带小作家朱恩骅参加中国散文诗作家走进黔西南采风活动，在荷都安龙座谈会上合影。

诗的旅途

不知道从什么时候开始，渐渐喜欢用简洁却很优美的语句来表达那一刻的情怀。老师告诉我那是散文诗。

散文……诗……真是优美呢，光听名字，我就喜欢上了它。散文，总是有优美的长长短短的句子，在描述画面的同时表达内心深处的东西，读起来好听极了；而诗呢，短短的，那么简洁，那么精炼，那么优美，甚至那么深邃，最后一个押韵的音符总是令我沉醉其中。散文诗，究竟是什么？

我喜欢这些诗，尽管它们对我而言，似乎有点近于晦涩难懂，但是，每每拿到一篇诗稿，我总是尽量用凭借自己的理解，用自己最好听的声音，最投入地去朗读，我似乎读出了那些短短的句子中悠长深邃的意韵，我愈加喜欢了。当我拿到一首很好听的诗时，我的心，总会像是在长廊里突然遇见了暗恋对象一样怦怦跃动，激动得头晕呼呼的。我唯有一遍一遍地读它，该用高昂的语气去读，还是用悠长的语气去读，我不知道，那时的我，痴迷于它的外表，恋上了一个个音符从嘴里蹦出来的感觉。唔，还有点莫明的小激动，不知为何？

我如饥似渴地读泰戈尔的散文诗，读屠格涅夫的《门槛》，读普里什文的《林中水滴》，读鲁迅的《野草》……过了很久，我懂得了每首散文诗，该用怎样的语气读，体会作者挥毫泼墨时的心情，以及这种心情是怎样渗透到文字中去的。我常常把自己关在书房里，大声朗读某首诗，或是小声低吟：我也常常带着名家的散文诗，与大自然零距离，去体念诗人日后找到"自己心灵同大自然的一致，并将它转达到艺术中去"，去寻求与诗人的共鸣。我往往一遍又一遍吟诵同一首散文诗，试图在那无数个心情，无数个情节，无数个暗示中找到那一个巧合，那一个必然！

时光匆匆，我突然对周围的一切有了更多的情感，老师也开始教我写诗，我不再停留在渴望读出别人的诗句让我沉醉，我希望能使我颤栗的诗句是我自己写的。成长与阅读带来的敏感，令我更能体会到别人似乎遗忘不经意的一点。我在刹那间，明白了老师常挂在嘴上的那句话：寻找诗的旅途是孤独的。

当你脑子里灵光一闪的时候，又蹦又跳地向别人诉说你的灵感，别人却一脸茫然，那种挫败感；在给别人念自己的诗时，别人惊讶与赞赏时，那种成就感……我似乎都曾经体念过。不管怎样，我越来越喜欢散文诗了，喜欢绞尽脑汁将一段话缩成一个字或一组词，喜欢它的逗号、分号、句号，喜欢它的一切。

　　在寻找诗的旅途中我其实并不孤独，尤其是当我和我的小伙伴们置身于美丽的大草原时，我就有一种要放声歌唱的冲动，我的散文诗《七月的乌兰布统草原》、《马背上的风景》就是这样产生的。我享受着寻找诗意的每一分每一秒，因为我知道，它就在不远处用它或忧郁或欢快而富有诗意的眼睛注视着我。

放飞心情

附　录

【编者按】小作家的成长以及文飞文坊的作文教学，得到了众多作家的指导和帮助。文飞文坊的作文教学中，多次组织走访作家，请作家做讲座。著名诗人小海还为多位出版个人集的小作家写序和推介文字。还有一些作家给学生写信鼓励，评改习作。中国散文诗作家协会执行主席、《中国散文诗》年选主编夏寒和《中国魂·散文诗》总编封期任为学生精心修改习作。这里特整理两份作家修改学生习作的案例，供同学们学习参考。

散文诗《马背上的风景》修改实例

278

作者：朱　珏（小学六年级学生）

修改：夏　寒（中国散文诗作家协会执行主席、《中国散文诗》年选主编）

点评：韩树俊（中国校园文学会常务理事）

【定稿第一节】

七月。乌兰布统草原，把我的心

化作一滩春水。

跨上马背，眺望远处的风景。

【原稿相关内容】

七月。乌兰布统草原。总把我的心化作一滩春水。

踩马镫，跨马背，整个动作一气呵成。等胯下的马儿不安地走向它们的同伴，方才惊醒。

眺望远处的风景。【此处只显示原稿该节的第一句】

【点评】

1.原稿三段6句，69字（含标点）；定稿精简为三行3句34字（含标点），字数精简了一半。

2.原稿第一节，3句；定稿保留了3句的全部内容，将原稿的首行化成两行，

"……把我的心/化作一滩春水"强调了"我的心"的停顿，突出了"一滩春水"。分行处理是对于朗读者蓄势与情感表达的一个提示。

3.改稿将原稿2、3两节精简为"跨上马背，眺望远处的风景"一语，诗贵精练。

【定稿第二节】

湛蓝，碧绿，洁白

三种色彩主宰了草原，也充盈了我的心海，胸膛冲出一股莫名的豪气。

这里的蓝天、碧草都会包容我，就像母亲怀抱着她淘气的孩子。

一刹那间，我爱上了这片天地。

【原稿相关内容】

【此处从原稿该节第二句起显示】湛蓝、碧绿、洁白，三种色彩主宰了草原也充盈了我的眼球，胸膛冲出一股莫名的豪气，想要大声地呼喊，再怎样肆意地吼叫，这里的天空、大地都会包容我，就像母亲怀抱着她淘气的孩子。

一刹那间，我爱上了这片天地。

【点评】

1. "湛蓝、碧绿、洁白"后通过移行，凸显草原天空的色彩，提示停顿，更显诗的层次感。

2. "充盈了我的眼球"是实写，"充盈了我的心海"有进一层的意思，从"眼球"的表象直接进入"心灵"的内涵。

3.写三种色彩"主宰了草原，也充盈了我的心海，胸膛冲出一股莫名的豪气"足矣，原稿中"想要大声地呼喊，再怎样肆意地吼叫"明显成了累赘，改稿砍去了多余的尾巴。

4.把"天空、大地"改成"蓝天、碧草"，一样的天与地，不一样的表述，我们要学习改者处处从形象表达出发的遣词功力。

【定稿第三节】

蓝蓝的天像一块幕布，放映了草原。

天空，泛起的缕缕浪花将我从记忆中唤醒。

参差不齐的野草被凉爽的风吹抚，连绵起伏，像是秋风吹过稻谷，脚下痒痒，想踩上去看看，是否与它的外表一样柔软、厚实。

【原稿相关内容】

蓝蓝的天像一块幕布放映了草原的一年365天。从一代天骄成吉思汗，到草原英雄小姐妹，他们的功勋，他们的伟迹，让我思接千古，浮想联翩，沉醉在草原历史长河中。

天空中泛起的缕缕浪花将我从记忆中唤醒。思绪回到奔腾的大草原。远处孤零零的几棵山顶树分在了四处，谁会想到这几棵低垂着脑袋，叶子无光的树，会在秋天和其他果树一同结出可口的果实呢？

参差不齐的野草被凉爽的风吹抚，连绵起伏，像是秋风吹过稻谷，脚下痒痒，想踩上去看看，是否与它的外表一样柔软、厚实。

【点评】

1.题为"马背上的风景"，小诗侧重写眼前的风景，所以删去了"思接千古，浮想联翩"的史料，让诗更显集中。

2. 原稿"思绪回到奔腾的大草原。远处孤零零的几棵山顶树分在了四处，谁会想到这几棵低垂着脑袋，叶子无光的树，会在秋天和其他果树一同结出可口的果实呢"属于一般描写，缺乏提炼，文句也比较一般，改文如修剪繁枝一样毫不留情地删去。由此可见，写诗，语言的精炼多么重要。

【定稿第四节】

等风停了，在草地上看跳远的蚱蜢、形如大胡蝶却会唱歌的虫子。

夕阳随着一声悠长的"咩——"叫渐渐沉入遥远的地平线。

耀眼的余晖，披在羊群的身上；云朵，镀在西边的落日上。

昏暗中，马儿的嘶鸣声给如此美景画上一个愉快的句号。

【原稿相关内容】

等风停了，在草地上看跳远的蚱蜢、形如大胡蝶却会唱歌的虫子。

夕阳随着一声悠长的"咩——"叫渐渐沉入遥远的地平线。耀眼的余晖披在成双成对依偎在草原上的羊群。瑰丽的云朵，镀金的落日都成为此刻最美的风景。

昏暗中马儿的嘶鸣声给如此美景画上一个愉快的句号。

【点评】

1.将原稿第2节分成两节，分别写夕阳、余晖，层次更显清楚。改句句式更显整齐、简洁。

2.改文的分行处理，更显层次，给人以一种整齐美，四行各自由主词呈现的意境风、夕阳、余晖、马儿清楚而明亮。写诗，不能像写散文一样去铺陈，而要精心创设意境。

【总评】

马背上的风景，蓝天、碧草，蚱蜢、虫子，羊群、马儿，余晖、云朵……诗作者善于在这些草原特有属性的元素中融进自己的切身体念，寄托自己的情思，写出了无比宽广的风景，移动的风景，诗作者心中的风景。"七月。乌兰布统草原，把我的心/化作一滩春水"眼前的风景与心海中的风景糅为一体，让你的心"化作一滩春水"，让你的"胸膛冲出一股莫名的豪气"，让你情不自禁地"爱上了这片天地"。全诗从语言到意境，美不胜收，笼罩着梦幻般的色彩，洋溢着阳光一般的诗意。

（经修改过的作品入选《中国散文诗》年选2015年卷）

韩树俊老师与中国散文诗作家协会执行主席夏寒（左）

散文诗两首修改实例

作者：朱恩骅（苏州工业园区星海中学初二学生）
修改：封期任（诗人、《中国魂·散文诗》总编）

醇香打凼（原稿）

暖暖的阳光温着小池，波光涨溢着，像小村里温着的那一锅酒，清亮，醉人。

河面，被白鹅的红掌划出一道轻轻的波纹，荡开了，浸润层层叠叠的小草，沿着茎脉慢慢流向小村，注入它永远的酒窖。

菜蔬翠绿闪亮，挤挤挨挨的，舞蹈在层层梯田。每一级梯田，酝酿着绿的芬芳。晴空下，田野如一缸美酒，醉了菜园，醉了池塘，醉了村民，更醉了我们的心。

水漾着酒，山叠着树，一棵千年古榕傲立在风雨岁月中。每一根枝丫，都为小村送来祝福；每一片树叶，都为小村遮风挡雨；每一绺根须，都诉说着小村的故事。树下，祭祀的酒香中，老人说，这是一棵神树，打凼村的守护神。

村里的人家，向祖先和自然遥望，沉醉在青青田野中，畅享山山水水恩

打凼·醉（改稿）

阳光，暖着小池。波光，像小村里温着的那一锅酒。

静静的河面，被白鹅的红掌划出一道波纹，浸润层层叠叠的水草，流向小村，注入它永远的酒窖。

菜蔬翠绿闪亮，挤挤挨挨的，舞蹈在层层梯田里。每一级梯田，都酝酿着一缸美酒，醉了菜园，醉了池塘，醉了村民，更醉了我们的心。

村口。一棵千年古榕，傲立风中。每一绺根须，都诉说着小村的故事——

这是一棵神树，庇佑着打凼村的老老少少。总向祖先和自然遥望，总是畅享山山水水恩赐的幸福。总是延着神树的根系，

带着醇酒的浓香，伸出了山外……

赐的幸福。

与自然共生，在大山里成长。千年村寨，延着神树的根系，带着醇酒的浓香，伸出了群山，伸向了世界。

一踏上乐运这片土地，我就看到了那条红绸带。

厚厚的质地，浓烈的色彩，我的眼睛立刻被它吸引了。

红绸，被风吹起，如一团火苗，跃动向远方。

乐运·红绸(原稿)

跟着火苗，沿着红绸，前进，走向乐运。

红绸，化作崎岖的赤红土路，蜿蜒曲折，绕向巍巍大山。我看到，红绸绕过一座红色的坟丘——红军墓。

无碑，唯有一捧红土，静卧坟头。土红得发亮，凝聚在一起，燃烧成一朵小小的火花。赤红的火焰，诉说着红军长征的往事，重现了曾经的烽火硝烟。一点烛火，燃烧着茫茫暗夜，深深埋进每一个布依人的心。

八十年光阴荏苒，旭日升出地平线，温暖的光照亮了玉水金盆，一点星火，静卧丛中笑。

红绸，引燃火烛，欢舞起来。

红绸飞跨竹桥，跃过红水河，一伸手就揽住了小村。

乐运·红绸(改稿)

踏上乐运这片土地，一条红绸，热热烈烈地，跃入我的眼帘。

像一团流火，化作崎岖的褐色土路，蜿蜒曲折，绕向巍巍大山，绕过一座红色的坟冢——

红军墓。

无碑。

一个静卧的坟头，将红军长征的往事，深深地镌刻在每一个布依人的心上。

八十年，光阴荏苒。

升出地平线的红日，赶走了漫漫长夜，照亮了玉水金盆，

一点星火，静卧丛中笑。

红绸舞动，飞跨竹桥，跃过红水河，一伸手就揽住了小村。

红水河浸润红绸，飞散出点点

红水河浸润红绸，火，沿着绸带，飞散出点点流光。大红，洇染无边田野，田野氤氲稻谷收获的清香，日子红红火火；赤红，撒向一片屋舍，好客的主人，吹响迎宾的唢呐长号，热情似火。

红绸，挥洒出一片金红。

金红，漫过远处的群山，飞上村边的高架桥，跃出层层峰峦，直奔远方。

红绸，舞动乐运魂。

流光，洇染无边田野，氤氲稻谷的清香。

红红火火的日子，撒向一片屋舍，撒向静谧的山丘，安详的土地。

好客的主人，吹响迎宾长号，划破沉寂的旷野。

热情的音符，携着红绸深长的寓意，携着一双双朝圣的脚步，穿越层层峰峦，铺成一条幸福的云路……

284

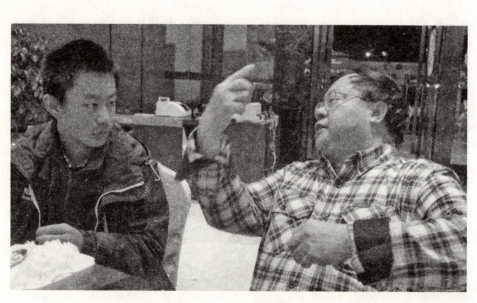

《中国魂·散文诗》总编、诗人封期任在指导朱恩骅

后 记

从第一位作者送达第一批稿件，到全书编定、付梓，跨越了两个年头。其间每一位小作者付出的辛劳都是令人感动的；整个编辑成书过程，也是老师指导学生反复推敲不断完善的过程。现在终于要出版了，这是一件值得庆幸的事。

本书的出版，于小作者而言，是他们在学习写作的过程中，留下了一行深深浅浅的脚印。他们中的有些同学，或许眼下的写作状态和写作水平，都已经较本书中的个人小辑有所超越；也许有的同学依然还在艰难地摸索。但不管怎么说，此次成书让他们对于写作充满了信心，他们懂得了，只有用自己的笔写好自己真实的生活，坚持不懈，终能成功！我们欣喜地得知，就在这十位小作者中，有的已经在酝酿要出一本自己的书。春苗在阳光雨露的滋润下必将苗壮成长，我们期待着小作者们在未来的习作以及少年文学创作中有新的飞跃。

本书的出版，同样会激发同龄读者阅读与写作的兴趣。就这一点而言，我们已经有了为更多的作文尖子、中小学文学爱好者出版个集、合集的打算。近期的计划中，拟编《作文365》小学版和中学版，希望藉此让更多的同学参与，尤其是让本书的读者有更多发表习作的机会。兴趣是最好的老师，初中阶段的学习中，同伴效应是激发学习兴趣和积极性的一个很重要的方面，如果本书对于同是00后的小读者有一些启发和帮助，这也是我们编者所期许的。

书中作为补白的照片，均为小作者的生活照和文飞文坊的活动照，全部书画也都出自文飞文坊学员之手。这些图片从一个侧面展示了小作者的风采和新苗成长的沃土。

成书时间仓促，有不足之处欢迎批评指正。

编 者

2016.1.30

图书在版编目（CIP）数据

00 后苏州十人选 / 韩树俊主编 . -- 沈阳 ：白山出
版社 ，2016
（阳光文丛·第 7 辑）
ISBN 978-7-5529-1496-2

Ⅰ．① 0… Ⅱ．①韩… Ⅲ．①散文集－中国－当代
Ⅳ．① I267

中国版本图书馆 CIP 数据核字（2016）第 048609 号

出版发行：白山出版社
地址：沈阳市沈河区二纬路 23 号
邮编：110013
发行电话：024-28865938
发行信箱：1694556330@qq.com
责任编辑：林向阳
装帧设计：齐丽丽
责任校对：李国宽
印刷：丹东市天源印刷包装有限公司
成品尺寸：170×240
印张：18.5
字数：326 千字
版次：2016 年 3 月第 1 版
印次：2016 年 3 月第 1 次印刷
书号：ISBN 978-7-5529-1496-2
定价：298.00 元（全 10 册）